騎士&魔法
Knight's & Magic
1
Hisago Amazake-no
天酒之瓢
插畫／黑銀

身長高達十公尺的巨人騎士
揮舞巨大鋼劍，
幾乎是不費吹灰之力就砍飛了一擁而上的魔獸。
這就是擁有壓倒性力量的人類最強兵器——
厄爾坎伯。

艾爾在轉眼間裝備好徹甲炎槍，
下一秒便瞄準目標，同時發射。

「我叫阿奇德，叫我『奇德』吧，然後這是我妹……」
「我是亞黛爾楚，叫我『亞蒂』吧。」

一股壓得人雙腿一軟的感覺
冷不防向艾爾和狄特里希襲來，
緊接著古耶爾的紅色裝甲便扭曲剝落，飛散在半空中。

「怎麼回事!?」

騎士&魔法 1

Knight's & Magic

INTRODUCTION

當妄想成為現實——

「如果能在奧運奪得金牌……」

「如果能在東京巨蛋開演唱會……」

無論是誰都有像這樣的白日夢，無奈能實現的人寥寥無幾。

唯有被選中之人才能擁有的機會，

降臨在本故事的主人翁——**倉田翼**身上，

但這卻是用自己的性命換來的。

在現代日本命喪黃泉，轉世投胎來到異世界。

那是個有**機器人奔馳的夢想國度**。

對翼這個機械宅來說簡直是天堂。

再加上自己轉世成了美少年，不僅有著強大實力，還是個會用魔法的神童。

體驗妄想成真的同時，他也得到了這個名叫艾爾的少年的新人生。

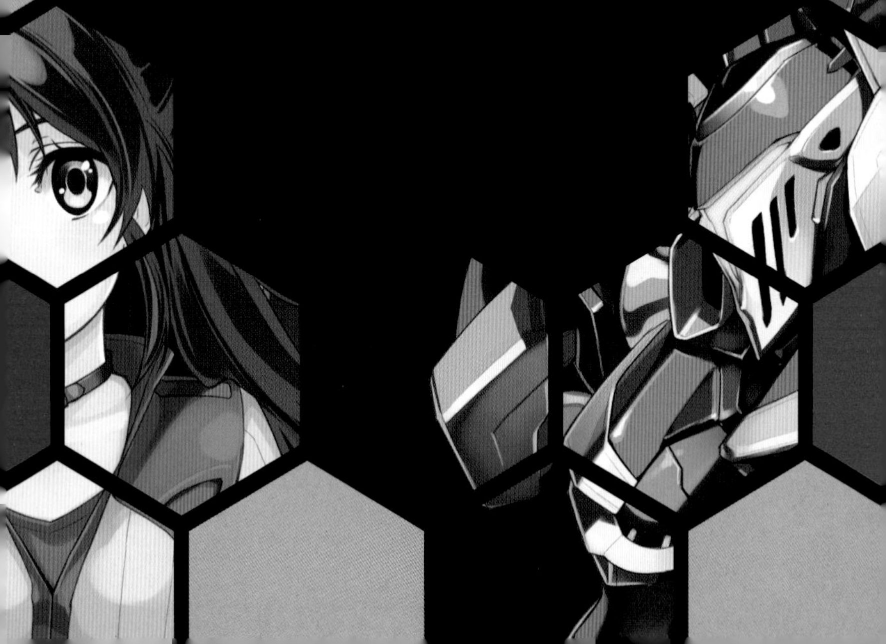

輕小說

騎士＆魔法

1

天酒之瓢

插畫/ 黑銀

譯者/ 郭蕙寧

illustration 黑銀

騎士&魔法 1
Knight's & Magic

CONTENTS

序幕

傍晚時分早已過去，熱力四射的夏日烈陽如今才正緩緩沒入平坦的稜線後方，輪廓清晰分明的深濃黑影逐步擴大自己的領土範圍。白天吸收了大量熱氣的柏油路，如今反將熱氣釋放回空氣中。想必今晚又是個教人難以入睡的熱帶夜吧。

這裡是Ｋ縣Ｋ市，一個有著上述常見都市景色的城鎮。

城鎮車站附近的高樓大廈櫛比鱗次，住商混合大樓藏身其中，而『Ｋ軟體公司』便是位於四樓的一間中型軟體製造商。

在涼爽的冷氣房辦公室內，有幾個默默面對桌上監視器螢幕的男人，渾身散發出異樣氣息。他們是這間Ｋ軟體公司的員工。就這種中等規模的公司而言，平日的各種業務就夠他們忙的了，不過今天的工作量更是非比尋常。

「還有三天就要交貨……」

一個坐在辦公室一端的男人彷彿作夢般囈語著，語氣中帶有幾分絕望。他目前正與那顆一分一秒走向爆炸、名為交貨期限的定時炸彈奮戰中。由於全國都籠罩在一片不景氣的陰霾下，焦急的業務部明知這案子的條件不合理，卻仍勉強接單，因此早在計畫階段，這件由他所負責的企畫案就已蘊含潛藏的危機，而接連不斷的失敗更是雪上加霜，目前的情況只能以『悲慘』來形容。更慘的是，問題還不只如此。

「中井先生（組長），佐藤已經不行了！潑他水也沒反應！」

「中井先生，今天再不把程式寫好就來不及嘍。」

「……中井先生，武田桌上有份裝在信封裡的辭呈……」

「啊——吵什麼吵！這樣怎麼來得及啊——！」

本來就被逼得走投無路的男人——擔任組長的中井猶如被人落井下石般，收到一件又一件的壞消息，這下他終於崩潰了。只見他抱住頭，一股腦兒地趴在桌上。

他知道根本沒時間浪費，但工作做不完，人手又不夠……交貨期限迫在眉睫，卻找不到任何解決辦法，這種種情況逐漸把他的精神逼向沸點。

「中井先生。」

「現在又怎麼了!?」

趴在桌上的中井聽到頭上傳來某人向他搭話的聲音，他抬起頭，充血的眼中映出一個露出溫和笑意的男人身影。

「我那邊的案子結束了，可以幫忙這邊了喔。」

「喔喔……倉田……你願意加入嗎？」

中井臉上的悲痛一掃而空，有如絕望之人看見了希望之光。

「我剛才確認過規格說明書，大致情況已經瞭解了，進度管理的部分可以讓我來嗎？」

「好……好啊，我乾脆把密碼給你，你自己去看管理資料夾也可以，順便幫我把剩下的全部看完吧，拜託了。」

「哎呀，中井先生，就算是我也顧不了全部……嗯，是程式的部分在扯後腿啊，我就先處理這個……」

這個向中井搭話的男人——倉田翼，在別人幫他準備好的位子上一坐下，便以破竹之勢開始工作。他先在文字編輯器上輸入程式碼，接著讀取工作進度，還一邊翻閱規格說明書，一邊對周圍同事下達指示。

「先確保測試機能正常運作，測試員趁現在休息一下。嗯，過十二點之後還會加緊測試。還有編碼……立原先生，你有辦法做兩個模組嗎？對，剩下十個我來完成。木場，規格說明書這裡和這裡的部分有點奇怪，請你改一下，改完以後再請你回去測試。」

他今年二十八歲，在這個職場裡算是年輕一輩的，卻沒有人違背他的指示。這全拜他進了這家公司之後累積起來的實際成果所賜。在他加入之後，原本半死不活的員工們頓時振作起來，並依照指示迅速行動。倉田在公司裡有個特殊稱號，既然有他出馬，就代表這件工作終於看得見終點。人類真是種現實的生物，只要看得見終點，不管再怎麼苦都能咬牙死撐。

「好，這樣就行了。我也加入編碼工作吧。」

「喂，倉田，你行嗎？十個模組……這數量可不是開玩笑的喔。」

「討厭啦，立原先生，你忘了嗎？我的本行就是程式設計師啊。」

倉田瞇起眼尾下垂的眼睛，那張和善的臉上露出無畏的笑容，同時將手放到鍵盤上，接著十指立刻以迅雷不及掩耳的速度在鍵盤上舞動了起來。他在螢幕上顯示的數個文字編輯器中輸入的程式碼，有如濁流般奔騰而過。至於坐在他對面那個上了年紀的男人——立原，則一邊聽著這出神入化、氣勢磅礡的敲鍵聲，一邊全力投入自己的工作中。

「不愧是公司的最後一道防線，以往那些棘手的案子都是他在處理……我也不能輸啊。」

接著眾人便埋頭幹活，這場苦戰終於進入佳境。

老舊廣播流洩出的走調報時聲傳入耳中。牆上時鐘顯示五點十五分——所謂的下班時間。

原則上根據公司規定，上班時間到此為止，不過倉田只是伸了個大懶腰，轉轉疲憊僵硬的肩膀。

從他為那件案子力挽狂瀾以來已經過了三天。今天就是命運的交貨日，不過在場氣氛已不像三天前那般死氣沉沉。這件案子曾一度被絕望的眾人認為趕不上交貨期限，最後還是在他神乎其技的手段下補救了回來。

多虧他以驚人速度在當天把程式寫完，加上組員們不分晝夜地重複測試及修正，這案子總算趕上了時限。儘管倉田在短時間內做了那麼多工作，但卻都能一一做到定位，那樣的本事已經可以說是超乎尋常了。說來悲哀，這也是因為他接手的總是棘手案件的緣故。

歷經一番激戰，喝完的咖啡罐和營養飲料像墓碑般堆在他桌上。再往左右一瞧，可以看到剛打完一場硬仗的戰士（測試員）們露出死而無憾的安祥笑容，紛紛倒在臨時排起來當作床的椅子上。倉田在這三天來也將自己的睡眠時間壓縮到極限，因此覺得差不多該補個眠了。

「好，和客戶確認交貨！完工！大家辛苦了，接下來可以休息嘍！」

倉田半夢半醒間，意識一角望見中井雀躍得幾乎要擺出勝利姿勢的模樣。雖然想著要睡的話等回家再睡，但還是姑且打一下盹，放任自己墜入淺眠中。結果等他準備回家時，已是接近末班電車的時間了。

那場死鬥之後過了一段時間，月底到來了。說到月底，人們會想到的就是——沒錯，就是世上所有公司員工的福音之日，也就是發薪日。

倉田關掉電腦，動作快速地準備下班。這麼做的人不只有他，四周同事們也紛紛起身離開。近來工會順應時代潮流，呼籲縮減上班族的工時。尤其是在發薪日這天，公司有義務準時讓員工下班。雖說是義務，一忙起來還是常常變成有名無實的規定，不過對於前幾天剛撐過難關的他們來說，現在的確是輕鬆多了。

今天正好是快樂的週五。有人趕著回到家人身邊，有人呼朋引伴、捧著剛領到的薪水去花天酒地，也有人只想回家休息。雖然各自目的不同，但對這些領薪水的人來說，一個月中最振奮人心的日子恰好與週末重疊，難免教人心情雀躍。

至於倉田他們也不例外，幾個之前與他一同奮戰過的同事來到他身邊。

「倉田，回去前喝一杯怎麼樣？前陣子受你照顧了，第一杯我請喔？」

中井比了個飲酒的動作，後面還站著立原和木場等那件案子的相關人員。倉田差一點就加入他們了，但掠過腦中的預定行程讓他露出猶豫的表情。

「啊——對不起，中井先生。我今天有事，下次吧。」

「中井先生，是那個啦，倉田先生喜歡的……」

「啊啊……那個啊。真拿你沒輒，下次不准缺席喔。」

「好的。」

倉田目送中井一行人陸續離開後，自己也朝目的地出發。擁有公司內最後一道防線的稱號、年輕有為、同事們不分年資都很仰賴他的倉田，他的特殊愛好同時也在公司內廣為人知。

週末街道上充滿夏季特有的悶熱濕氣，四處擠滿了下班的上班族。車站前的大馬路上人潮川流不息，熙熙攘攘，然而走過一段距離後，來往行人便一下子少了許多。

「加・班・費！我收下了！」

有個男人——其實就是倉田在提款機前大吼。若這裡不是無人提款機，也許就會被人當作可疑份子而報警了。

他的感動來自於提款機螢幕上顯示的冰冷數字。接手的工作多半屬於紅色警戒的危險急件，這樣忙得團團轉的每一天化為有形的加班津貼，所以他的存款金額才會不斷攀升。

倉田笑得合不攏嘴，迅速領出存款，隨即快步奔向目的地。他腳下步伐毫不遲疑，證明這是他走過好幾次的路線。不久便看到某棟建築出現在前方。那是車站附近有大型家電賣場進駐的大樓，三樓有間這一帶規模最大的玩具賣場——那才是他的目的地。

數小時後，有個男人在打烊的背景音樂陪襯下，離開了玩具賣場。

「不愧是月底熱潮。太棒了，實在太棒了。」

那人兩手提著脹得鼓鼓的紙袋，為了怕破掉還多套了一層。背包也塞到極限，鼓成了奇怪的形狀。裝在紙袋中的主要是『塑膠模型』，換句話說，他是個徹頭徹尾的『模型控』。

「水補土、顏料、筆和濾鏡效果顏料的補充也夠了……模型祭典要開始囉……」

對繁忙的他來說，發薪日的瘋狂購物以及之後的模型組裝祭典，是唯一且最大的樂趣。或許平日的無聊生活過了太久造成反彈，他的購買數量一年比一年增加，最終養成了每個月一次買齊的習慣，可以說是一種中毒症狀了。

他就這樣掛著憨傻的笑容，意氣風發、大搖大擺地提著大包小包踏上歸途。他住的大廈離公司有段距離，車站則在公司和住處之間。到大型家電賣場要稍微繞點遠路，不過既然能夠滿載而歸，這些都不算什麼了。倉田穿過夜晚人煙稀少的住宅區，心情亢奮得幾乎要哼起歌來。這時間路上往來的車子也不多，四周一片寂靜。

此時，他聽到一陣由遠而近的車輛引擎聲劃破了寧靜，緊接著前方出現閃亮的車頭燈，遮蔽了他的視野。照射過來的遠光燈刺得他瞇起雙眼，於是他連忙靠到路邊。這條路不是那麼狹窄，但萬一傷到手中的紙袋就糟了。在住宅區還開著遠光燈，這種造成他人困擾的行徑讓他皺起眉，但倉田仍不甚在意地繼續往前走。

那道讓人眼花的車頭燈使他的反應慢得足以致命。那台車從正面朝他直直衝來，絲毫沒有減速，而且完全不像要避開他的樣子。當他注意到時，兩者之間的距離已經近到了教人無從迴避的地步。

「喂，慢著……」

引擎咆哮聲在耳膜迴響，視野逐漸淹沒在遠光燈的光芒中，背上竄過一陣毛骨悚然的感覺。

他來不及躲開，就這麼抱著紙袋與車子正面撞上。雙方相撞的瞬間，他聽見體內響起討厭的聲音。當身體飛舞在空中，忍不住劇痛而逐漸失去意識的那一刻，種種感情從他腦中奔馳而過。只不過那不是回顧一生的走馬燈，也非對這起意外的怨言。

（啊啊，不能做今天剛買的模型和堆在家裡的模型和之後才買得到的模型，真是太遺憾了……！）

閃過他腦海的，是對那些再也組不著的眾多模型的熾熱情感。

「——下一則新聞。

今天晚上十點過後，K市S區的住宅區有名男性遭小客車撞上。被害者為居住當地的上班族，倉田翼（28）。雖經附近居民通報救護車緊急送醫，最後仍宣告不治。根據警方調查，肇事駕駛人曾於駕車前大量飲酒——」

第一章

入學篇

第一話　異世界

在某個不屬於這裡的地方，有個不同的世界。

那個世界沒有名字，人們至今仍未知其全貌，只認為自己所居住的大地就是世界的全部，澤特蘭德大陸便是其中之一。

澤特蘭德大陸中央有道大型山脈『歐比涅山地』，大大隔開了東西兩邊。澤特蘭德大陸正是以此山為分界，東西雙方呈現各自不同的樣貌。西側的『西方諸國』聚集了為數眾多的人類國家；東側的『博庫斯大樹海』則有力量強大的魔物——魔獸棲息。

真要說的話，歐比涅山的東側也並非完全沒有人類立足之處。那裡存在著唯一一個人類國家，名為『弗雷梅維拉王國』。正因為這個國家與魔獸們的領域——博庫斯大樹海接壤，自然成了與來自樹海的魔獸們戰鬥的最前線。而為了對抗國內四處出沒的魔獸，該國還擁有許多騎士，並以身為保衛西方諸國和人類之盾一事為榮，人民自稱為『騎士之國』。

時值西方曆一二六八年，以這片大地為舞台的故事無聲地揭開序幕。

高大陡峭的歐比涅山地上薄薄地覆上了一層積雪。弗雷梅維拉王國的王都『坎庫寧』就在其山腳下。從坎庫寧搭馬車再往東走半天左右，即可到達一片平原，入口處有個大城鎮。鎮上的景色獨樹一幟，其中有座大型設施，佔地甚至超過城鎮的一半。那是一棟由石材和磚瓦蓋成的堅固建築，但卻沒有威勢逼人的感覺，看得出來不是軍用設施。這裡其實是孩子們的教育設施，人稱『萊西亞拉騎操士學園』。

騎士在這個國家所扮演的角色，就是保護人民不被魔獸攻擊。由於他們以身為騎士之國的一員而自豪，騎士在弗雷梅維拉王國非常受歡迎，亦是人人尊敬的職業。再者，該國位於魔獸不時入侵的地理位置上，隨時需要大量騎士支援，培養騎士更是國家的首要任務，這也直接促成了培養騎士的教育機構——萊西亞拉騎操士學園擴大其規模。

石造建築中迴盪著有如低沉地鳴般的聲響。

這個地方由占地廣大的石板地面，以及更多圍繞在四周的石造牆壁與座位所構成。這座橢圓形的巨大設施位於萊西亞拉騎操士學園一隅，是騎操士學系附設的演習場。

此時在演習場中央，有兩名騎士正拔劍相對。雙方身上都裝備了厚重的鎧甲，其中一人持劍與盾，另一人則雙手持劍。演習場正如其名，是用來磨練戰技的場所，場上的兩人正進行著某種訓練，直指彼此的劍都是未開鋒的。

即使拿著鈍劍，兩名騎士的態度仍十分嚴肅。他們將劍尖指向對方，謹慎地衡量距離，此時一陣乾燥的風吹過，帶起石板上的沙塵。這段彷彿要讓人窒息般的對峙為時不久，雙方同時發動攻勢，驀地縮短彼此間的距離，一眨眼便進入對方的攻擊範圍內，動作輕快得令人無法相信他們配備了全副武裝。

然而在這光景中卻出現明顯的異常之處，大地隨著他們每一步的步伐搖晃著，震動到體內的重低音響徹四周。就算全身裝備鎧甲，普通人類也不可能製造出這麼沉重的腳步聲。

這疑問的答案就在他們四周。

遠方的觀眾席上有個觀望騎士們舉劍交鋒的人影，但那名觀眾的身形跟騎士們比起來卻『小了許多』。不，正好相反，是騎士的體積過於龐大了。若是讓騎士站在觀眾旁一比，少說也有觀眾的六倍大，因此看起來沉重也是理所當然的吧。就是被稱之為巨人也不為過。

當然，這些巨人騎士並非人類。它們的真面目是『幻晶騎士』，身長將近十公尺，擁有金屬製骨架與結晶化的肌肉，並以魔力為動力運作，是一種內建魔導與機械裝置的巨人騎士。他們是被製造出來與魔獸對抗的兵器，擁有地表上最強的戰鬥能力。

距離在場上激烈交鋒的幻晶騎士們不遠處，有幾個人影在觀眾席上眺望著這場戰鬥，而其中一人的視線格外犀利。

他身居戰鬥指導教官一職。換句話說，他的任務就是指導目前戰鬥中的幻晶騎士——乃至於操縱的騎士們。他銳利的目光沒放過練習賽中學生們的任何一個動作，渾身散發嚴肅氣勢。

「是……是機器人……」

突然，從後方傳來一道不合時宜的可愛嗓音。男人轉頭一看，有位可愛的女性懷裡抱著小孩正朝他走來。女性一頭絲絹般滑順的銀髮及腰，其中帶有一抹紫色，隨著她的步伐在微風中搖曳，並在日光照耀下描繪出一道閃耀的銀色流光。銀髮下是一雙溫柔的蔚藍眼眸，膚色白皙透亮。她的外表很年輕，看上去頂多十五至二十歲左右，卻已經是孩子的母親——她已經嫁作人婦了。

魔鬼教官那張公認的可怕臉孔上泛出自然的笑意。認識他的人看到或許會大吃一驚，但只要見到那位女性散發的柔和氛圍，也就不足為奇了。

「緹娜，怎麼了？妳會到學園來還真稀奇。」

「呵呵，我想讓艾爾看看他父親工作的樣子，就在散步的時候順便過來了。」

「這樣啊。艾爾，你覺得爸爸的工作怎麼樣？」

男子對妻子懷裡的孩子這麼問，但那孩子根本沒在聽他說話，只一邊揮舞短短的手腳，一邊直勾勾地盯著演習場上交戰的幻晶騎士。

「唔，看樣子沒在聽啊……」

男子苦笑著摸摸三歲兒子的頭。他兒子也遺傳到母親惹人憐愛的容貌——髮色銀中帶紫，鵝蛋臉有如幼年時期的母親，以及一雙明亮的藍色眼眸。唯有從那雙銳利的眼睛中看得出父親的影子。

「哎，艾爾你真是的，看幻晶騎士比看爸爸更入迷，男孩子就是這樣呢。這麼喜歡幻晶騎士嗎？」

「聽說很多小孩也因此夢想成為騎士，艾爾好像也很喜歡啊。」

雙親臉上露出微笑，看著艾爾流露純真的好奇心與男孩子氣的愛好，十分惹人憐愛。小男孩毫不在意自己成了目光焦點，只顧著揮舞小小的手腳，興奮地看著眼前的光景。他眼睛眨也不眨地注視演習場，可以從中覷見他稍稍異於常人的集中力。男子又摸了兒子蓬鬆柔軟的頭髮好一會兒，只可惜兒子太過無動於衷，結果只好放棄。

「這麼喜歡啊。怎麼樣？艾爾，那是幻晶騎士，是保護我國人民的巨人騎士。」

「幻晶……騎士……」

那孩子像是第一次注意到男子說話似地轉過頭，以幼兒特有口齒不清的口吻愣愣地重複，接著便陷入沉思。見他這副模樣，男子再度露出苦笑，與妻子交談了幾句後便回到工作崗位。演習場上，結束交戰的巨人騎士正準備退場。

「來，我們回家吧。回去準備晚餐，等爸爸回家喔。」

女子哄著依依不捨、不斷回頭張望的兒子，踏上返家的路。

「幻晶騎士……」

她懷裡的孩子直到最後，仍念茲在茲地望著演習場上的巨人騎士。

這個被稱作『艾爾』的孩子，全名是『艾爾涅斯帝・埃切貝里亞』。是萊西亞拉騎操士學園的教官——馬提斯・埃切貝里亞與其妻瑟莉緹娜的兒子。

從他誕生到這世上已過了三年。這年紀的孩子隨著自我形成，原本該是開始變得任性的時期，艾爾這孩子卻非常聽話，很早就聽得懂父母說的話，也很乖巧，因此認識的人都覺得他是個聰明的孩子，不過他的聰明卻是其來有自。

從他產生、識別自我人格的時期開始，就擁有未曾親身經歷過的『某個記憶』——自己過去在另一個地方生活的記憶。在一個被稱為日本的異世界，身處機械文明，還有個叫做『倉田翼』的名字。

有種叫做『輪迴轉世』的說法。

所謂『輪迴轉世』，便是指往生的靈魂在這個世界一次又一次地成為新的生命。佛教中也有此一說，姑且不論信與不信，只要是日本人，應該都聽過這種說法吧。翼也知道這種說法，但他當然不相信，也根本沒想到自己居然會親身體驗。何況他依然完整保留著過去的體驗，也就是前世的記憶。還真是一次順利的轉生啊。

然而包括他本人在內，沒有人知道這是怎麼回事。唯一可以確定的是，他既身為這個世界的『艾爾涅斯帝』，也是過去當過日本人的『倉田翼』。因此就他這個年齡的孩子來說，他擁有字面意義上的『老成』頭腦與冷靜思維，也有成熟的思考能力。

當時在母親的心血來潮之下，讓他見識到父親的工作，而這次的衝擊性相遇將使他把第二次的全部人生貢獻於此。

太陽開始朝西傾斜的時刻，一名女子和小孩走在萊西亞拉學園的街上。

那孩子在回家路上不停問著剛才看到的巨人騎士，他的母親則溫和地一一回答。看著興奮不已的兒子，母親也愉快地笑著回應：

「看來你真的很喜歡幻晶騎士呢，那艾爾以後要當騎士嗎？」

「騎士……好！我要當騎士！」

「哎呀，真可靠。那等你再大一點，請爸爸陪你練習好不好？」

「好！」

沒人知道這種穿越異世界的現象究竟會產生什麼結果，唯一可以肯定的是，他身為艾爾涅斯帝・埃切貝里亞所展開的第二次人生，就在此刻開始了無法控制的決定性發展。

埃切貝里亞邸位在萊西亞拉學園街的住宅區一隅。

不僅這家人，這國家的人們都起得很早。旭日東昇時，身為母親的瑟莉緹娜便起身準備早餐，而準備好的時候，全家人也醒了。早餐通常是全家人一起享用。

即使如此，年紀尚小的獨生子艾爾涅斯帝還是最晚起床的。

「幻晶騎士！」

不曉得究竟夢到什麼，艾爾踢飛棉被，從床上一躍而起，對於聽見他大喊的母親在廚房呵呵偷笑一事渾然不覺。艾爾東張西望，發現自己身在寢室，於是又縮回棉被裡去。

昨晚他太過興奮，怎麼也睡不著。現在仍處於半夢半醒的狀態，臉上露出恍惚的笑容。

（那是機器人，而且毫無疑問是人型，是『巨大人型機器人』……！）

艾爾涅斯帝——正確來說是日本人『倉田翼』的意識，在心中為這意想不到的天賜福音流下感動熱淚，兀自笑得合不攏嘴。擁有倉田翼的記憶，就表示他直接繼承了與前世相同的興趣愛好，而艾爾的前世・倉田翼即是所謂的重度『機械宅』。

過去曾是社會人士的他，幾乎將所有工作所得花在愛好上，網羅了模型雜誌及遊戲，有時則尋找影像作品。可以說他在個人嗜好上投入了比別人多一倍的熱情，用執念稱之也不為過了。話雖如此，再怎麼沉溺於機械，他也只是個普通人，他的生活方式沒有積極到為了開戰車而跑去加入自衛隊。但這輩子的『情況』不一樣。沒錯，人型巨大機器人——幻晶騎士是實際存在的。

他當初『覺醒』的時候，發現自己將在這既沒有模型也沒有電動的世界開始第二次人生，難掩失望神色。如今反倒打從心底感謝那個不曉得是奇蹟、偶然，抑或是某種神秘意志的指引，讓他轉生到這個有幻晶騎士的世界。畢竟這不是什麼玩笑，身長高達十公尺的巨大人型兵器是真的存在。對他這個公認的重度機械宅而言，與幻晶騎士邂逅的衝擊之大，甚至影響到他的人生意義。換句話說，他覺得自己是註定要搭上巨大機器人才來到這個世界。這想法沒什麼根據，但他仍對此深信不疑。

他如此下定決心，只可惜幼小身軀仍不敵睡意，使他再次陷入早餐開始前的短暫淺眠中。

快到中午時，瑟莉緹娜和艾爾正待在馬提斯的書房。

書房裡擺著樸素卻實用的木製家具，陳設看上去乾淨整齊。馬提斯雖然主要是劍術指導教官，但在其他領域也多有涉獵。書房的書櫃上排列著各方面的書籍，其中也有顯然是給孩子看的繪本。

緹娜坐在房裡的沙發上，腿上抱著小小的艾爾，慢慢唸著繪本給他聽。以清澈、平靜的嗓音娓娓道來。然而直到昨天為止都樂在其中的艾爾，今天卻一反常態，靜靜聽了一會兒之後便不安份起來。他呼喚母親：

「母親，母親。」

「艾爾，怎麼啦？不喜歡這本書嗎？」

緹娜偏著頭，但艾爾的下一句話完全解開了她的疑惑。

「我喜歡書……可是，我還想聽更多幻晶騎士的事！」

緹娜將書擺到一旁，研究起艾爾的表情。一看到那雙充滿好奇心和喜悅的明亮大眼，更不可能拒絕了。

「哎呀哎呀，真拿你沒辦法。那麼，艾爾，雖然你還太小，不過想要駕駛幻晶騎士，就得先成為騎士喔。」

「騎士……要怎樣才能當騎士呢？」

說起來，雖然艾爾認定了自己的宿命，但他的身軀終究只是個三歲幼兒。即使擁有等同成年男性的思考能力，行為仍受到諸多限制，目前最需要的『資訊蒐集』也包括在內。無法自由行動的幼兒該怎麼做才能得到資訊？果然還是只能靠父母親。

「我想想，要唸很多書，還得練習劍術呢。對了，就讓爸爸教你劍術吧。畢竟爸爸在學園就是教劍術的嘛。那麼，接下來我們唸你喜歡的、有幻晶騎士出場的書吧？」

「好！」

艾爾這回總算把注意力放回書上，緹娜摸著他的頭，拿出有關幻晶騎士的故事書，慢慢唸給他聽。艾爾一邊聽著淺顯易懂、小孩子也能輕易理解的故事，內心同時興奮激動得不能自己。

他想像自己駕駛巨人騎士兵器，擋在巨大魔獸前保護人們的英姿，再度下定決心。他無論如何都要搭上幻晶騎士，而且是愈快愈好。為此，他要利用自己極早形成的成熟自我意識，在這種巧妙的處境中盡己所能。他在腦中縝密地安排今後的計畫，不過現在只是安靜地傾聽故事。

「父親，可以打擾一下嗎？」

在自家書房休息的馬提斯・埃切貝里亞聽見背後的聲音，轉過頭看見他兒子艾爾涅斯帝・埃切貝里亞正小跑著過來。今年滿五歲的艾爾將一頭與母親緹娜相同的閃耀銀紫髮剪齊至下頷，肖似母親的可愛外貌依然不變。就連平日以鐵面無情著稱的馬提斯，在艾爾面前也經常笑顏逐開。

「喔，沒關係。怎麼啦？艾爾。」

「有件事想拜託父親。」

艾爾小小年紀，話卻說得非常清楚。三歲時多少有些含糊的發音，如今到了五歲，也變得十分流暢。這孩子從小不論對誰都表現得彬彬有禮，隨著口齒逐漸清晰，更突顯出這一點。然而這樣的差異並沒有讓人感到隔閡，反而非常適合他嬌小可愛的容貌。看著艾爾這麼拚命請求的樣子，馬提斯愈發笑得合不攏嘴。他最近的『孝子』程度只有愈來愈嚴重的趨勢。

「父親，我想成為騎士，請教我劍術。」

終於來了啊。馬提斯暗自困擾著，但沒有將內心想法表現在臉上。他也曉得兒子從很幼小的時候就想當騎士。這樣的目標本身沒問題，假如他本人有幹勁，那更是求之不得。無奈艾爾才五歲，這年齡要教他劍術還太早了。若不等身體發育更完全，反而會造成反效果。再者，艾爾可愛的面貌一年比一年更像他妻子，身高在同齡的孩子中看起來更嬌小。說實話，就連他自己都懷疑兒子能不能拿得起劍。

即使如此，馬提斯仍正色地與兒子面對面。既然他都這樣當面表達了他的決心，那麼他作為教官、作為父親，更是不能視若無睹。馬提斯建議兒子不要急，先從培養體力開始，同時也告訴他除了劍術之外，魔法知識也對當上騎士有幫助，建議他學習魔法。

「魔法……我明白了，父親，以後再請您教我劍術喔。」

看著兒子堅定不移的神情，馬提斯肯定地點頭，保證總有一天會教他劍術。

「……就是這樣，母親，請教我魔法！」

與馬提斯約好後，艾爾立刻回到緹娜身邊拜託她。為什麼拜託母親？因為堤娜的父親，也就是艾爾的外公正是萊西亞拉騎操士學園的現任校長——勞里・埃切瓦里亞。緹娜欣然答應，用盡門路將魔法相關的教材準備齊全。

量，而騎士也經常利用魔法作為輔助。

無須多言，在艾爾前世的世界——地球上沒有魔法的存在，頂多出現在故事中。多數人大概只有在劍與魔法的角色扮演遊戲中聽過魔法，然而這個世界卻實際存在這種超乎尋常的力量，而騎士也經常利用魔法作為輔助。

——『魔法』。

在充當指導老師的母親教導下，艾爾繼續閱讀魔法相關的教科書。

從他決定要駕駛幻晶騎士的那一刻起，艾爾便悄悄展開行動，但他至今為止所做的都是基礎中的基礎，簡單來說就是背誦文字。就三歲小孩來說，現在起步已經是異常地早了，想必連這國家的特權階級——貴族子弟也不會這麼早開始吧。拜此之賜，有些難度的教科書也難不倒艾爾。

小孩子討厭上課可說是天經地義，但艾爾有別於普通小孩。這也是為了成為騎士，尤其是一想到可以駕駛幻晶騎士，唸書對他來說就一點都不痛苦，甚至到了可以將所有教科書從頭到尾看過一遍的地步。正因為內容死板，與其將之視為「學習」，倒不如樂在其中，把這當成一種遊戲。加上孩子特有的柔軟學習能力，讓他以可怕的速度逐漸理解這些內容。

緹娜的本業不是老師，但教起人來也有模有樣。畢竟這名女性有個校長父親，丈夫又是現役教官。她滿足艾爾的期望，耐心指導他一步步學習魔法。

——簡單來說，這個世界稱之為魔法的東西，就是將魔力轉換成現象的技術。

這世界的所有生物都具有將空氣中的『以太』攝取至體內，再提煉成魔力的能力，而且體內可以儲存一定程度的魔力。

「所謂的魔力是種像燃料一樣的物質，魔法就是根據魔法術式決定內容，再透過觸媒在世界產生現象的喔。」

緹娜對著乖乖端坐的艾爾繼續說明。

世界上有兩種生物，分為可以獨立運用魔法與不能運用魔法兩種，這種差別來自於體內是否有「觸媒」。運用魔法的生物，在體內有一種相當於觸媒的結晶。例如，有最強魔獸之稱的龍，牠的吐息便是依此產生。

「原本呢，我們人類體內沒有觸媒結晶，是不能用魔法的種族喔。」

既然人類體內沒有觸媒結晶，人類就不能運用魔法。從這世界的原則來看，這是理所當然，亦是不容置疑的事實。然而現今人們學習並掌握了魔法的使用方法。有此結果，是由於人類發揮了名叫『智慧』的武器。人類既為這個世界的生物，也有了魔力，接著逐步發展出魔法術式，並藉由外部觸媒結晶克服了原來的缺陷。

以此為契機，原本一直屈居世界弱者的人類壯大了勢力，並在經年累月地鑽研之後製造出用魔法驅動的巨大兵器——幻晶騎士，終於使人類晉升為強大種族。

「母親，既然幻晶騎士那麼強，我們還有那麼龐大的騎士團，不是可以建立更大的國家嗎？」

「也對，或許做得到也說不定，不過還是很難呢。」

幻晶騎士雖然是強大兵器，但也是一種在製造、維修上必須耗費人力與巨資的戰略武器。實際上，要準備足以一統大陸的兵力是不可能的。人類最終以歐比涅山地為界，致力於維持大陸西側的安定。弗雷梅維拉王國則作為保護東線的屏障保留下來。這樣的膠著狀態已持續數百年至今。

「細節等上歷史課時再說吧。等你開始上學後，還有很多要記的東西呢。」

緹娜指的是魔法的實際操作。如前所述，運用魔法必須透過魔法術式，而構築、運作魔法術式的便是生物腦中的假想器官『魔術演算領域』，是在這世界上擁有自我意識的生物必定具備的機能。

「還有呀，艾爾，所謂魔法術式，就是各自以固定圖形來顯現不同現象的東西。首先會有顯現基本現象的基礎式，另外還有連結並運用基礎式的控制式喔。」

將基礎式與控制式結合而成的魔法，會構成一個類似在地球被稱作『魔法陣』的圖形。

對魔法初學者來說，最容易遭遇挫折的便是構成魔法術式的部分。大多數人都能馬上操作基礎式，然而想擴大魔法術式以施展大規模魔法，則需要熟能生巧。因為人類原本就不能用魔法，所以要構築高階魔法便需要累積經驗。包含這點在內，這部分講求的是個人資質。

（左右魔法效果的基礎式和將之擴大的控制式，兩者的圖形組合遵循既定法則……對，好像在哪看過，這簡直像……！）

艾爾前世的職業——程式設計師幫助他理解了這個部分。簡言之，表現魔法術式的圖形組合正如同程式語言的邏輯，運作術式的魔術演算領域則是假想的電腦。而魔術演算領域內建在腦中，根本不用花時間啟動，就便利性而言比前世更為優秀。

艾爾掌握了規則之後，一『讀取』完教科書上的基礎式和控制式，便在魔術演算領域——亦即人腦的思考編輯器上開始編碼。面對如此龐大的代碼，再怎麼老練的程式設計師都不可能在腦中組合出來，一定得藉助編輯器。關於這一點，艾爾是將魔術演算領域當作編輯器使用，依序組合術式，構築起魔法術式。

正因為他還是初學者，對這世界的人能運用多少魔法沒有概念，所以沒有發現自己能輕易構築、控制極為複雜語法的演算能力有多麼異於常人。

艾爾拿著一支木製的小魔杖，閉上眼專注思考。

魔杖前端鑲了顆淡色結晶。那就是觸媒結晶，是這世界容許人類使用魔法的奇蹟果實。人類用魔法時，一般會使用這種尖端鑲嵌觸媒結晶的魔杖。艾爾手中的魔杖發出輕輕的「啪咻」一聲，飛射出火線，在靶上正中央留下焦痕。他剛剛施放了火基礎式系統中的初階魔法——『火焰彈』。

「哇，艾爾，你好厲害。這雖然是基礎式，但我沒想到你居然這麼快就會用魔法了。」

「可是，母親，教科書上說這是基礎中的基礎，無論誰都能馬上施展的。」

「如果只是施展的話是沒錯，可是要像剛才那樣直接命中目標就需要練習喔。艾爾的魔法真漂亮呢。」

不論艾爾再怎麼精通程式設計，若只是上課而不練習，就與紙上談兵無異。他在房子後院設了個簡易標靶，由緹娜陪著他一起進行實地演練。一個接一個地練習各種不同的基礎式，培養實際操作魔法的感覺。如此連續不斷地施放魔法，艾爾開始有種奇妙的感覺，一種……力量逐漸從體內流失的奇特感覺。舉例來說，有點類似運動後的疲勞感，卻又和體力消耗不同。這未曾有過的體驗令他不知所措，不過這就是消耗魔力引發的現象。他氣喘吁吁地大口吸著周圍的以太，試著多少補充一些流失的魔力。

（……沒想到這麼累人。這下要是施展大型魔法，大概會因呼吸困難而倒下呢。）

此時一直靜靜在旁守候的緹娜走了過來，溫柔地笑著，摸摸他的頭。

「這就是消耗魔力的感覺喔。若沒有事先體驗過一次的話，以後就麻煩了。」

「……我喘不過氣來，好難過，而且只用了一點魔法就已經沒有魔力，真令人洩氣。」

「怎麼會呢。你還小嘛，魔力不多也是很正常的。」

「長大以後，魔力也會增加嗎？」

「嗯——我想想，雖然有些不同，不過將它想成和體力一樣的東西就好了。魔力的增加不只與身體的成長有關，經過精神鍛鍊後，也會愈來愈強大。」

「這樣啊，我明白了。母親，既然如此，我要為了增加魔力開始特訓！」

緹娜微微苦笑，看著鬥志高昂的艾爾，接著摸摸他的頭。

「哎呀，真是個努力的孩子，可是不能太著急喔，要記住欲速則不達。」

艾爾稍微反省了一下，自己的確太過心急了。緹娜說得沒錯，太急對自己也沒好處，何況他也不願讓陪著自己的母親這麼擔心。

「是，母親。我會按部就班地來。」

艾爾正色向母親保證。緹娜點頭回應，然後緩緩抱緊了他。

接下來的日子，艾爾開始了特訓。

考慮到將來的事以及與緹娜的約定，首先要穩定提升體力和魔力。構築魔法術式是艾爾的強項，只要善加運用前世的能力總會有辦法。剩下的就看他自己操作術式時所需的魔力量了。他每天重複著長跑、各種運動，以及使用魔法的魔力消耗與恢復。就在這樣紮實的訓練中，有一次，他在教科書上發現了某個有趣的魔法。

他看上的是『身體強化』魔法。所謂身體強化，顧名思義便是強化使用者的身體機能，具體效果包括增強肌力、耐力以及動作速度。艾爾的計畫，就是將平日的鍛鍊搭配這個魔法來消耗魔力，兼顧兩邊的訓練以達到加乘效果。

不過，這個叫身體強化的魔法屬於『上級魔法』，無法輕易施展。魔法效果由魔法術式的構成來決定，結構愈單純、愈接近基礎式就愈容易控制；控制對象的數量愈多則愈複雜，愈不好控制。

雖然統稱身體強化，這種高階複合魔法其實還包含了同時施展『每一塊肌肉』的性能強化、承受反作用力的『所有骨骼』強化，以及對表皮耐力的提升，還要控制隨著身體動作無時無刻都在變化的施術對象。為了發揮效果，還得維持並持續發動魔法術式。這就是為何比起規模龐大、但只要一發就結束的放出系魔法，這一類強化系的魔法難度反而更高的緣故。

平常在這個階段艾爾早就放棄了，寧願選擇更務實的魔法。不過他知道問題怎麼解決，這出於他獨有的技術——寫程式的概念。他有設計、編寫嵌入式軟體的經驗，知道如何同時管控好幾個對象。因此他一開始不從練習魔法著手，而直接跳到『改造魔法』的步驟。重新觀察身體強化術式的結構，再透過函數化與封裝來壓縮結構，盡可能減少對象參數，並製作能夠自動讀取身體大致狀況的子程式。結構組合好後，接下來只要做成能夠隨意控制的設計來減輕負擔就好了。

像魔法術式的改良這種精密作業，不是人人都能輕易做到的，但他對此一無所知，轉眼便完成魔法的改良，而且還是驚人的飛躍性進步。即使如此，這應該仍屬於高負荷、難以控制的魔法，但在他可謂非比尋常的演算能力下簡直不算什麼。沒有人發現歷史就在這一刻發生了天翻地覆的變化，但對他本人而言，這些不過是過程途中的一個步驟罷了。

萬事俱備。艾爾一手執杖，發動了改良後的身體強化魔法，興沖沖地準備展開每天例行的訓練。可惜他得意洋洋地出發，卻馬上以悲劇收場，還來不及為強化過的身體效果感動，就在跑了短短數百公尺後因『魔力不足』而倒下。

不愧被稱為上級魔法，控制的方式既複雜，魔力消耗量也是不同凡響。忽略了這最基本常識的艾爾難掩心中沮喪，有好一陣子又回到基礎魔法的鍛鍊上。

即使他努力不懈，但他要能夠持續發動一定時間的身體強化魔法，還需要三年左右的訓練時光。如此這般，艾爾每天都帶著用兒時憧憬這句話所不足以形容的熱情，一步步朝目標邁進。

第二話　和朋友玩吧

萊西亞拉騎操士學園附近有學生宿舍和餐廳等多種設施與店家。學園內還聚集了維修幻晶騎士的鍛鐵店等，包含相關人士的住家在內的集合體，形成了巨大的學園都市。正因萊西亞拉騎操士學園是國內最具規模的學術設施，整座城市規模隱隱有趕上王都的趨勢。都市名引用自學園，稱作『萊西亞拉學園市』，艾爾涅斯帝便是住在這樣一個地方。

夕陽沒入圍繞城市的城牆彼端，萊西亞拉學園市處於黑暗之中。除了一小部分以外，商店幾乎都已打烊，街上人煙稀少。整座都市籠罩在一片寂靜之中。當中有個小小人影奔跑在建築物屋頂連成的道路上。那人影穿著在黑暗中難以辨識的全黑服裝，如風一般輕快地跑過屋頂。

不用說，那就是八歲的艾爾涅斯帝・埃切貝里亞。隨著時間過去，為了鍛鍊體力而每天實行的長跑訓練也跟著改變形式，如今沿著屋頂繞市內跑一圈則成了慣例。根據艾爾的說法，上面視野開闊，屋頂高低起伏的地形也正適合訓練。

他的身體強化魔法汲取過去的失敗經驗，並經過一再改良，現在已經成了以低魔力輸出，僅強化奔跑時腳步動作的魔法。如今已習慣成自然，就算進行激烈運動也不會影響到術式，強化過的腳力使他能夠以相當迅捷的速度奔馳。

跑著跑著，艾爾來到至今一路相連的屋頂邊緣，前方的大馬路有如山谷一般橫亙在眼前。他深吸一口氣，一下子提高輸出的魔力量。伴隨著猛烈的反作用力，他像上了弦的箭一般加速，一口氣逼近屋頂邊緣，當他踏下最後一步，跳到空中的瞬間，又啟動了另一個魔法——壓縮前方空氣，製作出高密度的空氣彈。那原本是風系的基本魔法『空氣彈』，艾爾卻讓空氣彈在自己身後爆炸。他並非直接發射壓縮的空氣彈，而是藉由釋放能量所造成的反作用力提供推力。

瞬間加速衝出去的艾爾身體直接飛越馬路上空，在空中劃出一道完美的弧度。接著又在滯空的時間點抑制身體強化魔法，並在著地之際啟動其他魔法。另一個空氣彈魔法——不過這次壓縮了比一般空氣彈更大範圍的空氣。並且同樣不將壓縮的空氣團塊發射，而直接作為空氣緩衝墊，最後成功地在對面屋頂完美著陸。艾爾屈起身子減緩衝擊，繼續用相同的速度跑了起來。

時值西方曆一二七三年。

從艾爾開始魔法特訓起過了三年。這樣不間斷地持續下來，那嬌小身軀中已累積了超乎尋常的大量魔力。一般情況下，沒有孩子在這年紀就如此徹底地鍛鍊魔法，他能有此成果，說起來也是理所當然。而他同時進行的各式訓練也使體力大幅度提升，只可惜仍無法連續地全力發揮身體強化魔法。因此，他發明了平常以低魔力輸出，針對部分身體機能持續強化，只有必要時才馬力全開的方式。而在移動上，他也研究出可以像剛才那樣合併使用其他魔法高速移動的方式。這些鍛鍊讓艾爾原本就優於常人的演算、控制能力更上一層樓，穩定增加的魔力值，也減少了魔力耗盡的情況。

艾爾將練習重點放在移動系魔法是有原因的。他不至於從早到晚都把時間花在修行上，偶爾也會和其他同齡孩子一起玩，這大概是不想讓雙親擔心的保險舉動，但不可否認的是，像那樣回歸童心，和朋友玩耍的過程也的確讓他樂在其中。艾爾漸漸注意到自己的體格比其他孩子嬌小，他對此沒有不滿，不過若體格再這樣停滯不前，過輕的體重將有可能成為他的弱點。

當然，他今後也計畫繼續磨練魔法能力，也不想隨隨便便因力不如人而失敗。即使如此，考慮到較輕的體重在攻擊出力上要比別人多費一番功夫，他才會選擇強化移動力。不僅因為快速動作既可以擾亂對手，關鍵時還能靠速度提高攻擊威力。

（沒錯，像※牛若丸那樣以柔克剛，日本人就喜歡這種的呢。哎，不過我有切身需求也是事實啦。）（譯註：源義經的幼名，為日本平安時代末期的武士。）

艾爾在腦中想著這些無關緊要的事，一如往常地奔馳在傍晚的昏暗街道上。平常的訓練路徑，例行的長跑，只不過這天發生了意外的小插曲。

「咦？有人過來了喔。」從路徑上方傳來一道聽起來像小女孩的聲音。而另一道有些嚴厲的聲音接著問：「你是誰啊？」

「……有人嗎？」不約而同地，雙方質問的聲音蓋過了彼此。至今未曾在屋頂的訓練路徑遇見任何人的艾爾，就在這一天第一次與他人相遇了。

雙方有好一會兒都沒出聲。彼此都在原以為根本不會遇到人的地方相遇，不能怪對方心生警戒。加上其中一人又穿著一身黑衣，兜帽蓋得緊緊的，這樣不被懷疑才奇怪。

艾爾開始觀察對方的樣子。微弱的星光讓他看不太清楚，不過隱約可以看出那是與自己差不多大的少年和少女雙人組。艾爾的身材比正常標準矮了許多，而那兩人身材都很瘦高，乍看之下年齡大概不會比艾爾小，但也不像比較年長的樣子。

這樣無言對視也不是辦法，於是艾爾率先做了自我介紹。

「晚安，我是艾爾涅斯帝，正在散步途中。你們是？」

原本警戒著黑衣少年的兩人見他突然報上姓名，似乎嚇了一跳。艾爾看不清對方細微的表情變化，但藉由月光反射可以知道少年微微瞇起了眼睛。

「我叫阿奇德，然後這是我妹……」

「我叫亞黛爾楚……呃，我們剛才在看星星……可以這麼說吧。」

艾爾瞥了眼兩人背後，那邊的屋頂上有扇凸窗，他們似乎是從那裡進出的。這場突如其來的相遇讓他有點驚訝，不過說穿了也沒什麼，就只是單純的偶然罷了。艾爾當下打算繼續回到跑步訓練。

「這樣啊，打擾到你們真對不起。我馬上離開……」

「等……等等，先別急著走嘛。你說散步？穿成那樣在屋頂上散步嗎？」

「你不覺得很怪嗎？」

「嗯，是這樣沒錯。」

從兩人的語氣聽得出他們感到相當訝異。就連艾爾自己也覺得要是有人這麼跟他解釋，他也會覺得對方很奇怪。

「說是散步，其實我是在特訓，所以才會故意選擇這種不好跑的地方。」

「欸……那也不用在屋頂上跑吧？真怪。」

在艾爾看來不過是很單純的一件事，對他們兩個來說卻是連想都沒想過的詭異行為。兩人面面相覷，還是一副難以接受的樣子，偏著頭說：

「……哎，算啦。那我們算是打斷你的特訓了呢。」

「請別在意。那我就此……」

「喂、喂，等一下嘛！你說這是特訓，所以你每天都會在這附近跑嗎？」

亞黛爾楚叫住正欲離去的艾爾。準備起跑的艾爾踉蹌了幾步，嘴上老實說「對」，卻又繼續跑了起來。兩人的目光有好一會兒追隨著逐漸融入黑暗的背影——但那超乎想像的奔馳速度使兩人為之驚愕，接著又看到他在建築物邊緣以幾乎要留下殘影的加速度一躍而出，在空中劃出一道大圓弧，再度驚訝得目瞪口呆。

「……好厲害，好厲害！那是什麼？好好玩！」

「嗚哇，真的在跑耶！好厲害，他從屋頂邊緣飛過去了喔!?」

艾爾離開後，阿奇德和亞黛爾楚仍興奮不已。就在發生了一些討厭的事，想到屋頂解解悶的這一天，兩人與奇妙的孩子偶然相遇了。他們的生活以這次巧遇為契機，產生了巨大變化。

艾爾和阿奇德、亞黛爾楚在相遇的隔日又在同一個地方碰面了。與昨天的巧遇不同，兩人這回像是一開始就守在那邊的樣子。艾爾像是死心似地向他們打招呼：

「晚安。今天該不會又在賞星星？」

「唷。不對，我們今天是想跟你聊聊啦。」

「對——」

兩人開心地笑著，連在微弱星光下都能輕易看出來。艾爾目前還不清楚對方的意圖，不過還是決定暫時奉陪。反正萬一情況不對勁就直接閃人，明天起改跑另一條路線就好了。

「這個，你的帽子一定得戴著嗎？」

阿奇德突然注意到這點。艾爾也覺得這樣說話不太禮貌，於是脫下兜帽，學他們坐在屋頂上。「所以呢？」艾爾催著他們講下去，卻注意到身旁的兩人僵住身子，臉上露出難以言喻的表情。

「呃，你們是叫阿奇德和亞黛爾楚？怎麼了嗎？表情變得很奇怪喔？」

「欸？喔，沒有啦。這個……妳是女的嗎!?」

「真的耶。妳動作那麼敏捷，還以為妳是男生……」

原本就酷似美人母親的艾爾，隨著年紀增長更加出落得楚楚動人，如今已經是個十足出色的『美少女』了。稍微長過下頷的銀紫色秀髮，剪齊成中等長度，在微風中搖曳。昏暗的月光也完全遮掩不了容貌，反而倒映出淡淡的光輝，和白皙肌膚一起為他的美貌增添了魔幻的氣息。這樣的美貌完全無法和昨日所見的驚人動作聯想在一起，一下子讓他倆陷入混亂。艾爾斜眼看著兩名孩子，輕輕笑著說：

「不，雖然我長得像母親，但我是真正的男生喔。」

「……不，像母親也該有個限度吧。你真的是男生？」

「是真的喔，說這種謊對我也沒好處。」

「喔喔……好……好可愛喔，艾爾涅斯帝……」

亞黛爾楚不知為何兩手蠢蠢欲動地靠過來，察覺到危險的艾爾向後退了幾步。亞黛爾楚馬上被阿奇德抓住後頸拖了回去。

「呃——啊，我的名字不太好唸，叫我『艾爾』就可以了。」

「啊，那你也叫我『奇德』吧。」

「就叫你艾爾囉！還有我是『亞蒂』！」

做完了自我介紹，艾爾一邊仍警戒著隨時準備靠過來的亞蒂，一邊開口：

「所以呢？你們想聊什麼？」

「對啊，昨天你走了以後，不是從屋頂跳得好高嗎？就是那個，那是怎麼回事啊？」

「啊啊，那是……」

「還有，可以的話也教教我們訣竅啦！」

真不知道他昨天的戒心都跑到哪去了？奇德今天跟他像老朋友似地輕鬆談天。看他興致勃勃的樣子，艾爾不明白他是怎麼回事。

「要教你們是可以，不過那不是馬上就學得會的喔？」

「沒關係啦。只要跟你一起練習，早晚可以飛得跟你一樣好吧？」

「但是也可能在那之前就碰上瓶頸……」

艾爾這麼警告，接著便簡單說明起他的訓練——也就是關於魔法的內容。奇德和亞蒂的悟性相當不錯，儘管內容困難，仍學得很快。不如說正因為他們馬上就理解了，才會深深皺起眉頭。

「那不是很辛苦嗎！」

「原來艾爾這麼厲害……」

「所以我一開始不就說了嗎？」

驚訝得目瞪口呆的兩人呻吟出聲，接著忽然注意到一件事，抬起頭來。

「對了，你的魔法為什麼那麼厲害啊？」

「……這跟素質有關，而且我已經練了好幾年了。」

「好幾年……你幾歲？」

「八歲。」

「欸欸!?那不是跟我們一樣!?」

亞蒂佩服地說。比起之前的說明，這件事似乎讓她更為驚訝。聽起來，奇德和亞蒂似乎是雙胞胎，年紀也一樣是八歲，三個人包含艾爾在內都同年。知道這件事的奇德情緒高漲起來，剛才的困惑都被拋到了九霄雲外，露出一副「好，既然這樣就不可能做不到」的樣子燃起了鬥志。看他躍躍欲試的樣子，艾爾連忙警告：

「可是身體強化是上級魔法，如果不從基礎開始練習是沒辦法使用的。」

「那就教我們魔法嘛。」

「……咦？」

「你很強對吧？不是知道很多高階魔法嗎！」

「你長得那麼可愛，卻很可靠呢！」

艾爾不禁抽搐著臉頰。這發展出乎預料，而且和可愛也沒關係。他們的請求確實很棘手，可能的話他也想馬上逃走，不過一看到奇德和亞蒂神采奕奕地討論著接下來的特訓方法，他的良心已經不允許他視若無睹了。

「啊——這個……呃，我明白了。我會……教你們魔法……」

「好樣的，就知道你上道，好朋友！」

「好樣的，難怪這麼可愛！」

「你太看得起我了，而且跟可愛沒關係吧!?請等一下，就像我剛才說的，魔法不可能馬上學會。首先要從基礎開始穩紮穩打地學起，懂了嗎？」

「懂、懂，放心吧。馬上就會趕上你啦！」

儘管對輕易答應的奇德感到不安，艾爾仍和他們確認好之後的訓練細節，然後雙方就此道別了。

在接下來的隔天，雙胞胎奇德和亞蒂造訪艾爾家。這次不是在晚上，而是白天的正式拜訪。

因為直到昨天為止他都只有在月光下與他們見面，他這才看清楚兩人都有一頭美麗的黑髮與深棕色眼睛，那樣的顏色讓擁有前世日本人記憶的艾爾感到格外親切。奇德蓬亂的頭髮剪成半長不短的長度，亞蒂微捲的頭髮則留至肩膀附近。兩人不愧是雙胞胎，高瘦的身材和堅定的眼神給人的感覺也很相似。

「歡迎蒞臨寒舍，請進。」

艾爾用近似放棄抵抗的心情迎接兩人到來。埃切貝里亞家不愧是萊西亞拉騎操士學園校長及親屬的住處，規模硬是比附近房子大了些。奇德和亞蒂一邊好奇地東張西望，一邊開心地跟了上去。

艾爾的母親瑟莉緹娜比任何人都歡迎兩人的到來，畢竟很少帶朋友來家裡玩的兒子一次帶了兩位同齡的朋友。擅長料理的她迫不及待地大顯身手，要用精心準備的茶與點心盛大歡迎他們。其中最開心的要屬亞蒂了，就在莫名合得來的緹娜和亞蒂要直奔廚房開始一起做點心之前，奇德硬是把亞蒂拖了回去。

即使有這麼一段插曲，他們仍為學習基礎魔法來到艾爾的房間。他的寢室看上去非常整潔。房裡只有一張書桌、床和沿著牆壁擺放的幾個書架而已。書架上有好幾本魔法相關的教科書，也擺了幾本故事書做做樣子。就學齡前兒童來說，這房間可以說過於講求實用性了。雙胞胎（尤其是亞蒂）正興致盎然地打算翻箱倒櫃，但馬上被艾爾制止了。

儘管歷經波折，魔法課程終於開始了。艾爾用的教材是自己以前也愛看的魔法教科書，從基礎開始學起。他原本認為兩人雖然把話說得很滿，但畢竟是八歲孩子，一旦開始上課應該馬上就膩了。沒想到奇德和亞蒂卻意外地熱心學習，之後進行基礎式的實地演練，更是展現出絕佳的控制能力，施展幾次後便能命中標靶中心。

艾爾想起昨天與兩人的對話，他們不是馬上就理解了有關魔法的說明嗎？這表示這對雙胞胎其實非常優秀。艾爾一面反省自己大概有些小看他們，一面對用盡魔力而倒下的兩人提供建議。

「你們的這種狀態叫做魔力用盡。因為你們的魔力都還很少，暫時先做提升魔力的訓練比較好。」

「嗚嗚，呼，好累啊。這樣……特訓要怎麼做？」

「每天不斷使用魔力，直到魔力用盡為止。這比什麼都不做更能讓魔力成長。而且最好做點運動，如此既能鍛鍊身體，也能鍛鍊魔法，這種做法的效率也比較好。」

「……喔，所以你才會在屋頂上跑？」

「正是如此。我之前也說過這不簡單了吧？」

「對耶，可是我還是要做！只要每天持續就好了吧？這不是『很簡單』嗎！」

艾爾嚇了一跳，回頭看見緩過氣來的亞蒂兩手扠腰，看起來天不怕地不怕。堅定的眼神充滿自信，臉上不知道為什麼泛出得意的笑容。他仰頭看著亞蒂，無關緊要地想著：「她身材高䠷，長大後或許會變成大美女，不過這樣的個性恐怕不太好應付呢。」

「……這樣的話，就請你們暫時以基礎式為主來進行紮實的訓練，等魔力提升後再開始做和我一樣的特訓吧。」

「這下子不知道什麼時候才能追上你了……不過我們一定會比你想像的更快追上啦！」

「當然囉！等著瞧，我們馬上就會進步到可以和你一起練習的！」

艾爾心中對第一次交到的『好友』的評價悄悄上升了。

（沒想到他們比我想的更堅強呢，感覺真是交到了有趣的朋友。）

就這樣，艾爾的特訓有了雙胞胎阿奇德・歐塔和亞黛爾楚・歐塔加入，使他們的生活又更加熱鬧了起來。

艾爾學的不光是魔法。在鍛鍊魔力、體力等紮實特訓的空檔，還學著父親馬提斯答應教他的劍術，那是萊西亞拉騎操士學園也有教授的正規騎士劍術。而（可以說是理所當然地）奇德和亞蒂也參加了。

在劍術方面，奇德是三個學生當中最有資質的。他小小年紀，體格卻不錯，因此馬上超越了艾爾，學得架勢十足。若是正面對決的模擬戰鬥，不會輸給任何人。

他們一邊練劍，同時也不忘練習魔法。就這年紀的孩子來說，三個人的生活簡直忙碌到了超乎尋常的地步。艾爾為了達成自己的目標進行必要的鍛鍊。在經過這麼長一段時間後已成為一種習慣，不怎麼覺得辛苦。回顧前世的自己如此不思進取，這輩子他引以為鑑，化為堅持下去的動力。艾爾心想，人類最大的原動力始終來自於欲望啊。

說起來，奇德和亞蒂又怎麼樣呢？他們也懷著與艾爾不相上下的熱忱過著每一天。原本艾爾的訓練就超過了必要程度，不應該把這些負擔加在他們這種『普通的』孩子身上。如果單純以騎士為目標，不需要做到這種地步。儘管如此，他們也不曾抱怨或發牢騷。

這兩個人的原動力究竟是什麼呢？內心住著一個『拿出了幹勁的大叔』的艾爾想不出他們如此拚命訓練的理由。

即使每天都像這樣忙得團團轉，他們也不是把生活重心全放在訓練上，也會像孩子一樣，有時陪陪父母，有時則和附近同齡的孩子們玩耍。正因為這座城市擁有國內最大的學園，孩子們不缺玩伴。

話說，弗雷梅維拉王國有個其他國家所沒有的大問題，也就是『魔獸』的存在。這裡的情況不同於歐比涅山地西側，弗雷梅維拉王國與魔獸支配的博庫斯大樹海接壤，因此國內至今仍有許多魔獸，對人民的生命財產造成威脅，鬧得人心惶惶。為此，弗雷梅維拉王國的都市通常都會築起堅固城牆，保護城鎮與人民。

——弗雷梅維拉王國的全體人民都認為築牆是必要之舉，不過對正值淘氣年紀的少年少女來說，城牆內的生活無趣到了極點，簡直令人喘不過氣。為了發洩多餘精力，他們把整座城市當成遊樂場跑來跑去，吵吵鬧鬧地玩得不亦樂乎，街上天天都能聽到孩子們的歡笑聲。

今天也一如往常，一群孩子笑鬧著跑過井然有序的街道。不過仔細瞧瞧，有個孩子遠遠落在大家後方。

「搞什麼啊——遲鈍烏龜——」

一聽見回頭的孩子們這麼嘲笑，落在後頭的孩子立刻氣喘吁吁地停下腳步，揮著手臂大聲抗議：

「呼、呼、呼……沒……沒辦法啊！我們『矮人族』怎麼可能跑那麼快！」

那個回嘴的孩子個子比其他人矮，身材粗壯結實，還有雙短腿，看起來的確不是跑得快的類型。

「唉唷——巴特森果然很遲鈍欸——」

「你說什麼？混帳——！」

「遲鈍巴特森生氣啦！被打會很痛喔——！快逃——！」

名叫巴特森的孩子氣得滿臉通紅，踏著沉重腳步跑了過來，只可惜依舊彌補不了腳程差距。周圍的孩子們一見他靠近，便大笑著一哄而散，眨眼間跑得不見人影，只留下巴特森孤伶伶地站在那裡。

「……呿，可惡……」

他懊悔地握緊拳頭。只有這點他無能為力，跑得慢可說是他們『矮人族』命中註定的缺陷。

『矮人族』——原本是北方大地的山地民族。

他們住在地勢險要，每到冬天就被冰雪覆蓋的地方，以天然形成的山洞作為住處。之後隨著時代變遷，開始自己動手挖掘洞窟，因此發展出高度挖掘技術。再加上北方蘊含許多優質礦藏，平日靠山吃山的他們自然精通各種礦物資源，連帶提升了利用那些資源的鍛造技術，如今甚至被世人譽為『鍛造民族』。

基於這般前因後果，經過長期演化，矮人族的體型即使在狹窄的洞窟中也能行動自如。長得矮、身體粗壯可說是他們的最大特徵。另外，他們全身還長滿了結實肌肉，單就臂力來看，或許比一般人類還要強上一倍。他們的外表大致來說都很粗曠，男性的頭髮和鬍鬚生長濃密，據說過了十歲就會長出硬邦邦的大鬍子。順帶一提，他們的文化認為鬍子留得夠氣派才有面子，剛開始長鬍子的男子無不引以為傲。

即使是如此與世隔絕的矮人族，也並非在漫長歷史中一直躲在北方山上。其中不乏靠著一族代代相傳的鍛造技術以及強壯體格，四處開鍛鐵店的族人。

剛才提到的孩子——『巴特森・泰莫寧』也是出走故鄉的矮人族之一。他的雙親在萊西亞拉學園市做鍛鐵生意，這就是為什麼他會跟附近孩子們一起玩耍的緣故。孩子們的遊戲總是不離你追我跑、捉迷藏這些體能活動，尤其在被城牆環繞的城市更是這樣，根本無法想像在環境如此封閉的這裡，腳程如果像蝸牛慢步會有多麼難受。他的外表也因此成為鄰居孩子們的笑柄。

那些嘲笑巴特森的孩子們已經跑得不見人影。他也早就死了心，賭氣往回走。

「奇怪？只有你一個人嗎？其他人呢？」

獨自生著悶氣，正準備回家的巴特森聽見有人向他搭話，一回頭便看見有個三人組站在那兒。中間那個人特別矮，三個人站成了個「凹」字形。是艾爾涅斯帝、阿奇德和亞黛爾楚師徒三人組。

「搞什麼，是艾爾啊。反正你們也瞧不起我跑得慢吧！」

三人一時因為這突如其來的遷怒而不知所措，不過馬上就想到了平日的那一幕。矮人族跑得雖慢，卻有健壯的體格與強壯的臂力。也就是說他打架強得不像話。如果和人扭打在一起，即使是一對多也不會輸。巴特森以前跟人起了點小爭執，結果取得壓倒性勝利，那也是造成現在這種情況的原因之一。

艾爾望著巴特森踏著粗魯腳步離去的背影，突然想惡作劇一下，不懷好意地笑著說：

「啊，他又被整了嗎……好，那大家一起去追那些傢伙吧。」

聽到艾爾沒頭沒腦的提議，剩下的兩人愣愣地回答：

「是可以啦，要怎麼做？先別說我們，巴特森他又追不上。」

「嗯，所以由我們來帶他過去。瞧，就當成平常的訓練，把巴特森當做負重物吧。」

「原來如此！我懂了！」

「來吧來吧。」

明白用意的奇德和亞蒂站到巴特森兩旁，也不管他願不願意，就緊緊抱住他兩邊的手臂。

「欸？喂……喂！你們想幹嘛……」

「那麼，今天的長跑訓練，開始！」

奇德和亞蒂在艾爾一聲令下開跑，完全不顧陷入混亂的巴特森。他們完全將巴特森當成貨物，兩人合力搬運。這種特技只有學過『限定身體強化』魔法、能夠發揮超越外在力氣的他們才辦得到。巴特森被那超乎想像的速度嚇得目瞪口呆，只能任人帶著跑。

「他們一定在中央廣場吧！這是突擊！」

「噢——」

「耶——」

「我說，這到底是怎麼回事啦——!?」

萊西亞拉學園市大致可劃分為學園設施與市街區。市街區中央有個沒有建築物的大廣場，被大家稱作中央廣場，白天熱熱鬧鬧地聚集了許多攤販，廣場在孩子們眼中也成了大伙兒心照不宣的聚集地。

「喂，那傢伙不會追來吧？」

「他跑那麼慢，怎麼可能追上——」

「也對，如果像上次一樣又被他打到的話，那真是痛死人啦！」

「安啦，到時候再逃走就好啦。他那麼遲鈍，三兩下就能擺脫掉了吧？」

是剛才取笑巴特森的孩子們。一群人就近把木箱當成椅子，坐在上面啃著從路邊攤買來的水果。大伙兒正為剛才那番大快人心的報復行動而樂不可支，這時卻聽見遠方傳來洪亮的喊叫聲。

「喝啊——喔啊——！」

「閃開閃開！」

「要去哪裡啊！你們給我差不多點——！」

注意到那些聲音中混雜著一道記憶猶新的聲音，這使他們大吃一驚。那不是剛才被他們大肆嘲笑、大家避之唯恐不及的巴特森的聲音嗎！一群人驚慌失措地四處張望，看到奇德和亞蒂抱著巴特森兩臂朝這裡衝過來，驚慌失措地低聲尖叫：

「嗚喔，你……你們在幹嘛……!?」

「啊，找到了。就是現在，巴特森——發射！」

發現他們的艾爾一指出目標，奇德和亞蒂就露出不懷好意的笑容，也沒有放慢衝刺的腳步，就卯足全力把巴特森扔了過來。在充分助跑與力道十足的拋投下，矮小卻份量十足的巴特森快速飛上天空。其他孩子一時反應不及，只能目瞪口呆地望著巴特森的身體在空中劃出一道拋物線，直到發現他的『著彈點』就是自己所處位置的時候，才終於開始慌張起來。

「呃！嗚哇，笨蛋，不要過來。」

「嗚喔喔喔喔喔喔喔，快……快躲……」

眾人慌忙想逃，卻為時已晚。他們被巴特森的石頭腦袋砸個正著，過猛的力道更讓他們把木箱撞得七零八落。所有人都東倒西歪、摔得一蹋糊塗，現場籠罩在一片塵土飛揚中。場面混亂到連始作俑者的艾爾等人也產生了些許罪惡感，忍不住面面相覷。

「……稍微……玩過頭了嗎？」

「嗯——正中目標呢。」

「啊——我有個好主意。咱們快溜吧。」

「你們幾個！別想逃！」

巴特森揮開木箱碎片站了起來。果不其然，第一個復活的是最健壯的巴特森，其他孩子依舊倒在那兒動彈不得。巴特森氣得怒火中燒，在他以矮人族不該有的可怕氣勢跑過來之前，笨蛋三人組就像風一般地逃之夭夭了。

「那麼就此告辭！」

「吵死啦，你們全給我等著！」

順帶一提，據說那些被留下的孩子們在清醒前就被附近的大人逮住，因為弄壞木箱而被狠狠教訓了一番。

在與市中心有些距離的地方，該處並非住宅區，而是店家林立的商圈。那裡有棟較四周建築物大上一倍的房子，比起外觀，它更重視堅固性。這裡就是鍛鐵店『泰莫寧工房』。

巴特森追著逃走的艾爾一行人在街上東奔西跑，最後來到這個地方。相較於艾爾他們一臉若無其事的模樣，之前被他們拖著四處亂轉的巴特森則是一副奄奄一息的樣子。

「你……你……你們……太快了吧……」

「這都多虧了平日的鍛鍊。」

「呼……所以說，為什麼可以練得這麼厲害啊……」

艾爾臉上甚至泛出輕鬆的笑意。只論體力的話，巴特森擁有絕對優勢，無奈完全比不上用魔法的艾爾他們。

「啊──算了，我已經什麼都不在乎了。」

巴特森感到筋疲力盡，開始覺得一切都很荒謬。他豁出去似地躺倒在地，呈現大字型，好一會兒才緩過氣來。這時他露出滿足的笑容，低聲笑了起來。

「可是啊，一頭朝他們衝過去還挺好玩的啦。」

「哎呀哎呀，若您喜歡可以再來一次喔。」

「才不要。」

不久，平靜下來的巴特森站起身，手指向家的方向。

「哎，好吧。你們要不要來我家？我也渴了。」

或許是靠近鍛造場的緣故，甚至連在外面路上都能感受到內部的熱氣。巴特森的鍛造師父母大概正在裡面工作吧。

「對了，我沒去過你家呢。」

「嗯——妨礙他們的話會被揍嘛。不能太吵喔。」

三人一走進他家，就看到巴特森的父親與其他幾個鍛造師正默默進行作業。他的父親臉上有長長的鬍子，長得虎背熊腰，一看就知道是個道地的矮人族。的確，要是吃上一記拳頭，可不是鬧著玩的。

鍛造場的對面是店舖，裡頭擺著完成的商品。巴特森自豪地挺起胸膛向他們一一介紹。

「你們看，這些都是我爸做的。」

架上擺著各式各樣的金屬製品，從劍、長槍、盾、鎧甲等武器防具，到鍋碗瓢盆等生活用品。真不愧是矮人族出身的鍛造師，有著名不虛傳的好手藝。每一件都是尺寸、色澤分毫不差的傑作。

「哦……你家賣很多東西呢。」

艾爾在店內走來走去，好奇地看著那些商品，亞蒂不自覺地跟在他後面，看到劍、槍等武器的奇德則開始興奮起來。或許是父親的工作受到稱讚的緣故，巴特森也高興得不得了。

「噯噯，巴特，你不打造點東西嗎？」

「啊——爸爸很少讓我碰鐵器，不過我有做木工。我好歹也是矮人族的一員，連我爸都稱讚我的雕刻手藝喔！」

聽了亞蒂一時興起的問題，巴特森指向店內角落的某樣物品。那裡擺著一些樸素的木製日用品。看上去樸素，做工卻毫不馬虎。巴特森的好本事可見一斑。三人各自在心中佩服不已。

這時，某個放在角落的東西吸引了艾爾的注意力。

「你也會做『魔杖』嗎？」

「……魔杖？會啊，只要有材料，加工就簡單了。我做這個是為了賺點零用錢啦。」

人類要用魔法，就必須準備將魔力轉換成現象的外部『觸媒結晶』，而『魔杖』是最普遍的道具。簡單來說，就是為了方便操作而把觸媒結晶裝在前端的棒子。

一般魔杖的材質是由一種叫做『白霧』的樹加工製成。由於這種樹的材質易於傳導魔力，因此成為熱門的魔杖材料。巴特森製作的樸素魔杖也是用那種材質製成的。

「練習魔法的時候，我常常覺得……」

艾爾的視線從商品魔杖上移開，拿出自己腰上的短魔杖。那是他從一開始學魔法用到現在的物品，尺寸符合他的嬌小體格，比起一般魔杖來得更短些。

「怎麼了？魔杖有什麼問題嗎？」

艾爾轉著手中的短杖，微笑著對摸不著頭緒的巴特森說：

「你不覺得魔杖這種東西用起來不太順手嗎？」

聽到艾爾突如其來的感想，不只原本就很困惑的巴特森，就連奇德和亞蒂也不解地偏著頭。他們已經習慣把魔杖當成施展魔法的道具，不曾覺得難用，所以不明白他的意思。

艾爾之所以感到不協調，原因還是出在他擁有的前世記憶上。正因為他記得那個科學至上的世界，才會覺得奇怪。嚴格來說，所謂的魔杖就是施放魔法的道具。除了稱作『強化』的輔助性魔法以外，人類用的魔法幾乎都被稱作『放出』，會放出某些具有威力的東西。也就是說，艾爾認為魔杖是一種『射擊武器』。

艾爾腦中浮現一幅過去在日本的記憶風景——擺滿了塑膠模型和玩具的房間。在那些收藏中，他持有一種被稱為『軟氣槍』的玩具槍。其中具有擬真的槓桿式槍機、外型線條流暢的來福槍『溫徹斯特M１８９４』特別令他印象深刻。槍械，尤其是來福槍在外型上總有些像「魔杖」。這樣的聯想促使他一直在思考，有沒有辦法將來福槍的形狀運用在魔杖上。

「而且以騎士為例，他們的戰鬥方式通常都是一手拿劍，一手拿魔杖……」

即使是以劍為主要武器的騎士，魔法這種攻擊手段也很重要。右撇子的基本架勢是右手拿長劍，左手拿魔杖。另外，在左手持盾的情況下，通常是將魔杖拿在盾的內側。

「總覺得分開來拿有些麻煩呢，所以我很久以前就在想，有沒有辦法把他們合而為一。」

「我不是不懂你的意思啦……就算真的可以，你要怎麼做？」

在這麼思索的同時，艾爾突然靈光一閃。『槍』與『劍』——如此簡單的兩個字使他聯想到『※銃劍』這種東西。主要是將小刀等刃器安裝於槍身前端，把槍枝作為近距離武器使用。這個概念即將透過艾爾在異世界以奇妙的方式呈現出來。（編註：即刺槍。）

「嗯，我想到一個有趣的點子。」

艾爾微微一笑，讓巴特森感到背上有股莫名的寒氣。

之後，回到家的艾爾一坐到房裡的書桌前，便迫不及待地將想到的設計畫了出來。那副驚人的集中力讓不由得跟了過來的奇德和亞蒂覺得有些傻眼。

「那是什麼？好奇怪的魔杖。」

這就是看到完成圖的亞蒂所說的第一句話。銃劍——也就是由發射魔法的槍與安裝其上的小刀所組成，是一支前所未有的『魔杖』，對只看過現存魔杖的她來說實在是非常與眾不同。

翌日，艾爾再度造訪巴特森家，手中拿著那個畫好的設計圖。

「就像我昨天提過的，你能做出像這樣的魔杖嗎？」

看到才過了短短一天就拿著設計圖闖進來的不速之客，巴特森一時不知所措，但他想說等看完再說，於是開始仔細確認起來。只見他逐漸露出詫異的表情。

「艾爾，這是……什麼？」

「溫徹斯特連發步槍。」

「什麼？沒聽過這種名字的魔杖呢，而且外型好怪……為什麼下面的部分是寬的？還有這個槓桿是什麼？」

「這個啊，這叫做槍托……」

果然有些東西光靠圖樣說明還不夠。艾爾一邊回答巴特森提出的問題，一邊詳細解說。

「哎，我試看看吧。」

儘管巴特森至今依然摸不著頭緒，但還是姑且接下這個任務，並和艾爾約好會動手製作這把奇妙的魔杖。艾爾鬆了口氣的同時，也覺得這是個見識巴特森鍛造手藝的好機會。

數日後，接到巴特森連絡的艾爾第三度造訪他家。那把他親手設計的怪異武器如今化為實體，呈現在他眼前。

把手部分模擬來福槍槍托，加寬且微微彎曲。底端沒有扳機，但附有和槓桿同樣形狀的槍機。模仿槍管的前端部分嵌著觸媒結晶。因為實際上不是槍枝，所以沒有彈倉，取而代之的是與槓桿連動、固定劍身的插銷，上面裝著短劍。這就是在異世界完成的異形銃劍——『銃杖』。

「木頭的部分是我削的，不過金屬部分我爸有幫了一點忙。」

「他沒有罵你嗎？做不來的話，全部木製也可以。」

前幾天拜訪的時候，他聽說巴特森的父親很忙。艾爾也沒有勉強他，只說量力而為即可。

「哎，不知道為什麼，我在做的時候他好像很有興趣，就幫了我一把。」

原來如此，艾爾點點頭。他交代巴特森代為道謝後，就迫不及待地把『那個』拿到手上，開始確認手感，尺寸外型都和指定的分毫不差。矮人族果真了不起，只能說他們的技術太優秀了。

「好啦，我照你說的完成了——結果好像變得怪模怪樣的，你打算怎麼辦？」

「實際表演給你看比較快。」

艾爾試了一下槍機的操作狀況，問巴特森有沒有可以射擊魔法的地方，接著兩人直接前往鍛鐵店後面的院子。後院雜亂地豎立了幾個用來試刀的木頭標靶。艾爾瞄準其中一個靶子砍了過去，在快要擊中前發動風系的中級魔法——真空斬擊，並藉由銃杖的觸媒結晶讓魔力轉換成現象，在短劍上造成真空斷層，乾脆俐落地將堅固的木頭標靶一刀兩斷。艾爾接著又在被砍飛的上半段掉落地面之前迅速瞄準空中，這次他發射的是火系中級魔法——爆炎球。眼看木頭碎塊遭直接命中後爆炸，隨之化為粉塵。這般超乎想像的成果讓艾爾臉上堆滿了笑容，一旁的巴特森則驚訝得目瞪口呆。

「怎麼說呢，這太扯了，簡直莫名其妙。」

「哎，先別說這個。巴特森，你做得太棒了！看樣子以後用魔法會變得很有趣呢！」

「哎，你滿意就好啦。」

「順帶一提，可不可以再幫我做一支？」

「你好歹客氣點吧？」

結果艾爾得到了他的第二支銃杖。這兩支後來正式命名為『溫徹斯特』的銃杖被收在一起製作的鞘裡，隨身佩帶在艾爾的腰上，從此如影隨形地跟著他。

這兩支無論近距及遠距作戰皆能應付自如的魔法武器『銃杖』的完成是關鍵，強化了他的機動性與火力，徹底左右他的戰鬥方式。

第三話　進入學園吧

某天，艾爾涅斯帝在自己家的客廳抱著胳膊，一臉嚴肅地沉思著。原因是攤他眼前的一張信紙，上面寫著『萊西亞拉騎操士學園入學介紹』。就在他已長到了八歲半的現在，家裡收到了萊西亞拉騎操士學園的就學簡章。

他們居住的萊西亞拉學園市，其名稱來自弗雷梅維拉王國的最高學府——萊西亞拉騎操士學園。其教育過程大致分為三個階段，初等部從九歲起，中等部從十二歲起，高等部從十五歲起，各包含三年的課程，多數學生通常只上完初等部和中等部一共六年的課程。高等部則類似地球的大學，只有需要進一步接受專業教育的學生才會升學。說句題外話，這個世界在傳統上將十五歲視為成年。實際上有許多十八歲左右便開始就業的人，不過依職業性質不同，十五歲就開始自力謀生的人也不在少數。

說起來，即使萊西亞拉冠上了『騎操士』學園的名義，但並非所有人都是以騎士或騎操士為目標前來就讀。一方面也是因為初等和中等部教育可以獲得國家補助，因此許多孩子不分身分貴賤都在此求學。弗雷梅維拉王國的教育制度與義務教育不盡相同，是根據這個國家的特殊國情逐漸演變而成。

弗雷梅維拉王國被譽為『騎士之國』，這個稱呼只有表面上好聽，實際上代表著『戰事』發生得相當頻繁。國內有大量魔獸出沒，而國民中又不乏耕作廣大農地的農民，這使他們特別容易遭受攻擊，長久以來的迫害至今未曾停止。因此為了保障稅收、糧食，保護農民就成了國家的重要政策。之所以不採取將魔獸驅逐出國的手段，只是因為怎麼打都打不完罷了。

當然，騎士正是為了保護國民而存在的，無奈國土面積廣大，百密總有一疏。再者，在多數情況下，騎士都是接到發現魔獸的通知後才出動，因此容易落於被動。如此一來被害規模只會進一步擴大。在這樣的歷史背景下，不知自何時起，農民開始希望擁有自衛的技能，而國家在短時間內就滿足了他們的要求。為了教導他們最低限度的戰鬥技術與魔法知識，完成了相關立法與設施。到頭來，弗雷梅維拉王國終究稱不上國泰民安，即使是農民也需拿起武器，戰鬥自保。

對掌握國家運作的王政而言，其中也出現了反對教育最下層的農民戰鬥的聲音，然而為了維持國家的整體運作，這項政策仍斷然施行。就今日的結果來看，政策可以說十分成功。藉由推廣一定程度的教育，激發國民身為國家一員的意識與驕傲，至於國內治安獲得改善，或許可謂僥倖吧。

有了這般來龍去脈，國內各地逐漸興起許多教育設施，而萊西亞拉騎操士學園由於靠近王都的地利之便，學生從農民到商人都有，最後竟然還包括貴族。學園內因此細分為農業、商業及騎士等科系，各科系在一定程度上都有共同的戰鬥技術課程，但其他多半是以學生本身的職能需求開課。分成這麼多學級則是為了配合每個家庭的情況，學生只需接受至少三年的課程，以及一定程度的技術訓練。

在認真研究簡章的艾爾身旁，奇德和亞蒂早就把簡章看完，開始把桌上的點心掃進肚子裡。等兩人解決得差不多以後，看到艾爾還在煩惱，就連他們也露出了一臉詫異的表情。

「嗳，你怎麼那麼煩惱？你不是要當騎士嗎？進騎士學系不就好了？」

「嗯，我是這麼打算……不過，有件事讓我有點為難。」

「為難？像『什麼騎士學系，太簡單了吧！』這樣？」

「不，並不是……一開始我的最終目標就是當上騎操士。」

允許駕駛幻晶騎士的騎士統稱為騎操士，不只家人知道艾爾以此為目標，就連奇德和亞蒂也聽過好幾次了。

「幻晶騎士的數量有限，何況騎士中能成為騎操士的，也只有少數精英而已。一想到騎士課程合計六年，之後接受騎操士課程，再來等所有課程結束，經過分發後的一連串流程……等實際搭上幻晶騎士，也是很久以後的事了呢。」

要當騎操士沒那麼簡單，幻晶騎士是一種『兵器』，是為了保家衛國而製造的東西，因此需要接受長時間的訓練才能駕駛。

艾爾又想了一會兒，接著轉向馬提斯。

「父親，我有個問題，騎士課程可以跳級嗎？」

馬提斯皺起眉，被兒子給問倒了。他也能體會艾爾著急的心情，同時他也非常清楚這有多困難。

「看看你所做的努力和魔法能力，這的確不是不可能……不過騎士課程就難說了。不僅要看劍與魔法的才能，還要接受禮儀相關的教育，你到目前為止都沒正式學過那方面的知識吧？」

這的確是個盲點。馬提斯又面有難色地接著說：

「幻晶騎士的駕駛訓練是進入騎操士學系後的最終課程。一般認為從十五歲左右開始……像你這樣……呃，身高不夠的話就沒有適合的機體了。」

眾人的視線轉到艾爾身上，現場陷入宛如地獄一般的沉默。艾爾的確比同齡小孩的平均身高嬌小，和他身旁的歐塔兄妹一比就更明顯了，不過任誰都沒想到這一點居然會有這種影響。

艾爾大失所望地垂下目光。算一算，這樣下去至少還要等七年，才能駕駛夢寐以求的巨大機器人。他也不是等不下去，但也不會有人怪他覺得這過程太漫長吧。話雖這麼說，但凡事往往無法盡如人意。艾爾原本想轉換心情，這時突然感到頭上有一道陰影籠罩了下來，他一抬起頭，就看到緹娜站在眼前。

「對不起喔，艾爾。你是因為像我，才會長不高……」

見母親一臉抱歉地摸著他的頭，艾爾睜大眼睛搖搖頭。

「怎麼會！母親，這又沒有關係！我的年紀本來就太小，而且也不是只有這個方法……」

忽然間，艾爾像是想起什麼似地中斷了話語，為自己所說的話吃了一驚，然後緩緩閉上嘴。隨著他的靈光一閃，一種新的可能性以驚人速度誕生了。

「……沒錯，並非只有那個方法。我太執著於駕駛，才會浪費不必要的時間。應該把時間用在其他地方才對……」

緹娜訝異地偏著頭，看著艾爾毅然決然地抬起頭。

「所以，我自己做就好了。」

「做什麼？」

奇德敷衍地反問他那沒頭沒腦的一句話。

「幻晶騎士。我自己做就好了。」

「……啊？」

「……艾……艾爾？你認真的？」

艾爾臉上出現前所未有的堅定神情。他的發言太過驚人，反倒讓大家一時間呆住，說不出話來。

「等……等一下，你說做……是什麼意思？」

「就是我說的意思。我到目前為止的行動都是以駕駛這件事為前提，但仔細想想，這樣我就得不到專屬的機體了。」

眾人當場傻眼，難道他原本打算將幻晶騎士占為己有嗎？除了一部分的貴族和大商人以外，沒有人擁有私人的幻晶騎士。畢竟製造、維護都需要龐大的經費與人力，所以從騎士升上騎操士反倒算是駕駛幻晶騎士的捷徑。不過，以上是一般理論，對穿越異世界而來的機械宅而言，根本不把這些放在眼裡。

「沒錯，不就是這樣嗎？國家配給的機體本來就不能做太多改造！怎麼會沒發現這麼基本的道理呢？客製化才是機械的王道。反正徹頭徹尾的改造也需要相關知識……太大意了。」

眼看艾爾的笑容逐漸走火入魔，奇德和亞蒂按住額頭，似乎在說這下糟了。平常的艾爾總是舉止穩重，甚至有股從容的氣質，卻不時懷著教人難以置信的熱情，往意想不到的方向暴衝。奇德和亞蒂覺得似乎窺見了那股狂熱的真面目。

「你玩真的喔？艾爾……」

「當然！我可以肯定，就算這樣繼續下去也只會白白讓時間流逝，那麼，以自製為目標當作消遣也不錯，而且這也比從現在開始存錢買一台要實際多了吧？」

奇德心想，你說的選項不管哪一個都是在作白日夢吧？不過他很機靈地閉口不語。馬提斯瞥了興味索然的奇德一眼，一臉嚴肅地說：

「艾爾……我明白你的心情，不過這不是嘴上說說這麼簡單喔？」

「我知道，父親。但如果可能的話，我也想要一台專屬的幻晶騎士，所以想盡我所能去做。」

「這樣啊……好吧。不過也要努力學習騎士課程喔。」

「是。我想成為駕駛員，所以也不打算偷工減料。」

艾爾臉上見不到一絲迷惘。亞蒂不知道為什麼開始摸起艾爾的頭，看上去像是對他已經超越傻眼，達到佩服的境界了。

「怎麼說呢，你真的是為達目的不擇手段耶。」

「……雖然有點介意妳的說法，不過我沒有理由在明明有其他選擇的時候斷然放棄。」

「真是太厲害了。艾爾你看起來這麼可愛，其實非常偏激耶。」

（就是因為我長這樣，一般的手段才會對我沒用吧。）

艾爾朝窗外看去，從這裡看得到占據大半城市的巨大設施——萊西亞拉騎操士學園。

「嗯——我開始期待去萊西亞拉上學的那一天了。」

馬提斯和緹娜相視而笑，他們也不樂見可愛的兒子繼續消沉下去。儘管覺得他的目標多少有些胡來，但如果是艾爾，想必能毫不猶豫地前進吧。

「……不能服輸啊，艾爾太厲害了，我也不能輸。」

「奇德？」

「不，沒什麼。好，我們也加油成為騎士吧！」

「嗯！」

奇德和亞蒂也決定進入騎士學系。三個人不約而同地決定了在萊西亞拉騎操士學園的目標，接著他們有好一會兒開始想像、憧憬著近期內即將展開的學園生涯。

——西方曆一二七四年。

四季流轉，季節來到春天，也是萊西亞拉騎操士學園迎來新生入學的時期。

萊西亞拉騎操士學園的學生不只來自萊西亞拉學園市、王都坎庫寧等鄰近都市，更從全國各地而來。考慮到路上可能遭遇魔獸等等的交通狀態，大部分學生都會提早出發前往學園市，學生宿舍附近天天都能看到新面孔。

開學典禮當天早上，艾爾涅斯帝、阿奇德和亞黛爾楚，現在又加上巴特森等四人即將抵達學園。由於宿舍幾乎住滿了遠道而來的學生，本地的學生們基本上都從家裡通學。

萊西亞拉學園市周圍原本就圍著一道巨大城牆，不過萊西亞拉騎操士學園也有圍牆。儘管主要是為了劃分校地，但正因為學園占地廣大，連綿不斷的牆壁一直延伸到街上，結果成了著名地標而廣為人知。

「說起來，這牆壁雖然看習慣了，但還沒進去過呢——」

「以後愛怎麼進去就怎麼進去囉。」

「說的對。」

一行人沿著牆壁走著，不久便看到高大的校門。那是學園的正門。由於學園的騎操士學系會操縱幻晶騎士，因此門的高度也設想到他們的出入情況而做成適合大小。當然，在舉行開學典禮的今天，門是大大敞開的。

四人帶著些微緊張的心情正想進入，艾爾卻突然停下腳步。奇德、亞蒂和巴特森詫異地回過頭，一看到門旁邊的東西，頓時恍然大悟。在敞開的正門左右兩側站著幻晶騎士，像是在歡迎來訪者一般。他們拖著當場開始膜拜起來的艾爾，一行人好不容易才進入萊西亞拉的校門。

今天的預定行程中，最重要的果然是入學典禮。說是典禮，大部分時間也只是在聽老師們的演講罷了。吃過中餐後，各學系會各自將學生帶開，下午開始針對課程內容做簡單說明。雖然分成不同學系，但在初等部期間還是以基礎課程為主，多半是各學系共有的科目，因此區分變得非常模糊，課程內容要從中等部開始才會有正式區別。

入學典禮在大講堂舉行。當許多人迷失在與學校規模成正比的廣大校園中時，曾來看過父親工作的艾爾熟門熟路地往大講堂前進，後面的三人只能拚命追著他，以免跟丟了那個嬌小背影。

「不用別人帶路是很好啦，不過艾爾實在很容易讓人跟丟欸。小不點一個。」

「對呀，再高一點的話就很好找了，不過沒關係，這才是他可愛的地方嘛！」

「我的身高也沒什麼變化就是了。」

聽到後面大聲吵個不停，艾爾受不了地出了聲。

「我把奇德和亞蒂留在這裡好了。」

「啊，對了，有個好辦法！抱著艾爾就不會看丟他了對吧？」

「無論如何我都敬謝不敏。」

當眾人開著玩笑抵達大講堂時，那裡已經被學生擠得水洩不通。在這裡的所有人都是新生，國內規模最大的名號似乎不是叫假的。原以為大講堂中或許會連個立足之地都沒有，沒想到還有空位，想來校方早已預想到會有這樣的盛況吧。

在被一片青澀的緊張感籠罩的大講堂中，開學典禮安靜地開始了。

以艾爾涅斯帝的外祖父——學園長勞里・埃切貝里亞為始，學園高層陸續發表演說，一開始還挺直了背脊、專注傾聽的四名孩子也漸漸感到厭煩。雖然他們展現了超乎孩童的不凡耐性，但在結束的時候，幾乎所有人都露出了無聊到快死掉的表情。幸好這樣的折磨在中午前宣告結束。隨著演說完畢，開學典禮正式拉下序幕，新生從大講堂魚貫而出。

此刻正好是午餐時間，他們湧進學園食堂。有人直接在食堂用餐、有人打開自備的餐盒準備享用，也有對環境已經混熟了的高年級生到學園外的餐廳吃飯。大家各用自己的方法解決午餐，不過食堂依然很擁擠。在這樣一片混雜之中，有個特別引人注目的集團坐在食堂一隅。

其中一人留著銀中帶紫的中長髮，是個身材嬌小的美少女（？）。

另外兩人留著蓬亂黑髮與及肩的微捲黑髮，是一對氣質相近的少年、少女。

至於剩下那個則是紅褐色頭髮的矮人族少年。

從旁看來，這四人的組合完全是南轅北轍。不曉得是不是錯覺，即使周圍人們對他們投以好奇的眼光，但沒有人鼓起勇氣上前搭話。

「食堂擠成這樣真誇張啊。」

「不過倒是立刻就有位子坐，真是太好了。」

「這麼乾脆就把位子讓給我們了……是為什麼啊？」

艾爾和巴特森聊了開來，同時一口咬住外層包著派皮的薄餅。那是方便攜帶的小份薄餅，不過被嬌小的他拿在手中，卻顯得剛剛好。一旁的亞蒂看他安靜吃著薄餅的樣子，一個人偷偷在心裡笑得好不開心。

「下午還有演講喔？太長了吧。」

「又沒關係，反正奇德你也沒在聽。你不是睡著了嗎？」

「先吃飯吧。人這麼多，早點把位子讓出來給別人比較好。」

他們的桌子還有空位。艾爾會感到不好意思，或許是因為沒有任何一個人坐過來的關係。這時，有名女學生對這樣的情況視若無睹，逕自朝他們走來。

她的蜂蜜色金髮飄動，昂首闊步的姿態在周圍的學生間造成些微騷動，因為她會出現在這裡本身就是件相當罕見的事。她彷彿和他們約好了似的，自然而然地坐到四人旁邊的空位上。

她明顯比艾爾等人年長，是高年級學生。萊西亞拉騎操士學園沒有規定的制服，而她的衣著看上去低調，做工卻很精良，還佩戴不至於影響行動的飾品。艾爾心不在焉地猜想，從外表可以看出她出身不錯，或許是商家子弟，搞不好是貴族也說不定。

大家對來訪者的反應分成兩種：艾爾和巴特森疑惑地看著陌生人，奇德和亞蒂則屏息凝視著她。那絕不是看著美女的熱情目光，而是一種很彆扭的眼神。艾爾百思不得其解，但可以肯定的是，她和雙胞胎之間有什麼淵源。

看到雙胞胎緊張兮兮的樣子，不請自來的美女先對他們輕輕笑了一下，接著轉向艾爾與巴特森。她的笑容變得更加溫柔，開始自我介紹。

「幸會，我可愛的朋友。我的名字是斯特凡妮婭・塞拉帝。你是？」

艾爾一時間有些不知所措，但他馬上將咬到一半的薄餅放下，坐正了說：

「我是艾爾涅斯帝・埃切貝里亞，這位是巴特森・泰莫寧，至於那邊那兩位……」

「不要緊，我認識他們。阿奇德、亞黛爾楚，好久不見了呢，真高興見到你們一切安好。」

斯特凡妮婭自始至終都笑得無比溫柔，奇德卻繃起那張總是睡眼惺忪的臉，樣子和平常不太一樣地說：

「好久不見，『斯特凡妮婭姊姊』。」

聽到那樣僵硬的口氣，教人無法相信是出自奇德口中。斯特凡妮婭有一瞬間垮下了臉，但很快又恢復笑容。

「……你們也到了上萊西亞拉的年紀了呢。既然有緣唸同一間學校，怎麼不來找我聊聊呢？」

「斯特凡妮婭姊姊是初等部三年級對吧。對了，波特薩爾哥哥也在這裡？」

「對，他是騎士學系初等部的二年級，你們很快就有機會見面了吧。」

和斯特凡妮婭親暱的態度比起來，另外兩人的樣子好像有點奇怪。奇德的語氣僵硬，亞蒂則一反常態地沉默下來。聽起來雙方家族似乎有來往，卻讓人感到不自然，在這樣詭異的氣氛中，巴特森困惑地輪流看著雙方的臉。所有人用餐的手都停了下來。此時，艾爾突然張嘴咬住剩下的薄餅，以超乎嬌小身材的氣勢狼吞虎嚥起來，一下子就把薄餅吃個精光。他不顧周遭眾人大吃一驚的表情，擦擦嘴，然後微微一笑。

「好啦，飯也吃完了。我看食堂這麼擠，總不能一直佔著位置不放，換個地方怎麼樣？」

「……也……也對。你們兩個也是騎士學系的學生吧？那就不愁沒有見面的機會了，下次再慢慢聊吧。」

斯特凡妮婭露出有些遺憾的表情，最後不知為何輕輕摸了摸艾爾的頭才離開，留下四個莫名混亂的孩子。巴特森一副現在就想問個清楚的樣子，艾爾卻提議說午休時間快要結束，該到教室去了，然後態度頗為強硬地離開位子，往教室走去。雖然巴特森依舊無法釋懷，但他還是一個人前往鍛造學系，其餘三人則在難以言喻的尷尬氣氛中前往騎士學系。

下午各學系舉行的迎新活動沒發生什麼值得一提的事，只簡單說明了今後預定與明天開始的課程內容。說明結束後，大家就地解散，學生們紛紛準備離開。

即使到了這時候，奇德和亞蒂身上仍帶著沉悶的氣息。兩人也不像平常一樣開玩笑，產生一股心不在焉的尷尬氣氛。回家路上，艾爾帶頭走在前方，跟他們說：

「我不清楚發生了什麼事，但別太沮喪比較好喔。而且明天就要開始上課了，我看今天就別特訓，放鬆一下吧。」

奇德和亞蒂停下腳步。「欸，艾爾。」奇德叫住他，平靜的口吻中隱含著某種決心。

「什麼事？」

「你不問嗎？呃，問她是誰之類的。」

「要是你有必要說，我會聽。」

兩人呼出一口氣後，身上的氣氛緩和下來。他們彼此對看了一眼，像是在做確認。奇德過了好一會兒才開口：

「艾爾，等一下有些話想跟你說。」

「好，那就到我房間談吧。」

於是，離開學園的一行人直接前往艾爾家，來到他的房間。由於這裡也是平常上魔法課的地方，他們兩個已經對這裡很熟了。兩人一如往常地各自在椅子和床上坐下，然而不同於以往的是，兩人遲遲沒有開口。奇德斟酌了好一陣子，才說：

「啊——呃，簡單來說，我們家老爸是個挺了不起的貴族。」

他煩惱了老半天，講出來的這句話卻太過直接。艾爾只能眨眨眼，問：

「所以你們也是貴族嗎？可是你們兩個都沒做過什麼像貴族的事對吧？還總是和我一起訓練。」

「沒錯，這部分有點複雜……也不是啦，我們的媽媽不是正式的貴族夫人，也就是所謂的情婦啦。」

「哎，因為媽媽老是悠悠哉哉的嘛。她也說反正有我們，就算當情婦也不在意。」

「爸爸的正室夫人……該怎麼說呢，那個人嫉妒心強得要命，可是又很愛面子。」

「所以就算她看媽媽不順眼，她的自尊也不允許她跟區區情婦過不去。」

現在就連艾爾也不曉得該怎麼反應了，他只好點了點頭。

「媽媽她真的太聽話了啦，什麼事都順著對方。後來夫人她啊，無論如何都不准我們和她住在同一個屋簷下，鬧得可兇了。」

「所以就給了我們一個住的地方，我們才會搬到現在這個家裡生活，其他像伙食費那些是老爸給的。」

「哎，事情就是這樣……剛才那位斯特凡妮婭姊姊是夫人的女兒。」

「蒂法姊姊還好，問題是另外兩個兄弟啦。那個弟弟簡直煩得要命。」

「什麼事都愛擺架子，看我們是私生子，動不動就來找麻煩。總之就是像夫人啦！」

兩人你一言我一語地抱怨個沒完，說完後才大大喘了口氣。尤其在提到他們的兄弟時，表情都扭曲了起來，令人不禁連想到至今發生在他們之間的『種種』。

「你們說的那個人，現在在萊西亞拉對吧？」

「對啊。他比我們大一歲，所以是初等部的二年級學生。」

「原來如此，我有預感會有麻煩發生呢。」

奇德聽了馬上大力點頭。不要說預感了，他幾乎可以肯定會有麻煩發生。腦海中掠過當初在本家的生活，那段時間只能隱忍按捺，不過他沒花多少時間沉浸在回憶中。

「我們還是很感謝爸爸的，畢竟他出錢養我們。可是……」

「如果他們不理我們，我們也不會去自找麻煩。可是對方就是愛找麻煩，聽說就是看我們不順眼。」

或許是想起許多讓人生氣的回憶，奇德比手畫腳地揮舞，亞蒂則悶悶不樂地說：

「既然蒂法姊姊知道了……我想那傢伙早晚會過來，這樣你和我們在一起，搞不好也會被捲進來……」

亞蒂有些消沉地說。平常的氣勢不曉得到哪兒去了。正因為她一向給人活潑開朗的印象，所以這樣看起來顯得落差更大。

「我大致明白了。然後呢？」

艾爾不曉得什麼時候站起身，走到兩人面前。

「……你說然後……是什麼意思？」

「計畫是擊退、置之不理，還是突襲呢？」

「對對，突襲……喂！」

奇德下意識地附和，然後才大吃一驚。艾爾臉上帶著一如以往的笑容，卻隨口說出這麼危險的話，就連早就知道他不只有一張可愛臉蛋的奇德都退避三舍。

「怎麼突然來這招啊！我真的慶幸你是我朋友，跟你作對實在太可怕了。」

「真的要幫我們？不愧是艾爾！聽起來真可靠，可是，呃，這還是我們家的問題，不能麻煩你。」

「說的對。也不曉得我能干涉到什麼程度，但我可不打算眼睜睜看著朋友煩惱喔。需要的時候就說一聲，我一定幫忙。」

「……好，我知道了！」

奇德和亞蒂大力點頭，臉上又恢復了笑容。艾爾看著他們，心裡想著：

（沒想到居然是貴族，太出人意料了。那個姊姊看起來好像沒那麼討厭他們，怎麼回事呢？不管怎麼說，看來是免不了爭執了……）

艾爾事不關己地想著，默默把這件事放在心上。看樣子，接下來的學園生活會比想像中更為混亂。

經過萊西亞拉騎操士學園那場一波三折的開學典禮。隔天，他們的學園生活開始了。

這天依然沒有安排課程，光是說明就占去大半天時間，這對今年剛進初等部的九歲孩子來說實在是無聊到了極點。大部分人都把老師沒完沒了的說明當耳邊風，一眼就能看出那種「怎麼不快點結束啊？」的躁動氣氛。然而，其中有一名學生卻為了某個毫無關係的衝擊性事實激動得無法自拔。

（竟……竟然有這種課程……）

沒錯，他名叫艾爾涅斯帝・埃切貝里亞。是什麼東西給他如此大的衝擊？原因就出在他手中那張粗製濫造的紙上。上面整齊地列著一份表格，是每天課程的『課表』，大概是學校發給新生的最基本資料吧。他究竟從課表中看出了什麼端倪？

（……居然有……『幻晶騎士設計基礎』課……!?）

只不過，他顫抖的手中握著的課表並不屬於騎士學系初等部。顧名思義，幻晶騎士『設計』基礎課是給志願製造幻晶騎士，尤其是以高階騎操鍛造師為目標的學生上的課程，開課學年是中等部二年級（十三歲左右）。不用說，這堂課和騎士學系初等部的艾爾扯不上邊。

然而看了這麼令人動心的文字之後，失控的特快車——艾爾涅斯帝當然不會沒有任何行動。他隨即確認騎士學系初等部的課表，在同樣時間的欄位上，是騎士學系最重要的一門科目——『魔法學基礎』。

（不管怎樣都要上那堂課，為此……這堂課就很礙事了……！）

此時，站在講台上的老師突然有種異樣的感覺，彷彿有隻飢餓的野獸混進教室中，令人感到芒刺在背。他打了個冷顫，停下說明環顧教室四周，不過他只看到一群無精打采的孩子們，哪有什麼飢餓的野獸。這麼一想，老師輕輕搖頭，決定把那種不協調感當成錯覺。

他並沒有發現那名隱沒在眾多孩子裡、熱血沸騰的矮小學生。

他們就讀的騎士學系，其課程大致分成通識教育和初級騎士課程兩種，通識教育的內容和其他學系相同，騎士課程的特點則在於著重魔法知識、魔力強化與熟練劍術上。

一般而言，人類的魔法依據操縱難易度與威力，大致分為初級魔法、中級魔法與高級魔法。

由於弗雷梅維拉王國的國民基本上都會使用初級魔法，於是它又有「Common Spell（平民魔法）」之稱。從某種意義上來說，中級以上的魔法才算真正的魔法。騎士學系以外的學系在初等部到中等部的階段，皆以學會一定程度的中級魔法為目標。至於高級魔法，由於還牽涉到魔力值多寡的問題，只有騎士學系才會學習。從艾爾涅斯帝的例子也可以知道，想增加魔力，就需要持續不懈的努力。因此，想從事以騎士為首的戰鬥職種的人都會投入大量時間在增強魔力的訓練上，而將最多時間花費在訓練上更可以說是騎士學系的特徵。

然後，到了上『魔法學基礎』課這一天。

這天是值得紀念的第一堂課。他們並非在教室上課，而是要測量學生的魔法能力，測量結果將成為他們分班的依據。

艾爾他們三個從入學前就學過魔法，而且已經有一定的基礎了。除了他們之外，也有預先學過魔法的人，所以會在一開始把沒有任何經驗的門外漢與有一定程度經驗的人分到不同班級。沒有經驗的人是『普通班』，有經驗的人則是『高級班』。儘管被稱為高級，頂多也只是區分出有沒有經驗罷了，但高級班學生卻往往被視為菁英分子。

這是因為高級班有很多孩子出身貴族、商人等富裕階級，有辦法在入學前接受魔法和劍術教育，就代表他們家勢必有一定程度的經濟能力。從某種意義上來說，出身教育家庭的艾爾涅斯帝以及他的徒弟阿奇德、亞黛爾楚可以算是例外。

七嘴八舌的高級班學生們跟在帶隊的老師後頭，來到運動場一隅。要測量魔法能力，最快的辨法就是讓學生實際運用魔法，而為了使用具破壞力的魔法，就得移動到有牆壁包圍的專用訓練場。參加的學生們三兩成群，環視著場內穿著破舊鎧甲的稻草人標靶，一個個都摩拳擦掌、躍躍欲試。

表面上，這堂課只是個開頭。在目前階段還不會以魔法能力的高低作為判斷基準，不過若是能得到比別人好的成績，還是會讓這些學生感到有面子。尤其有很多高級班學生對自己的能力有一定的把握。正因如此，大家紛紛拿出真本事，場面也跟著熱烈起來。

這時，有個學生放出了爆炎球，那是火系基礎式的中級魔法。從魔杖放出閃亮的橘色橢圓形魔力球，拖曳著模糊的火焰尾巴飛行，然後命中目標。這魔法正如其名，在命中瞬間迸出火焰，同時爆炸。鎧甲標靶雖然還保有原形，卻被燒得面目全非，看得出爆炸威力有多麼強大。目睹到這一幕的學生們紛紛為之嘩然，很少有學生剛入學就能把中級魔法、還是公認具有強大威力的爆炎球用得得心應手。不過，爆炎球不愧是強力魔法，魔力消耗量也不同凡響，一發似乎就是那名少年的極限了。只見他氣喘如牛，差點發生魔力用盡的現象，但仍是一副心滿意足的樣子。

一旁看著的老師不由得心生期待，看來今年的學生或許前途無量。如果剛入學就這麼會用魔法，只要在學校努力加強魔力，早晚可以成為有相當實力的高手。他試著不要把這想法表現在臉上，默默地接著記錄下去。

「大家還滿常用爆炎球欸，我們也做到差不多像那樣吧？」

「對耶——啊，艾爾你要怎麼做？」

阿奇德懶洋洋地抱著胳膊，杵在離氣氛高漲的場上有些距離的地方。一旁的亞黛爾楚則一如往常地抱著艾爾，跟他說話。這時，她察覺到艾爾的樣子不太對勁。他平常總散發著柔和氣質，現在卻露出像要上戰場一般的嚴峻表情。亞蒂不解地偏著頭，過去的經驗告訴她，當艾爾露出這種認真表情的時候，大多跟幻晶騎士有關。不過，這究竟跟現在正在舉行的魔法能力測量有什麼關係，她就完全沒有頭緒了。

這時候，測量依舊順利進行著。下一個終於輪到艾爾上場了。他的個子在同年紀的孩子中顯得更為嬌小，表情卻是前所未有的嚴肅，渾身散發著非比尋常的認真氣勢。艾爾一就定位便突然開口：

「老師，我有個不情之請。」

「嗯？什麼事？」

突如其來的問題讓老師露出詫異的表情。

「如果我這次測量得到的成績大大超越課程內容，以後能不能不要上這堂課呢？」

「……你說什麼？」

艾爾說的話簡直令人匪夷所思，讓老師當場愣住了。等他終於搞清楚艾爾的意思，他的眉頭也愈皺愈深。

「……艾爾涅斯帝・埃切貝里亞？你是什麼意思？打算拒絕上課嗎？這玩笑一點都不……」

「不，我很認真。我有其他想上的課，所以如果不用上這堂課，就是幫了我大忙。」

這下子老師也驚訝得說不出話來了。他當老師也有一段不算短的時間，還沒見過這種自信過剩到敢說大話的學生。若是中等部學生也就算了，但他可是剛入學的初等部新生啊，老師絕不可能輕易同意他的要求。

「你還真敢說啊，我怎麼可能隨隨便便就答應你。啊啊，對了，既然你這麼說，至少也要讓我看看上級魔法才行。那樣我還可以考慮一下。」

「以結果決定是嗎？我聽得很清楚喔……」

周遭學生們聽著雙方對話，也興致勃勃地準備看好戲。其中大部分都是滿腦子只想看熱鬧的人，唯有瞭解艾爾實力的奇德和亞蒂一想到即將到來的結果，就忍不住面面相覷。

老師這番話也帶著「若做不到就處罰你」的意思，存心為難艾爾。然而，他面對的是將設計幻晶騎士奉為人生圭臬的惡鬼，艾爾會毫不猶豫地全力以赴。

他開始在腦中的假想領域——魔術演算領域上構築起魔法術式。全力發動超乎常人的演算能力，啟動演算程序。接著倏地抽出腰間的溫徹斯特，沿著魔杖揮舞的軌跡陸續發動構築起來的魔法——徹甲炎槍。那是一種壓縮爆炎魔法，會在命中對象時產生指向性的爆炸能量，增加貫穿力道的火炎彈。而且他發動的還不只一支，居然有十支火焰長槍陸續出現在空中。

他在轉眼間完成徹甲炎槍的配置，緊接著瞄準標靶，同時發射。細長的紅色火焰長槍分毫不差地命中目標，呼嘯著將鎧甲標靶一個接一個炸裂。在狹窄的盔甲內部產生的高熱與衝擊波將之貫穿，連裡面的稻草人都變得支離破碎。徹甲炎槍合計有十支。鎧甲最終難敵這般威力，遭到貫穿，並閃著紅光開始熔化，最後四分五裂地爆開。

在旁觀望的老師和學生們看得目瞪口呆，一時間還無法相信他們眼前所見。徹甲炎槍本身屬於中級魔法，難度是比爆炎球更高一些，但在一瞬間構築魔法術式，還同時發動十支，就沒那麼容易了。更驚人的是，在放出那麼大規模的魔法後，艾爾的氣息依然不見絲毫紊亂。表示跟他所擁有的魔力比起來，徹甲炎槍的消耗沒有造成負擔，這再怎麼說都不是昨天剛入學的新生辦得到的事。

其實，做到這樣就已經十分足夠了，但艾爾說話算話。他接著舉起另一支溫徹斯特——不同於剛才放出徹甲炎槍的那一支。下一個魔法術式已經在他腦中完成，構成了一個縝密且井然有序的魔法陣，從中召喚出另一個遠比徹甲炎槍強大的魔法。

周遭空氣開始擾動，很快形成了龍捲風，伴隨著轟鳴聲從艾爾站的地方往標靶直線前進。風勢十分強勁，若標靶沒有死釘在地上，想必就會被吹跑吧。狂風連同閃光雷鳴震動著所有人的耳膜。當魔力產生的雷電擊中標靶，便產生出遠高於徹甲炎槍的威力，僅僅一擊就讓鎧甲灰飛煙滅。

雷轟風暴——以風與雷系的基礎式組成的複合魔法，是貨真價實的上級魔法。

艾爾早從五歲起就開始鍛鍊，因此即使像這樣施展一連串魔法（其中還包含了上級魔法）也不會對他構成負擔，甚至連大氣也不喘一下。他回過頭，看到眼前一張張錯愕的表情。老師更是整個人呆住，嘴張得開開的。艾爾轉向老師，露出得意的微笑說：

「老師，怎麼樣？您同意我不用上這堂課嗎？」

「……欸？啊，是，請自便。」

在場沒有任何一個人抗議或提出異議。就這樣，艾爾贏得了邁向光明未來的自由。

眾人遠遠圍觀著以壓倒性實力贏得勝利而心滿意足的艾爾，就連奇德和亞蒂也有些傻眼地望著被颳走的標靶。

「搞得真盛大啊，他根本就幹勁十足吧。」

「嗯，這樣就不用上這堂課，可以去上他夢寐以求的幻晶騎士設計基礎了！」

「居然不惜做到這個地步……原來妨礙他的話就會被燒成焦炭啊……」

亞蒂邊說著，邊悄悄往後退，奇德苦笑著拉住她。

「不對吧？應該是因為他有目標，才不能放水吧？好，我也把它打得遠遠的吧。」

奇德躍躍欲試地轉著手臂。艾爾對自己的事置之不理，反倒對他提出忠告：

「先別說我。連你也出風頭，這樣好嗎？這裡有『討厭的』哥哥在吧？你打算對他下戰書嗎？」

「你搞得那麼盛大還敢說？我說過啦，反正和你在一起就肯定會出風頭的吧。」

「總覺得……你說的太正確，讓我無從反駁呢。」

「對吧？那我去去就回。」

「慢走——加油喔！」

整個訓練場還沒從艾爾剛才引發的大災難中恢復過來，眾人看著奇德毫不在意地出場，不禁用同情的眼神望著他，沒有人在親眼見識到艾爾無可匹敵的魔法能力後還想接著上場的。奇德對此心裡有數，即使如此，他仍抬頭挺胸地上場了。

（真不愧是我們師父，早就知道要追上他很難了。我可得好好表現一下才行！）

對直接拜艾爾為師的奇德來說，艾爾胡搞瞎搞早就不是什麼稀奇事了，而且他也很清楚自己技不如人。正因如此，才更要毫不保留地發揮全力。

奇德沉住氣，閉上眼開始在魔術演算領域構築魔法術式。真要說起來，他比較擅長力量型的魔法，所以選了威力強大的魔法。他抽出腰間那支愛用的魔杖高舉過頭，再指向標靶，流向觸媒結晶的魔法術式和魔力，散發出赤紅色的耀眼光芒。他選的是雖然只有單發，威力卻凌駕徹甲炎槍的高火力中級魔法——爆炎砲擊。

一個橢圓形魔力球飛起，後面拖著一條壯觀的火焰尾巴，引發了超越爆炎球的大爆炸。迴盪的轟鳴聲成了信號，將茫然若失的在場眾人拉回神。

「——喝啊！」

奇德馬上射出第二發，兩發重疊的爆炸將標靶一個個吹走。對現在的他來說，兩發爆炎砲擊就是魔力的極限了。只見他搖搖晃晃，一副站都站不穩的樣子。儘管如此，他仍露出笑容，像是很滿意似地交棒給下一個人——亞蒂。

「你還是老樣子，只知道用蠻力……看我的！」

奇德和亞蒂雖然是雙胞胎，但兩人擅長的領域卻有相當大的差異。與重視威力的奇德相比，亞蒂擅長的是精細操作。她慎重其事地組合魔法術式，兩手緊握著魔杖，對準標靶。下一秒魔杖發出炫目的閃電，一支雷電標槍伴隨著轟隆聲刺穿了標靶。她選的是雷系基礎式的中級魔法——雷擊標槍。

顧名思義，雷擊標槍是一種將雷電凝聚成長槍的形狀，再朝目標發射的魔法。雷系的威力雖然不弱，操縱者卻很難將它正確無誤地引導到目標。想要穩定效果，就會對施術者造成額外的負擔，加上操控不易，使它經常被視為比其他系統更高階的魔法。從結果來看，他們三個人都發揮出了超常實力。

他們三個沒把在場難以言喻的氣氛放在眼裡，只顧著互相擊掌慶祝。當亞蒂抱著艾爾轉起圈圈，一旁的奇德累得站不起來的時候，相較於三人悠哉的模樣，其他高級班的同學們卻沒那個心情。眾人膽戰心驚地想：要是以後都得和這麼誇張的三人組一起上課該怎麼辦？

如前所述，高級班有很多貴族和商家子弟，這表示班上多的是心高氣傲的孩子。孩子脾氣加上不成熟的自尊心使他們很容易被激怒，然而眼前的景象太過驚人，威力強大到粉碎了他們年幼的自尊心和鬥爭心。他們像是死心了，深深地嘆了好長一口氣。艾爾他們幾個當事人毫不在意班上同學死氣沉沉的樣子，還不知同學們的苦難（？）現在才正要開始。

那場魔法學基礎課被視為難得一見的大災難。在那之後過了幾天，巴特森‧泰莫寧領著個子嬌小的童年玩伴，重複他第一百零一次的詢問。

「啊——在那邊，那就是你想去的教室……不過啊，你真的要在那邊上課？」

萊西亞拉騎操士學園擁有許多學級、學系，因此勢必需要相當數量的教室，也需要有足夠的校舍。由於校舍大致依學系和學級分開，有不少學生只有在食堂才有機會遇到其他學系的同學。

「當然，我怎麼可能放過這麼有趣的課！啊，到這裡就好，謝謝你，巴特森。」

「是——喔……」

巴特森目送著少年揮手走進教室，依舊百思不得其解。

「不過這裡是鍛造學系，而且還是中等部的教室欸……」

上課前的教室裡充滿輕鬆愜意的氣氛，有人為下一堂課做準備，有人在寫作業，還有人東拉西扯地閒聊。

「要開始上課囉，安靜……今天特別安靜呢。」

來上課的老師一踏進教室，便脫口而出那句老話，但他察覺教室裡的樣子不對勁，頓時停下腳步。平常在這堂課開始前，學生總是吵翻了天，管都管不住。說起來，想成為鍛造師的人本來就是實踐主義者。換句話說，他們認為動腦不如動手。這想法本身並沒有錯，卻讓很多人不擅長坐著安靜不動。

對那些學生來說，這堂以講課為主的課程自然不受歡迎。難得的是，這天在老師來之前，教室就安靜了下來。他或許該感到欣慰，卻總有種不協調感。四十來歲的老師環顧教室裡所有的學生，發現他們的視線幾乎都集中在某一地方上。他順著看了過去，看到那個造成異常的始作俑者。

「……你在這裡做什麼？」

沒錯，老師對那個佔住教室第一排正中央、不屬於這裡的學生問道。

那是一名個子嬌小的年幼少年，怎麼看都不像中等部的學生。因為中等部的桌子對他來說尺寸過大，所以他得跪坐在椅子上才搆得著。他的姿勢端正筆挺，慎重其事地把等一下要用的

『幻晶騎士設計基礎』課本抱在腿上，一臉迫不及待地等著開始上課。

這光景看上去是如此溫馨，但這和現實狀況相比又是兩回事了。這裡可是中等部的教室，不是初等部學生該來的地方。

「是，我在等上課。」

「這樣啊，因為快上課了嘛。不過我想問的不是這個，你看起來實在不像中等部學生啊？」

「我是騎士學系初等部的學生，因為想上這堂課才來的。」

兩人的對話至今還兜不起來，不過老師似乎生性穩重，只見他不慌不忙地諄諄告誡。

「唔，凡事熱心學習是好事，可是騎士學系也有課吧？先上完那裡的課再來吧。」

「不要緊。所有的內容我都會了，那幾位老師同意我不出席也沒關係。您去確認一下就知道了。」

「……是嗎？那就好。來，今天我們繼續上次的內容，關於幻晶騎士的構造……」

教室裡所有學生幾乎都在心中吐槽：「這樣好嗎！」不過老師像是覺得在意的話就輸了似地，我行我素地開始上課。

佔據了第一排的外來者——艾爾涅斯帝・埃切貝里亞瞥了一眼老師的樣子，然後興高采烈地打開課本，準備開始做筆記。只是上個課也能開心成那樣，中等部的學生們也懶得吐槽了。

就這樣，鍛造學系接納了這名外來者，課程莫名其妙地順利進行了下去。

設計幻晶騎士前，必須先熟悉它的構造，這可說是再簡單不過的道理。至於具體而言該怎麼做？這點就相當困難了。理由之一，就是幻晶騎士的構成要素非常複雜。涵蓋了鍛造、魔法，及鍊金術等領域，要學的東西非常多，也可以說是單純的學習份量問題。正因如此，只有實際上製造幻晶騎士的人——亦即騎操鍛造師才會學習如何設計。再怎麼說，原本就很忙的騎操士志願者也不會有時間學習這些知識。

話是這麼說，但我們不能用常理看待這個混進鍛造學系的外來者——艾爾涅斯帝。他可是『轉世投胎了也沒治好』的狂熱機械宅。他從上輩子開始就大量閱讀機器人作品的設定資料，還把機體名稱乃至規格全背起來。如果把巨型機器人的製作方式教給這種人，會發生什麼事呢？他會把課本奉為聖經，氣勢如虹地埋頭苦讀；確實預習、複習直到無懈可擊的地步，甚至無視上課內容，調查一大堆有的沒的資料。這樣的上課態度的確可說是極為勤懇，只是熱情過了頭，他幹勁十足的程度連比他年長的中等部學生都退避三舍。

「……如果要比較目前國軍採用的加達托亞，與上一代的薩羅德雷亞之間的異同……」

艾爾聽著老師的解說，同時翻著課本。他的位置每次都在第一排正中央，幾次上課下來，這裡已經成了他的固定座位了。

上了年紀的老師唰唰地寫著黑板，發出清脆的響聲，列出了幻晶騎士的基本構造。包含構成幻晶騎士最重要的五個要素——作為頭腦的魔導演算機、作為心臟的魔力轉換爐、作為肌肉的結晶肌肉、作為骨骼的金屬骨骼以及外裝鎧甲。

「各位也知道，這兩種機體的爐構造相同，魔力輸出的差異主要在結晶肌肉上……」

幻晶騎士的運作靠的是魔力轉換爐產生的魔力。而所謂的魔力轉換爐，就是將這個世界的生物把『以太』轉換為『魔力』的機能，以機械化的方式重現的裝置。只要周圍的以太沒有消失，這種裝置便能半永久性地持續運作下去。一般來說，爐中產生出來的魔力會自然還原成以太，擴散到空氣中，因此必須讓魔力在全身的結晶肌肉中循環，使之保持原樣。

結晶肌肉是用鍊金術加工觸媒結晶所製成，具有在特定的魔法術式和魔力作用下改變形狀的性質。除了用做幻晶騎士的肌肉，這種性質還可以讓它儲存內部魔力，因此也被當作魔力電池。

「魔導演算機的術式雖然經過大幅改良，但差別不大。因為它十分耐用，因此已經沿用了三百年以上而沒有顯著變化……」

負責控制爐心與肌肉的，就是魔導演算機。它的內部有龐大而精密的魔法術式，能依照駕駛座傳來的指示驅動幻晶騎士。

金屬骨骼和外殼則是構造相對單純的金屬製骨架和外殼，只不過，這個時代的鍛造技術尚無法將十公尺級的巨人鎧甲骨骼結合為單一零件。只能將較小的零件組裝起來，再用身體強化魔法的強化術鞏固接合，以支撐全身重量。這種做法能提供幻晶騎士比外表看上去更為強大的防禦力，但同時也產生若沒有足夠魔力供給，魔法就會中斷無法繼續支撐全身重量的缺點。

幻晶騎士就是這樣一種單純模仿生物機能，全身由鍛造、魔法與鍊金術所構成的存在。

「請同學翻到下一頁。從這裡開始是關於魔導兵裝的內容，雖然和設計沒有直接關係，但這部分還是很重要，大家要好好理解。」

魔導兵裝就是指幻晶騎士的手持式遠距離魔法攻擊用裝備。令人意外的是，儘管幻晶騎士本身就像個魔法集合體，它卻無法單獨使用遠距離魔法。魔導演算機僅能用以控制幻晶騎士全身，沒有配備遠距離魔法的機能。在需要使用魔法的時候，得靠幻晶騎士內部的騎操士直接構築魔法才行。

當然，要構成能令幻晶騎士施展出來的魔法規模——又被稱為戰術級魔法——對人類而言幾乎是不可能的任務。在極少數情況下，會出現擁有足夠處理能力的人類，但構築魔法終究需要時間，根本無法運用在實戰中。幻晶騎士要在戰鬥中使用戰術級魔法，只剩下預先在外部準備魔法術式這個方法了。

「對想當上騎操鍛造師的你們來說，不需要詳記魔導兵裝的紋章術式也沒關係，但至少要學會能施放出炎之槍等級的術式。」

另外，關於所謂的紋章術式，並非以生物的魔術演算領域來構成魔法術式，而是在外部物體上描繪圖樣，藉此使用魔法的技術——這是運用魔法術式可以藉圖形識別的概念。利用紋章術式使用魔法時，可藉由直接把魔力輸入刻有術式的物體來發動。聽到這裡，似乎會覺得那是很方便的技術，但由於描繪魔法術式的物體需要相當龐大的體積，對使用魔法這個目的來說，就容易產生描繪裝置過於笨重的缺點。考慮到製造所費的工夫和難度，也不容易推廣到民間。

反過來說，使用紋章術式的最大優點則在於只要能確保足夠面積來描繪術式，無論什麼樣的魔法都有辦法準備。而且只需要在發動時從外部供給魔力、不需要特別控制就能使用。簡言之，這種技術正好適合原本體積就很龐大、又可以說是魔力集合體的幻晶騎士，缺點是針對某個術式刻上的圖樣只能用一種魔法。這也是為什麼國軍製造了許多種類的魔導兵裝，以應付各種不同情況的緣故，幻晶騎士在戰鬥中揹了好幾個裝備的情形也是屢見不鮮。

課程進行到這裡時，有鐘聲從遠方傳來，來自於宣告上課時間結束的學園鐘樓。

「哎呀，時間差不多了，今天就上到這裡吧。各位要記得複習今天的內容……艾爾涅斯帝，你也要『手下留情』啊。」

艾爾望著留下這句話才離開的老師，不明白自己哪裡做錯了。他今天也抄了密密麻麻的一堆筆記。順帶一提，他的進度已經領先一般學習計畫表好幾個月以上了。

上完了一天的課，回到家的艾爾涅斯帝馬上拿出課本，開始複習當天的內容。雖然他有時也會和奇德、亞蒂一起做訓練，但每當在上完幻晶騎士設計基礎課的日子，心情實在太過亢奮，因此通常會像這樣一個人專注在複習（？）上。

艾爾在課堂上學到了許多知識。也多虧如此，他逐步瞭解設計幻晶騎士的基礎。然而，他瞭解得愈多，對『基礎以外』部分的疑問也日漸增加。在構成幻晶騎士的要素中，結晶肌肉、金屬骨骼和外殼屬於損耗相當頻繁的部位。正因如此，國家才會大規模培育鍛造師和鍊金術師，以確保在前線的要塞或者多少有些設備的城鎮，也能有足夠供給幻晶騎士所需的資源配備。艾爾以外的鍛造學系學生中，也有不少人擁有實際製作經驗。然而，任何關於魔導演算機、魔力轉換爐——幻晶騎士的心臟部位的資訊幾乎都沒有被公開。課堂上也只說明了它們的機能，至於內部構造方面的資訊則一切成謎。

幻晶騎士是國家的重要戰力，同時也是種一旦讓一般國民擁有就會有麻煩的東西。它的流通自然受到國家規範，心臟部位的製造法也秘而不宣。即使是『騎士之國』弗雷梅維拉，在這方面的管制也是很嚴格的。可是，隱瞞製作方法也直接導致了製造效率降低，無法大量生產，使幻晶騎士一個個都價值連城。幻晶騎士經常被視為高價的戰略兵器，大部分原因還是出在成本上。

「……話是這麼說，我是不怎麼擔心魔導演算機啦。」

目前已經知道的是，魔導演算機是利用魔法術式來控制全身行動的。那麼，用相同的魔法術式應該也能干涉才對。簡單來說，就是艾爾準備駭進某個魔導演算機的意思。這是單槍匹馬就擁有駭人的演算能力，加上具有程式、軟體背景的艾爾才想得出來的主意。然而，一旦牽涉到非理論的部分，想要模仿構成這個世界的魔法根基，純粹的魔法技術結晶——魔力轉換爐，就連他也覺得力不從心。

「但……如果沒有更多線索，是會碰上瓶頸的……畢竟『那個世界』根本連爐的概念都不存在。」

唔唔唔，艾爾皺眉苦思，滾到床上去。

他在課堂上只搞懂了一件事，那就是魔力轉換爐是使用一種叫做『精靈石』的特殊礦物，但不管是使用方法還是取得方式都完全不明，所有精靈石相關消息都被封鎖得滴水不漏。雖說艾爾涅斯帝的目標是從頭開始製作專屬於自己的幻晶騎士，不過最壞的情況也可能需要買二手的魔力轉換爐。話雖如此，考慮到費用問題，光是買魔力轉換爐這件事本身就很不切實際了。

「哎，急也沒用。先從已經理解的範圍開始慢慢研究吧。」

艾爾這麼嘟噥著，又坐到桌前。在寫得已經沒有一絲空隙的筆記旁邊又擺出另一本自習用的筆記。他將筆插到墨水瓶裡，不一會兒就忘我地投入名為預習、複習，實則為研究愛好的時光。艾爾的生活充實得令人無法置信，不過對他本人來說，這才是可謂理想的幸福生活。

艾爾往返於騎士學系和鍛造學系的生活開始後，過了一段時間。

一開始，他前所未有的行動經常惹人非議，但隨著時間過去，大家也漸漸習慣了。眾人開始注意到他遺傳自母親的可愛容貌，個子矮小、總是興高采烈地聽著幻晶騎士設計基礎的艾爾，開始被班上同學當成某種吉祥物給供起來，他本人也逐漸習慣大家用摸頭代替打招呼。就在這樣的某一天——

「哎呀，你是……」

就在艾爾上完鍛造學系的課，要回到騎士學系的途中，他聽見某個很耳熟的聲音。回過頭，出現在他眼前的是一頭如波浪般、蜂蜜色的豐盈金髮，底下是一對形狀好看的眉毛，以及眼角微微下垂的藍眼，那雙眼高興地瞇起。

「你是艾爾涅斯帝……對吧？」

阿奇德和亞黛爾楚的同父異母姊姊——斯特凡妮婭・塞拉帝邊說著邊走到他身邊，笑容滿面地蹲下來，配合艾爾的視線高度說話。艾爾彬彬有禮地回應她後，她不曉得在高興什麼，笑得更開心了。

「哎呀，我記得你和阿奇德他們同年對吧？怎麼會在這裡呢？」

即使一副滿心喜悅的樣子，她還是疑惑地問。這裡是中等部校舍，一般不是艾爾這樣的初等部學生該來的地方。聽到艾爾老實說他是來上鍛造學系中等部的課，她吃驚得瞪大眼睛。

「哎，因為你很聰明嘛，但你為什麼那麼急著學這些呢？」

從某種意義上來說，這問題問得也是理所當然吧。一般學生光是要應付自己系上的課業就耗盡精力了。在萊西亞拉騎操士學園漫長的歷史中，沒出現過幾個這麼特立獨行的學生。對此，艾爾的回答非常簡單扼要。

「因為我有興趣。」

「興趣……？明明是上課呀？嗯——這樣啊，你有點特別呢。」

因為還有下一節課，於是兩人邊走邊聊。艾爾的行為多半都很出人意料。斯特凡妮婭和他聊著，時而驚訝，時而摸摸他的頭，臉上笑容不絕，心情非常好的樣子。

這段下課時間裡，走廊上有不少來往的學生，卻在看到那對金髮少女和銀髮少年時大吃一驚，紛紛讓路給他們。多虧如此，兩人暢行無阻地前進，很快就來到初等部一年級的校舍附近。斯特凡妮婭是初等部三年級學生，必須到位於其他校舍的教室去才行。就在她依依不捨地跟艾爾道別的時候——

「啊，發——現艾爾！」

有人快速朝這裡跑來，那是偶然看見艾爾的亞黛爾楚。嬌小的艾爾只要身在人群中，便很容易被淹沒，多虧今天大家都刻意避開他們，才這麼簡單就發現他。亞黛爾楚在途中還是一副很高興的樣子，卻在看到艾爾身旁的姊姊後，不由得停了下來。

「啊，姊……姊姊。」

「哎呀，亞黛爾楚。」

亞蒂的眼睛轉呀轉的，輪流看著兩人，眼神像是在問艾爾這是怎麼回事。艾爾沒有正面回應，只曖昧地對亞蒂笑了笑，反倒是一旁的斯特凡妮婭帶著柔和的笑容走向她。從之前發生的事看來，亞蒂似乎不太會應付這個異母姊姊，不過斯特凡妮婭倒是沒露出尷尬的樣子。

「別那麼警戒，我不會欺負妳的。」

「是……」

見亞蒂難得吞吞吐吐，卻仍然老實點頭的反應，兩人只好苦笑。

「可是，為什麼艾爾會和姊姊在一起？」

「哎呀，很簡單，因為呀……我最喜歡聰明又可愛的孩子了！」

斯特凡妮婭一手扠腰，自信滿滿地斷言。這理由要說扯也夠扯的了。亞蒂像是結凍似地僵在原地，艾爾倒是覺得莫名地有說服力，心想這兩人不愧是姊妹啊。

「之前見面的時候我就看上他了呢，而且他也引發了一些『話題』。剛才聊過以後，發現這孩子果然很聰明，又長得這麼可愛！」

或許是說著說著就興奮起來的關係，只見斯特凡妮婭像是再也無法忍耐的樣子，一把抱住艾爾。

「噯噯，『艾爾』，你想成為騎士對吧？怎麼樣？要不要當保護姊姊的騎士呀？現在可以用三餐加陪睡歡迎你唷。」

「等……等等，不行！艾爾是我的玩偶啦！」

（這家人怎麼搞的，真可怕。我說亞蒂小姐？妳說玩偶是什麼意思？）

因為剛剛那場衝擊性告白而僵在原地的亞蒂，這時突然高分貝地喊著，把艾爾搶了回來。或許是太過慌張的緣故，連說話的口氣都變回平常的樣子。斯特凡妮婭露出了與其說是笑容，不如以冷笑來形容比較恰當的表情。正因為她長得美，那種表情更讓人覺得有點可怕。艾爾注意到她合起雙手，低聲說著：「哎呀哎呀，原來如此呀～」不過最後他還是決定假裝沒看到。

「亞蒂，妳的措辭變回來了喔。」

亞蒂掩住嘴，臉上表情像在說糟了。斯特凡妮婭立刻搖搖頭。「沒關係。不用連在學校都這麼勉強，我和波特不一樣，不會拘泥那些的。」

「既然姊姊這麼……這麼說……」

「先別說那個，亞蒂？可以請妳放開我嗎？」

「欸？啊，抱歉抱歉。抱起來太剛好了，一不小心……」

艾爾這才從亞蒂手中解脫，斯特凡妮婭像是很羨慕似地看著她。

「對耶……艾爾，你的身高剛好可以抱在懷裡……」

「是啊，姊姊，而且他的頭髮又柔又順……」

「亞黛爾楚……妳真不愧是我妹妹！」

「姊姊……！」

艾爾迅速和那對緊緊牽起彼此的手的變態姊妹拉開距離。他有很多想吐槽的地方，不過仔細瞧瞧，斯特凡妮婭像是很開心的樣子。或許她只是在開艾爾玩笑，一切都是為了增進姊妹感情的藉口吧。他決定這麼想，希望事實真是如此。

姊妹倆不顧拚命轉移視線的艾爾，兩人之間關於『有多麼喜歡可愛東西』云云的論戰逐漸進入白熱化階段，甚至有種周圍空氣都染上粉紅色彩的錯覺。艾爾有些逃避現實地想著「隨便妳們愛怎樣就怎樣吧」。接著忽然想到一件被他忘記的——很重要的事。

「啊，下節課要開始了。」

宣告上課的鐘聲彷彿計畫好了似地響起。三人手忙腳亂地跑向教室，可惜最後還是遲到，被老師罵了一頓。

「哦，我還想是誰呢，這不是阿奇德嗎？真是好久不見啊？」就在艾爾等人熱熱鬧鬧地吵個沒完的時候，在另一個地方，奇德也和某人不期而遇了。那是奇德最不想看到的人物第一名——他和亞蒂的同父異母哥哥——波特薩爾·塞拉帝，一個從以前就不斷找他們麻煩的人物。

波特薩爾五官深邃，長相可以說十分端正，然而嘴角勾勒出的討厭笑容使之遜色不少。看到異母哥哥那張總是很惹人厭的臉，奇德差點反射性地蹙眉，還好總算是維持住臉上的平靜。這都拜從小培養起來的處世之道所賜。

「好久不見……波特薩爾哥哥。」

「我聽過謠言了喔，雖然都是些無聊的內容……聽說今年有個很厲害的新生是吧？」

波特薩爾冷不防地開口。大概想故意找碴吧，他通常不會聽奇德說話。即使奇德很討厭他這種態度，他還是沒有回嘴。波特薩爾比奇德還高，也不知道在高興些什麼，只見他笑著低頭俯視奇德，高興地繼續說：

「我一問才知道，那個人身邊不是有個很像某人的傢伙嗎？」

「是嗎？我倒沒聽過那個傳言……」

終於來了啊，奇德暗自繃緊了神經。看波特薩爾那副比平常更咄咄逼人的態度，實在沒辦法期待接下來的對話會愉快到哪裡去。

「喔，居然對哥哥擺這種態度。剛入學的小鬼果然還不懂禮貌是吧？」

「……對不起。」

「算了，不跟你計較。我這麼寬宏大量，就原諒你這沒教養的小鬼吧。」

波特薩爾瞇起眼，加深了嘴角的笑容，他的笑容猙獰得活像捕捉獵物的肉食動物一般。奇德努力地掩飾，盡量不把戒心表現在臉上。

（接下來才是正題啊。我該如何脫身……？）

「聽說你們不知道什麼時候進了高級班啊。以前那個廢物也長得這麼有出息了，我就老實讚美你吧。哎，雖說是私生子，但好歹也是我們家的人，不稍微有些表現可不行……沒錯，我說的是『稍微有些』。剛入學的小鬼會的事不多，對吧？可是我偶然聽說了一件讓人有點在意的謠言呢。真無聊，如果真是那樣……」

波特薩爾的眼睛瞇得更細，奇德感到一股不安從背後竄過。

「聽說你們幾個大鬧了一場啊？喂，不會吧？那不是真的吧？」

波特薩爾嘴邊的笑容毫無預警地消失了，接著他一步步逼近，像是怕人聽見似地壓低了聲音說：

「你不覺得這對區區情婦生的小鬼來說太囂張了嗎？喂？就憑你們？謠言盡是些空穴來風的說法，我不曉得你們耍了什麼手段，不過這下不是讓大家產生奇怪的誤會了嗎？」

「不，那不是誤會。哥哥，我們……」

「夠了，閉嘴。」

波特薩爾嘴角的弧度不知道什麼時候撇向相反的方向。看他漸漸感情用事起來，奇德繃緊全身神經，以應付任何狀況。出乎意料的是，波特薩爾突然面無表情地問：

「阿奇德，你在打什麼主意？」

「您說……主意？」

「才剛入學就輕而易舉地使出中級魔法，我看早晚會培養出一個高貴的騎士大人嘛？你的目標只有騎士嗎？你打算帶著那個頭銜回『我家』當伴手禮是嗎？」

波特薩爾依舊維持著面無表情，淡然地問道。

「不是的，以前我也說了，我們不打算糾纏本家。我想當騎士也是為了母親和以後的生活。」

「……好吧，我這溫柔的哥哥就相信愚蠢弟弟的說法吧。」

「非常……謝謝您。」

波特薩爾又恢復了臉上的冷笑，他拍了拍奇德的肩膀後就離開了，獨自留在原地的奇德大大吐出一口氣。

（他是不打算當場把我怎樣啦，不過他絕對不會就這樣算了。只是找碴的話，我還可以忍受，希望不要引發什麼無聊的騷動就好了。）

然而一股揮之不去的不祥預感油然而生，正好與心中的期望恰恰相反。

第四話　決鬥看看吧

時值西方曆一二七六年，春天。

自艾爾涅斯帝等人進入萊西亞拉騎操士學園後，轉眼間已過了兩年。他們的生活依舊沒什麼改變。首先是艾爾涅斯帝·埃切貝里亞——

「那麼，各位，我們今年要接著上『幻晶騎士的設計與應用』……你果然在啊……」

在這個迎接新學期、開始新課程的時期，來到教室的班導師將視線轉向佔據了第一排正中央座位的矮小學生。艾爾身為騎士學系初等部的三年級學生，卻繼續上鍛造學系的課，已經被當成出名人物看待了。

「騎士學系的老師已經對你投降了喔。」

「是的，我也很慶幸能遇到這麼善解人意的老師。」

他微傾著頭，面帶微笑地說，樣子實在非常可愛，但只要一想到他之前大拆台階的所作所為，就實在讓人溫馨不起來。剛升上新學級，為了繼續上其他學系的課，他果然也用實力突破了所有妨礙他的科目。騎士學系的老師曾為此暗自落淚，鍛造學系的老師也死心了。他嘆了好大一口氣，把注意力放回課程上。若不論偶爾會出現破壞性的失控舉動，艾爾可說是相當熱心向學的優秀學生，所以老師也都抱持著多一事不如少一事的心態。

接著是阿奇德、亞黛爾楚這對雙胞胎的情況。

這裡是學園的騎士學系附屬的對人訓練場，現在是上課時間，原本應該不會有學生使用訓練場才對，場上卻有一男一女的身影。那是阿奇德和亞黛爾楚。兩人繼艾爾涅斯帝之後也跳脫了課程進度，決定與其上課，不如繼續進行個人訓練，於是在這兩年間，與魔法有關的上課時間就成了他們的特訓時間。順帶一提，艾爾涅斯帝為了上其他課，人並不在這裡。

「好，接下來全力拼了吧。」

「怎麼了啊？力道比平常還大喔。」

奇德對疑惑的亞蒂擺擺手，表示沒什麼，接著重新握好了自己的武器。他擁有超乎年齡的優秀體格，愛用的劍也比標準尺寸大上一號。雖然在訓練中使用的是木劍，但也夠有魄力了。

相較之下，亞蒂兩手握著的武器是與他正好相反的兩把細劍。她的戰鬥方式有點像艾爾，重視的是速度。

他們的裝備還不只如此，兩人的武器上安裝了奇怪的器具。由白霧樹加工、模仿魔杖製成的銃杖——是最新型的『甘狄拔』。雖然艾爾在興趣的驅使下，運用前世的知識為自己做出了銃杖『溫徹斯特』，但沒有必要連雙胞胎都拿一樣的東西。他們的甘狄拔在外型上更加洗鍊，進化成不論什麼樣的劍都能連結的裝置。順帶一提，設計者是艾爾，實際製作的則是大伙兒的好鄰居——泰莫寧工房。

兩人面對面擺好架勢，在舉劍交鋒前先發動了魔法。他們流暢地交錯使用魔法與劍，淋漓盡致地發揮出融合了劍與杖的武器——銃杖的真本事。他們使用的是限定身體強化魔法。這個魔法經艾爾涅斯帝調整後，變得比原先的版本更容易使用，更重要的是持久力提升許多。他們一直忠實地遵從艾爾的教導，同時鍛鍊體力和魔法，有效率地增強魔力。其所累積下來的成果，只要觀察他們的身手就能一目瞭然。

隨著戰鬥訓練開始，奇德用力一個踏步，強化過的肌力讓他的身體飛躍向前，迅速逼近對手，將其納入大劍的攻擊範圍內。這是奇德擅長的戰法——活用大劍的長度進行攻擊。也多虧了馬提斯平時的訓練，他那種擅於利用距離和技術的打法非常具有威脅性。

對此，亞蒂則利用雙劍的敏捷性與之對抗。正因為她也用了限定身體強化，雙劍的斬擊化為暴風鑽過奇德的大劍，直逼他身前。儘管用的是大型武器，但奇德縮小大劍的攻擊範圍，以防禦牽制住亞蒂的行動，不過她沒有退縮，不停改變位置，等待攻擊的機會。激烈的你來我往，令人不禁懷疑這真的只是訓練嗎？兩人一直交手，直到體力與魔力用罄為止。

由於兩人從一開始學習魔法時，就是拜思考不同於常人的艾爾為師，因此對他們而言，這樣的訓練再普通不過了。只不過，在他們看來很普通的事——這種並用魔法的劍術訓練，初等部卻連教都沒教過。如果有第三者在場，大概會懷疑起自己的認知吧。

「真是的……受不了你們耶。艾爾到底教了你們什麼呀……」

沒錯，就像在一旁觀戰的斯特凡妮婭這樣。

「嗯——是教魔法還有劍術吧？」

見到雙胞胎偏著頭異口同聲的回答，斯特凡妮婭只能苦笑。那再怎麼看都不像『只學了魔法』就能學會的戰鬥方式。

「看到你們現在的程度，連我也不知道能不能贏得了你們呢。」

「是嗎？要贏過騎士學系第一名，又被選為學生會長的姊姊不是那麼簡單吧？」

斯特凡妮婭的擔心也不是完全沒有根據，一般學生最快也得升上中等部後，才會開始學習合併使用魔法的劍術戰鬥。如果有人從初等部就這樣一路鍛鍊下來，會有何成長？答案就在眼前。

她在騎士學系的成績算是頂尖的，加上貴為侯爵千金，以及她本人的人品優異，因此今年被選為學生會會長。不過，在見識到異母弟弟、妹妹的實力後，就連優秀的她也不由得感到驚恐。雙胞胎似乎太習慣艾爾涅斯帝的程度，標準變得和一般人不太一樣了。斯特凡妮婭苦惱地想，是不是該趁現在矯正回來，以免將來引起什麼問題。

此時訓練場內只有他們三人。他們專注於訓練，又分心在閒聊上，因此沒有注意到周遭情況。沒人發現在訓練場入口處，有個人影隔著一道薄薄的牆，潛伏在陰影之中。

上課時間，有陣腳步聲迴盪在空無一人的學生宿舍裡，學生們都外出了。

或許是因為腳步聲的主人情緒激動的關係，他腳下步伐匆促，很快就來到欲前往的房間，那裡是他的個人寢室。他顫抖著手打開門鎖，像被追趕似地衝進房間。這間個人房就學生宿舍而言，算是很寬敞的。這是校方基於安全考量所做的安排，讓貴族子弟住進宿舍時，都會像這樣優先安排到個人房。

進入房間的男學生杵在那邊愣了好半晌，接著激動得無法自己，踢飛了房裡的家具，巨大的聲響迴盪在室內。

「搞什麼……那種……怎麼可能……該死，該死該死！」

男學生──波特薩爾・塞拉帝大聲咒罵著，感到無比焦躁。他會這麼不開心，原因就出在剛才目擊到的姊姊和異母弟弟、妹妹的訓練上。

波特薩爾目前是騎士學系中等部的一年級學生，剛開始學習合併使用魔法與劍術，正為了高難度的訓練而傷透腦筋，反觀異母弟弟、妹妹卻已經可以運用自如。很明顯的，他們的驚人實力早已遠遠超過自己了。對心高氣傲的波特薩爾來說，私生子弟弟絕不可能比自己厲害。這事實不僅令他惱羞成怒，也讓他察覺奇德和亞蒂的存在已經嚴重威脅到他的目標了。

波特薩爾心中的目標與他們的『家族』有關。

他們家族──『塞拉帝侯爵家』是弗雷梅維拉王國的有力貴族之一。領地雖然不是那麼廣大，卻正好位於地勢平坦、擁有大規模糧倉地帶的地區。再者，其位於王國東側、臨近博庫斯大樹海的地理位置，特別容易遭受魔獸攻擊。因此為了對抗魔獸，他們擁有以國內數一數二的規模著稱的騎士團──『緋犀騎士團』；總之，是與最前線相鄰的重要據點。就結果而言，這片領地也成了在經濟上的黃金地帶，因為是貫穿了國內的交通大動脈，商旅往來絡繹不絕。

統治這片塞拉帝侯爵領地的侯爵家有三個孩子。長男亞特斯作為侯爵繼承人，接受的也是專門的貴族教育，已經開始輔佐父親管理領地了。長女斯特凡妮婭目前就讀萊西亞拉騎操士學園中等部二年級，次男波特薩爾則是萊西亞拉騎操士學園中等部的一年級學生。

「這樣下去，這樣下去……要是那小鬼到本家的話……」

這個國家的貴族基本上是由長子繼承，次男以下的男丁是分不到家產和領地的。他們需要另謀出路，大多是成為騎士或官僚，而波特薩爾則毫不猶豫地選擇了騎士，畢竟塞拉帝侯爵領擁有名聞遐邇的緋犀騎士團。在『騎士之國』率領騎士團，保護領地人民不受魔獸威脅，是身為貴族最為人稱道的使命，他會以此為目標也是極為自然的事。

「萬一那些傢伙和我們家的緋犀騎士團接觸……該不會……」

不僅是塞拉帝侯爵領地，這整個國家的騎士團裡絕對沒有花瓶的存在。他們要求騎士們能隨時上戰場對付魔獸，尤其是對想成為指揮官的人格外講求實力。當然，並不是說戰鬥能力高，就可以獲得率領騎士團的權力，不過從戰鬥集團的性質來看，愈強的人還是有愈受到禮遇的傾向。

波特薩爾想像自己跟隨兄長，率領騎士團的模樣。他至今都不曾懷疑這樣的未來，直到雙胞胎的崛起，開始造成他的陰影。雖是私生子，但不僅實力高強，也擁有侯爵家的血脈，這代表他們有可能挾著強而有力的優勢，搶先波特薩爾早一步實現夢想。自己應得的地位將被身為私生子的弟弟、妹妹所取代，這對波特薩爾而言只能說是惡夢一場。

「沒錯，就是這樣……應該要排除阻礙。」

他思考著，到底是什麼原因讓情況惡化到這種地步，而結論就是他太大意了，以為他們兩個終究是私生子，再怎麼掙扎也成不了氣候。因為這種輕敵的愚蠢想法，所以即使知道他們剛入學時發生的那件事，他也沒有理會。如今他才知道自己錯了，事情已經嚴重到分秒必爭的程度。雖然應該盡快排除阻礙，但雙胞胎很強，正面挑戰不是明智之舉。必須找出一個既能抑制他們的能力，又安全有效的排除辦法。

然後，波特薩爾抬起頭，臉上焦躁的神情消失無蹤。

他不是笨蛋。倒不如說，那種不惜犧牲他人的個性，有時會讓自己想出一些卑鄙卻有效的辦法。他平常總是掛著冷笑的嘴角又大大彎起，醜惡之情更勝以往。

某天的下課時間，巴特森・泰莫寧踏著沉重的步伐走在走廊上，準備前往下一節課的教室。他不經意地看了看四周，突然發現一個熟悉的身影。他會注意到那個人，是因為那名少女是他很熟悉的童年玩伴。

「那是亞蒂嗎？她跟誰……在一起？」

在他納悶著亞蒂怎麼會在那裡以前，巴特森就起了疑心，因為亞蒂不是獨自一個人，而是和一個不認識的學生走在一起。而且遠遠看去，她的表情似乎很僵硬。

「是不是該提醒他們一下啊？」

巴特森也不想為了亞蒂和陌生人在一起這種事大驚小怪，但她的樣子不太對勁，讓人很在意，搞不好被捲進了什麼麻煩裡，擔心童年玩伴安危的巴特森決定發揮一下體貼的精神。

下定決心後，他馬上轉身，去找另一個大概在附近教室裡的嬌小朋友。

「波特薩爾哥哥，這到底是怎麼回事？」

亞黛爾楚握緊拳頭，眼神犀利地瞪著四周，平常就有些凶悍的外表顯得更加嚴厲了。

波特薩爾站在她眼前，臉上掛著熟悉的笑容。若只有這樣還好。雖然看了就讓人生氣，但她早就習慣了，問題出在四周那群人上。波特薩爾後面有三個人，亞蒂後面有四個。陌生的男學生像堵住去路似地站在那裡，他們是在波特薩爾給出信號後出現的，由此推測是他的手下。

亞蒂一個人在走廊上的時候被波特薩爾叫住，並被帶到了這個沒什麼人的地方。雖然她與波特薩爾感情不睦，但好歹也是家人，所以才會掉以輕心。亞蒂以為頂多只是要把她帶到某個安靜的地方，才不會有人聽到他罵人。等她察覺到時，自己已經被包圍了，這氣氛用再怎麼友善的眼光來看，都不像只是說「讓我們來開心地聊聊天吧」。

「這些是我的朋友。也沒什麼，大概是要來幫我教訓不聽話的小鬼，告訴她什麼叫禮儀吧？」

波特薩爾的同夥們只是無言地冷笑。

「禮儀我們正在課堂上學，不需要勞煩各位。」

「光靠老師，對私生子小鬼完全不夠呢。哥哥我都要親自教妳了，妳本來不是該低頭求我嗎？」

波特薩爾背後有個手下走出來。

「沒錯，小姐妳就乖乖給我……」

不認識亞蒂的手下徹底疏忽了——因為他認為在人數上有壓倒性優勢，何況對方還是比自己小的女學生。亞蒂判斷不用再跟他們糾纏下去，不等他說完就迅速拔出腰間的銃杖，直接展開限定身體強化，在那個靠過來的手下來得及反應前，猛地給了他肚子一記肘擊。

「你很吵耶！」

想離開這裡，就得先突破包圍。她放倒了一個手下，同時不忘抓緊機會逃走，於是再度以強化過的腳力飛奔而出。因為她的驚人之舉，手下們形成的包圍網露出了破綻，就在當她即將突圍之際——

「雷擊矢。」

隨著一聲平靜的低語，一支雷擊箭落到亞蒂背上。她連慘叫都發不出來，卻發出空氣從肺裡被抽出來的沙啞聲音。雖然沒造成致命傷，但遭雷電直接擊中的身體還是麻痺了。亞蒂就這樣摔了一跤，當場倒下。

（嗚！搞砸了……不行，意識……模……糊……）

不可思議的是，在逐漸遠去的意識中，她仍然記得放出電擊的波特薩爾的表情。他臉上沒有平時的洋洋得意，而是露出了更加不祥的笑容。

這是亞蒂昏迷之後不久發生的事。

奇德對此事毫不知情，只因她直到開始上課了也沒回來一事感到掛心，正打算跑出教室找人，卻和某個意想不到的客人狹路相逢。

「哦？你在教室啊……省下我找人的工夫了。」

出現在他眼前的是波特薩爾。奇德大吃一驚，因為他在本家就會和波特薩爾保持距離，而波特薩爾至今為止也都還在不顯眼的地方找他說話，現在卻在眾目睽睽之中上前攀談。奇德一時間猶豫著，不曉得該怎麼稱呼他。

「學長，今天來有什麼事嗎？」

奇德掩飾不住他的困惑，開口問道。波特薩爾臉上帶著一貫的笑容，高聲回答：

「我來向你提出決鬥！」

吵鬧的教室在一瞬間變得鴉雀無聲，緊接著傳出一陣壓抑不住的鼓譟。在教室裡，四處都有學生低聲交頭接耳，議論著「決鬥！」這兩個字。

「你在說什麼……」

「聽不懂嗎？哈，我想你也不懂。我一直對你這礙眼的傢伙睜一隻眼閉一隻眼，但你居然是這種態度，讓我難以原諒啊。對，錯誤就要改正才行啊！」

奇德覺得很不可思議，波特薩爾的一言一行都讓他無法理解。這是因為一切都已經在他毫不知情的時候進行得差不多了。然而，他可以肯定的唯有一件事。

「搞不懂你在想什麼……決鬥？好啊，我就接受吧！」

意思就是說，他也很討厭波特薩爾。鬥志超越了心中的疑問，讓他大聲同意。如果像之前那樣挖苦人的話就算了，他可是正面提出了挑戰，所以奇德早就不打算掩飾自己的態度了。

「嘴巴居然這麼不乾淨……好像有點沒教養啊。就讓我好好期待你能囂張到什麼時候吧。」

他們也顧不得上課了，就這樣帶著一大群看熱鬧的人衝出校舍。

萊西亞拉騎操士學園禁止學生間的戰鬥行為，畢竟保護人民的騎士互相爭鬥也太不像話了。違反者會被處以各式各樣的罰則，唯一的例外就是被稱為『決鬥』的戰鬥。

決鬥是有規則的：必須一對一舉行；參加決鬥必須經過雙方同意；必須有第三者擔任裁判；必須絕對服從裁判；當一方失去意識或表示敗北，則分出勝負；另外還有使用練習用的木劍、禁止使用放出系魔法以免傷及無辜等等，總之就是「你們兩個給我自己解決」的意思。

從性質上來看，騎士學系難免有不少血氣方剛的學生，用決鬥來解決紛爭的情形也屢見不鮮，學園裡甚至有被稱作『決鬥廣場』的固定場地。

波特薩爾和奇德決鬥的消息很快在校園裡傳了開來。也因為這是睽違已久、而且還是當面提出的決鬥宣言，因此有不少看熱鬧的人一窩蜂地湧到廣場上爭相目睹這場戰鬥。

有一名與兩者毫無關係的學生自願擔任裁判。他高聲宣讀決鬥規則，並依照程序確認雙方意願。當兩人面對面之際，波特薩爾從胸前口袋中拿出了某樣物品。奇德的表情就在看到那個東西後僵住了。

（那不是……今天早上亞蒂戴著的髮飾嗎!?為什麼……難不成這傢伙……!?）

震驚的奇德看向波特薩爾，與他的視線對上了。那張臉帶著比平常更深的笑意，奇德當下領悟了對方的目的。包括為什麼波特薩爾提議以決鬥的形式分出勝負，以及為什麼要在大庭廣眾下進行。

「你這傢伙……你對亞蒂怎麼了……」

「嗯？我不懂你的意思。」

像是要克制自己別忍不住笑出來，波特薩爾臉上的表情幾近扭曲，讓奇德心裡的疑惑轉變為肯定。

「對了，我聽說了某個謠言呢。你身為一個初等部學生，竟然連上級魔法都能運用自如，造詣似乎很了得對吧！能不能讓我們見識一下啊？」

奇德不甘心地「唔」了一聲。波特薩爾故意提起這件事的目的很明顯，他說給大家聽，反過來就是要讓大家看到他使不出來，好讓他在眾人面前出醜的意思。證據就是他一邊說著，一邊又不時亮出那個髮飾給他看，牽制他的行動。

「……我又不會用……」

奇德像是從肺裡擠出空氣似地回答，觀眾不解地偏著頭。他是初等部那三個名人中的一個，老師也同意他不用上課。眾人疑惑地議論紛紛，已經大幅領先進度的人怎麼會說這種話？

難道那個謠言是假的嗎？

「什麼？搞什麼啊！哈！謠言是假的嗎？真是的，這麼快就露出馬腳啦！剛才的氣勢到哪去啦？哈！」

如果視線能殺人，波特薩爾大概就被奇德的視線射殺了吧。波特薩爾毫不在意，笑了一會兒後接著說：

「哎呀哎呀，不惜撒謊也想出風頭，真是個不聽話的傢伙。把學弟的劣根性徹底矯正過來也是學長的工作嘛？好了，差不多該開始了吧。」

波特薩爾舉起劍和魔杖，奇德只是靜靜地在木劍上安裝甘狄拔。接下來開始的已經不能說是戰鬥，而是名為決鬥的處刑時間了。

「怎麼啦？掃興也該有個限度。我看你既不會用魔法，對劍術也一竅不通嘛!?」

兩人對打的同時，波特薩爾這麼嘲笑著。奇德在盛怒之下原本想反擊回去，但對方不時亮給他看的髮飾卻讓他無法輕舉妄動。

決鬥開始大約過了三十幾分鐘，明眼人都能看出戰況呈現一面倒的局勢。奇德動作遲鈍，幾乎一直是單方面承受攻擊。有好幾次他也試著反擊回去，力道卻完全不夠。瞧見傳聞中的學生這麼狼狽的模樣，一股失望的情緒飄盪在看熱鬧的人群之中。「謠言終究只是謠言」、「不曉得哪裡弄錯了」、「最後的結局頂多是囂張的學弟認清現實罷了」、「看了也沒什麼有趣的」——甚至有人看得不耐煩而早早離場。

然而，有部份學生開始感到不對勁。奇德被直接命中的次數相當多，卻依然維持住架勢。他沒受到傷害嗎？沉浸在壓倒性優勢中的波特薩爾沒注意到這點，只樂得可以再多修理奇德一會兒。

既然不能打敗波特薩爾，奇德就只好不斷承受攻擊，他不曉得自己究竟能撐到何時。即使如此，他仍一直等待著終會來臨的反擊時刻。他也無法肯定那個時刻是否真會到來，不過還是有希望的。奇德最信賴的朋友不在這裡，事情鬧得這麼大，他也一定聽說了這場決鬥騷動才對。這麼一來，他不可能沒有行動。

（拜託你了啊，好朋友……我現在只能靠你了！）

奇德咬緊牙關，搖搖晃晃地接住波特薩爾揮過來的劍。

同一時間，艾爾涅斯帝在走廊上安靜走著。他聽童年玩伴巴特森解釋之後，正在搜尋亞蒂的下落。只不過因為沒有頭緒，他正覺得有點困擾。這時，有人冷不防地從背後抱住他。艾爾

嚇了一跳，往上一瞧，竟然看到斯特凡妮婭在磨蹭著自己的頭髮，露出幸福至極的表情。

「啊啊，這種柔順觸感，真教人欲罷不能。」

「……呃，斯特凡妮婭學姊？」

「都是這頭柔順秀髮害的啦～～你這可惡的小‧惡‧魔。」

斯特凡妮婭就這麼一邊用臉頰磨蹭著他的頭髮，一邊戳他的臉頰。艾爾對她一如往常的樣子感到傻眼，卻又立刻靈光一閃，認為她或許會握有線索。

「斯特凡妮婭學姊，您來得正好。請問您知道亞蒂在哪裡嗎？」

原本露出滿面笑容的斯特凡妮婭，表情迅速沉靜下來，臉上帶著一絲憂慮。她對上艾爾困惑的視線。

「亞蒂好像被波特叫出去了喔。」

「波特……令弟是嗎？他對奇德和亞蒂……」

艾爾難得地欲言又止。他也聽過波特薩爾這號人物——也包括他痛恨奇德和亞蒂的事在內。如果亞蒂被他帶走，不用想也知道發生了什麼事。話雖如此，艾爾還是猶豫了，畢竟這終歸是她們的家務事。艾爾無法判斷自己能插手到什麼程度，不過斯特凡妮婭接下來的一句話將艾爾的猶豫吹得煙消雲散。

「……而且，波特還帶著相當多的人。」

「我不想對別人的家人說三道四，但這話只讓人有種非常不祥的預感呢。」

艾爾的內心不像他說的話那麼冷靜。如果還在『兄妹吵架』的範圍內就算了。不過，帶著一群人就是兩碼子事了，這表示亞蒂正身處險境之中。

「就立場而言，雖然我無法拜託你……但我希望你去找亞蒂。」

「……這樣好嗎？不是我在說，萬一他想加害亞蒂，即使他是您親弟弟，我可能也沒辦法原諒他喔？」

艾爾平時看上去穩重的眼神閃過一道危險的光芒。奇德和亞蒂是他在這個世界最要好的朋友，如果有人帶了大批人馬想傷害他們，他也不打算手下留情。斯特凡妮婭看著他靜靜發怒的樣子，垂下形狀優美的眉毛。

「……請控制在不致死的範圍內。」

「您說得真乾脆呢。」

「如果是波特的個人行動還好。不，其實也不能說好……但我總是阻止得了。可是，這次不一樣，我身為學生會長、身為他姊姊，都不能置之不理。」

斯特凡妮婭喃喃說著，緩緩抱緊了艾爾。他無法想像她的表情，只問：

「您可以告訴我亞蒂被帶去哪裡了嗎？」

萊西亞拉騎操士學園為數眾多的校舍中，有一部分是平常沒在使用的。亞蒂和波特薩爾的手下們就在其中一個空置的教室裡。

那群人讓亞蒂坐到椅子上，她的手被綁在後面，腳也被綁住。她被波特薩爾的電擊擊昏後過了約一個小時，至今仍沒有恢復意識。剛才包圍她的四個手下圍在她身邊，似乎在爭論些什麼。

「呿！臭小鬼，竟敢打昏我！」

「喂，她人還沒醒，不要亂來。」

儘管亞蒂的意識還沒恢復，還是留了這麼多人看守，就是為了預防她清醒之後大鬧特鬧。而那個按捺不住焦躁而大聲嚷嚷的手下，就是在亞蒂突破包圍時吃了她一記肘擊的男生。他也直到剛剛才恢復意識。

「為什麼啊？她昏過去還被綁起來欸？沒必要這麼怕她吧。」

「一下子就被放倒的傢伙還敢說大話。」

「啊啊可惡！我太大意了啦！」

他一把抓住亞蒂的頭髮，強迫她抬起頭，露出殘暴的笑容掄起拳頭。

「看她是個小鬼，稍微放水了一下就給我囂張起來了。不給她好看我嚥不下這口氣！」

這下就連其他手下都看不下去了。他會被放倒才不是因為什麼放水，根本就是由於太過大意，才會被一擊秒殺。再說，如果他揍下去，害得亞蒂醒過來，就不太妙了。他們的目的畢竟只是暫時看著她，讓她這樣繼續睡下去比較好。就在另一個手下出手制止他的那一瞬間——

「你好——有人在嗎……喔，在呢。」

此時，突然有個人影從教室後方出現。眾人天真地以為這個地方不會有什麼人來，因此對入侵者的反應慢了一步。當他們驚訝地回過頭時，看到有顆銀色子彈從奇怪的魔杖中射出，正朝自己飛過來。

入侵者——艾爾涅斯帝一看見教室裡的手下，應該說在看見被綁在椅子上的亞黛爾楚時，就知道他『猜中了』。那麼，剩下的工作就是排除敵人。他毫不遲疑地拔出溫徹斯特，同時朝左右發射風系的中級魔法——風衝彈。射出的風彈直接命中教室後方的兩人，他們還來不及發出慘叫，就被衝擊重重彈開。艾爾甚至沒有確認那兩人的下場，便發動身體強化加速的術式，砍向正準備毆打亞蒂的男生。男生雖然一時慌了手腳，還是拚命試圖迎擊，然而他根本趕不上艾爾在強化狀態下的速度。奔馳中的艾爾在槍管上施展了真空衝擊的魔法，發出的衝擊波把那個男生打得飛了出去。

看見其他三個夥伴在轉眼間被打飛，剩下的那個人乾脆放棄理解狀況。遺憾的是，對手沒有親切到放過這個致命的可趁之機。最後一名手下下意識舉起的魔杖被整根打斷，對方的另一支溫徹斯特從旁邊橫掃過來——這是最後留在他記憶中的光景。

以暴風之勢秒殺四個手下的艾爾，確認他們都失去意識之後，跑到被綁起來的亞蒂身邊。切斷她身上的繩子，確認她是否有受傷。看起來亞蒂沒什麼大礙，呼吸也很平穩，似乎只是昏過去罷了。知道她平安無事，艾爾總算放下心中的大石頭，然後才把倒在地上昏迷不醒的手下給綁起來。幸好他們準備好了繩子——雖然不是用來綁在自己身上的。艾爾一限制住所有人的行動，便犀利地瞪著中庭的方向。

「可能沒什麼時間了呢。」

從來到這裡的途中聽見的騷動看來，艾爾大概可以想像得到那邊發生了什麼事。先是亞蒂被抓住，然後波特薩爾就出現在奇德眼前，他的行動實在太好猜了。正因如此，他很擔心身處騷動中心的奇德，但也不認為他會乖乖任人宰割。艾爾相信只要動作夠快，一切都來得及。也因為如此他才想盡快趕到那裡，只不過——

艾爾低頭看著倒在地上的亞蒂，內心一陣糾結。他該感到可悲嗎？因為她的身高比較高，要把她搬過去可得費一番功夫。話是這麼說，也不能就這樣讓她躺在這裡。唔唔唔，他呻吟了一下終於死心，很勉強地把她打橫抱了起來。雖然保持平衡是一件非常困難的事，不過他依然運用擅長的魔法，強行跨越難關。

「一定要趕上啊……」

就這樣，為了盡快趕到奇德身邊，艾爾大步跑向騷動的中心點。

萊西亞拉騎操士學園的校舍之間，有個通稱『決鬥廣場』的中庭。在那裡，兩名學生的決鬥仍持續著，對決的時間已經過了一個小時。儘管戰況始終呈現一面倒的局勢，但看起來仍不像要分出勝負的樣子。

打了這麼久，波特薩爾終於開始感到不對勁了。如他所料，奇德在受制之下，動作變得相當遲鈍。而從決鬥開始到現在，自己的劍直接擊中奇德的次數已經數也數不清了。雖說是木劍，一般人被砍了這麼多次，應該會受到再也無法動彈的重傷才對。然而，儘管奇德的動作確實逐漸慢了下來，卻感受不到他受到嚴重的傷害。或許他是擔心人質，所以沒有主動攻擊，但他的眼裡卻隱含著強烈的光芒。很顯然的，他是想伺機行動。

（這傢伙怎麼這麼耐打？怎麼還不倒下!?難道他打算糾纏到亞黛爾楚自己逃出來？她的身

手確實相當靈活，也不是不可能逃走，不過……）

波特薩爾又竊笑起來。奇德不知道亞蒂不僅被牢牢綁著，還有人在一旁監視。也就是說，波特薩爾認為他的期望打從一開始就不可能實現。

見對手突然停止動作，奇德露出訝異的神情。波特薩爾笑得極為不自然，接著笑容可掬地試著毀掉奇德的希望。

「阿奇德，你在拖延時間嗎？」

「……！」

「我想也是啊。你以為只要癡等，『那個』就會來對吧？那我只能說你在癡心妄想，畢竟那個被緊緊綁起來了。」

奇德咬牙切齒的聲音連波特薩爾都聽見了，這讓他內心生出一股黏稠稠的滿足感。

「哎，我也膩了。雖然覺得不捨，但我們差不多也該分出勝負了，對吧？」

他又故意亮出亞蒂的髮飾，然後重新舉起木劍。奇德繃起臉。老實說，他並不像外表看來那般若無其事。即使用『某個方法』將損害減到最低，負擔仍持續累積。如果接下來受到對方的全力攻擊，能不能撐過去就很難說了。而且從剛才開始，波特薩爾的視線就強烈地傳達出他的目的，也就是『不准躲開』。大概真的打算做個了結吧，下一波攻擊恐怕會是他傾盡全力的一擊。不閃開的話，奇德不認為以自己現在的狀態能平安脫身。

雙方用比之前更強的力道擺好架勢。還留在現場的學生們也感受到了終於要一決勝負的氛圍，屏氣凝神地觀戰。就在波特薩爾一鼓作氣、準備縮短彼此之間的距離時，那名闖入決鬥的人出現了，兩者幾乎是同時發生。

有個人影從看熱鬧的人群頭上躍過，出現在最前排。他跳躍的幅度非常大，而且仔細一瞧，儘管他的懷裡還抱著一名女性，但著地的動作依然流暢，像是踩在某種柔軟的東西上一般悄然無聲。眾人的視線自然而然地集中到那個從自己頭上飛過的矮小人影上。

來者是抱著亞蒂的艾爾。場上的波特薩爾斜眼看過去，認出他們後，表情驚訝得扭曲了。亞蒂應該被綁了起來才對，他甚至還派人監視著。難道他突破了那些阻礙，把人救出來了嗎？他的手下到底在幹什麼？更重要的是，抱著亞蒂的那個銀髮孩子究竟是誰？波特薩爾的腦袋中充滿了問號，卻沒有人回答他。

艾爾緩緩將懷裡的亞蒂放下來。她已在移動中恢復了意識，於是自行站了起來。她所做的第一件事，就是先瞪了波特薩爾一眼，然後轉向奇德，從握緊的拳頭中豎起大拇指劃過脖子，附帶一個凶暴至極的笑容。看到她平安無事，奇德放鬆了全身力氣，突然有種非常想笑的感覺。他馬上點頭回應，然後對站在她後面的艾爾抱怨：

「真慢欸。」

「不好意思，都是教室太多害的。」

「什麼啊。哎，算啦。」

奇德笑著，重新舉起木劍。他已經沒有任何後顧之憂，翹首以待的反擊時刻終於到了。

波特薩爾幾乎要大叫出來了。事已至此，他不得不醒悟事態正朝最壞的方向發展。但他轉念一想，他是失去了亞蒂這張牽制奇德的王牌沒錯，不過，這並不表示奇德遭受的損傷會消失，現在應該還來得及發起快攻，一決勝負才對，於是他再次傾盡全力，砍向奇德。

然而，奇德立刻展開了靈活的身手——剛才都被打得落花流水的樣子就像是裝出來似的。他一個箭步衝上前，輕輕格開對方的劍，接著就以肩頂的要領撞飛了波特薩爾，暫時拉開兩人之間的距離。

打到現在，奇德已經消耗了不少魔力，不過他從小就和艾爾一起進行嚴格的訓練。因此，他剩下的魔力足以讓他展開最後反擊。

「這是你欠我的，現在一次奉還給你！」

奇德從丹田發出吶喊聲，將艾爾傳授的身體強化火力全開。一股狂暴的力量流竄過全身，令他以幾乎要踏碎腳下石板的威力奔出。在慌張準備起身的波特薩爾來得及防禦前，奇德的木劍就打中他的肚子，他肺裡的空氣都被打了出來，啞著嗓子喊了一聲「嘎啊」後，隨即就被轟上了半空。奇德在他落地前又展開下一波銳不可擋的連續攻擊，迫使波特薩爾的身體在空中呈現不自然的扭曲。接著，奇德又在他的身體失速翻滾起來的同時，給他一記迴旋踢作為致命一擊。這回波特薩爾的身體則像扭成一團似地旋轉落下，最後癱軟地摔在好幾公尺以外的地上。

直到使盡全力的奇德大大喘了口氣後，裁判這才回過神來。他連忙跑向波特薩爾，只見他像塊破抹布般倒在地上，翻著白眼、口吐白沫地昏厥過去了。不管怎麼看，勝負結果都很明顯，裁判一舉起手臂，便向四周觀眾高聲宣布奇德的勝利。

如此意外的收場方式，讓之前的對決彷彿都像假的一般。場外看熱鬧的人們也跟不上事態的發展。

顯然，奇德正如傳聞中一樣厲害，最後展露的身手根本不是波特薩爾所能比擬的。那麼，他到途中為止的狼狽模樣究竟是怎麼回事？

觀眾的目光接著轉向朝奇德跑過去的少女。他們也不是笨蛋，奇德在看到那名少女出現的瞬間，就展露出與之前截然不同的身手。整件事的真相不言自明。

眾人看向倒地的波特薩爾，目光逐漸變得冰冷。對騎士學系的學生而言，決鬥雖然是一種用武力解決問題的手段，賦予勝者的名譽依然是神聖的。如果有人試圖以不當方式取勝，就等於背叛了騎士之道。看著被手下們急忙帶走、送往保健室的波特薩爾，眾人的態度始終冷漠無比。

奇德終究還是受了重傷，在發出勝利的吶喊後當場癱坐在地。

「奇德！嗳，奇德，你還好嗎？」

「果然不能說沒什麼吧……被打得真夠慘的。」

「嗚哇，衣服都破了……你不會躲開那個白痴的攻擊呀？」

「他一直拿著那個在我眼前晃來晃去的，想躲也不能躲啊。」

「……！對不起，都是我……太大意了。」

看亞蒂淚眼汪汪、意志消沉的樣子，奇德一邊胡亂揉著她的頭髮，一邊笑著說：

「別介意，都是那個白癡的錯。還有艾爾，謝謝你啊，剛才真的好險。」

「趕上就好。不說這個了……」

艾爾神不知鬼不覺地從波特薩爾身上把髮飾拿回來，他一邊交還給亞蒂，一邊問道：

「你雖然被打得挺慘的，看起來卻沒受什麼傷呢。」

「對啊，因為那傢伙看我不能躲，就只知道拚命攻擊，還說什麼技巧啊。」

奇德苦笑著說道。

「我在被打中的地方使用瞬間身體強化和外部硬化，把傷害降到最低啦。」

「原來如此……不過，真虧你有辦法做到這麼危險的特技呢。」

「因為不需要多動腦思考，所以我才能辦到的吧……而且也多虧了他那麼笨，我才得救了。要是他集中全力朝我的要害打下去，大概就撐不過來了吧。」

「意思是說，那個人最後敗在自己太輕敵了嗎？」

在艾爾點頭的同時，一直看到最後的觀眾們也紛紛散去。

「那麼，接下來的事就由我來處理。亞蒂，妳可以帶奇德到保健室去嗎？」

「知道了。奇德，站得起來嗎？」

「沒事。我的傷幾乎都是瘀青啦，慢慢走就好了。」

艾爾目送著亞蒂和搖搖晃晃地起身、走向保健室的奇德，過了一會兒轉過頭，看著斯特凡妮婭一個人孤伶伶地站在那裡。

「這樣好嗎？在各方面而言，令弟所受的傷都不輕喔。」

「……也是，但他的所作所為就是有這麼嚴重。」

斯特凡妮婭反倒露出了神清氣爽的表情，搖了搖頭。

「那孩子……真的就只有這種地方像母親……也是時候該受到教訓了。」

「您也真辛苦呢……」

一想到奇德和亞蒂家裡的事，艾爾就有種難以言喻的心情，不過他搖搖頭，轉換了心情問：

「可以請您幫忙善後嗎？」

「嗯，我也得和家裡說明才行。」

艾爾對點頭答應的斯特凡妮婭行了一禮，也跟著離開了。結果，有部分同學對這場騷動深感興趣，開始私底下討論起奇德他們和塞拉帝家的關係。

決鬥事件後過了幾天。

醜態畢露的波特薩爾受到學園與家中雙方的嚴重警告，並在晤談之後，要他暫時待在家裡反省。為了讓他徹底改掉劣根性，還把他送進夢寐以求的緋犀騎士團，要給團員們好好鍛鍊一番，不知道這對他本人而言究竟是幸抑或不幸。總之，對艾爾他們來說，要擔心的事少了一樁，還是值得慶幸的。

就在某個恢復平靜的放學後，亞黛爾楚在學園中庭發現了正在看書的艾爾。他的存在很引人注目，雖然因為個子矮小，不容易在人群中找到他，但那頭銀髮在沒什麼人的地方就是很顯眼的記號了。他倚在中庭的某棵樹下，一如往常地抱著一本厚厚的書，埋頭讀著。不必問也知道，那是有關幻晶騎士的課本。

亞蒂走到他身邊，艾爾卻像是沒注意到的樣子。只要一開始看書，他就不會在乎周遭發生了什麼事。亞蒂緩緩地在他旁邊坐下，目不轉睛地觀察起他的樣子。那雙邊緣生著長長睫毛的藍眼因為低頭看書而微微垂下了視線，一頭銀紫髮沿著臉龐流瀉而下，在日光下閃耀。他緊抿著柔軟的嘴唇，看得出來有多麼熱衷。

（艾爾還是一樣可愛呢——）

亞蒂「嘿」了一聲，開心地笑了。正準備像往常一樣抱住他，腦海中卻閃過一幅景象，讓她停下了動作。那是不久前的決鬥事件留下的記憶。

當艾爾救出被波特薩爾囚禁的亞蒂時，是將她橫抱著帶到現場去的，最後還在眾目睽睽之下猛衝到人群的正中央。那時她的內心幾乎被怒意所佔據，所以沒怎麼在意。之後回想起來，發現那其實是非常令人害羞的光景。不僅令人難為情，一想到艾爾來救她的喜悅，以及被他抱著的心情，更讓她光是待在艾爾身邊，臉就要紅了起來。

（嗚嗚，不小心又想起來了啦……）

對亞蒂來說，她很慶幸艾爾沒發覺她的心情。種種感情交織在一起，讓她猶豫著不敢像以前一樣抱住他。亞蒂對這樣的自己很不滿，硬是一把抱了上去。然而，對突然一把抱上來的亞蒂，艾爾依舊是不慌不忙的樣子，冷靜地打了招呼之後闔上了書。

說來奇怪，從小不光是亞蒂，還被許多人當成『玩偶』的艾爾已經很習慣被人抱住了。何況，亞蒂又是第一個掀起「抱抱風潮」的人，對艾爾來說就更不值得大驚小怪。即使如此，他依然感到亞蒂的態度跟平時不一樣，不解地偏著頭。

這時的亞蒂正為自己出乎意料的反應困惑著。要是在平常，她就會一邊享受著頭髮柔順的感觸，一邊跟他聊天了。這回卻在抱上他的瞬間，感到心臟以前所未有的速度怦怦直跳，實在沒有餘力做那種事。亞蒂索性迅速把臉埋到他的頭髮裡，好讓他不要察覺自己滿臉通紅的樣子。

（啊——怎麼會這樣！糟了啦，臉抬不起來……）

亞蒂大概是太過於心神不定了，才會沒想到還有放開他的這個選擇。艾爾有些訝異地觀察她的反應，看到她動也不動的樣子，乾脆繼續看起書來了。

（總覺得只有我像個笨蛋似的，好歹有點反應吧！）

從某種意義上來說，有時候這種莫名其妙的怒火反倒會讓心情平靜下來，亞蒂氣鼓鼓地開始戳起艾爾的臉頰。

「唔，請不要突然戳別人臉頰。」

「……果然很可愛呢！」

亞蒂終於恢復了平常的樣子。艾爾抱起來的感覺比平常還舒服，亞蒂這才開始摸起艾爾的頭。當事者們沒有發現，中庭裡稀稀落落的幾個學生正面帶微笑地看著黑髮和銀髮的美少女（？）們互相嬉鬧，大飽眼福。他們的日子就像這樣，每天都過得很和平。

第二章
魔獸來襲篇

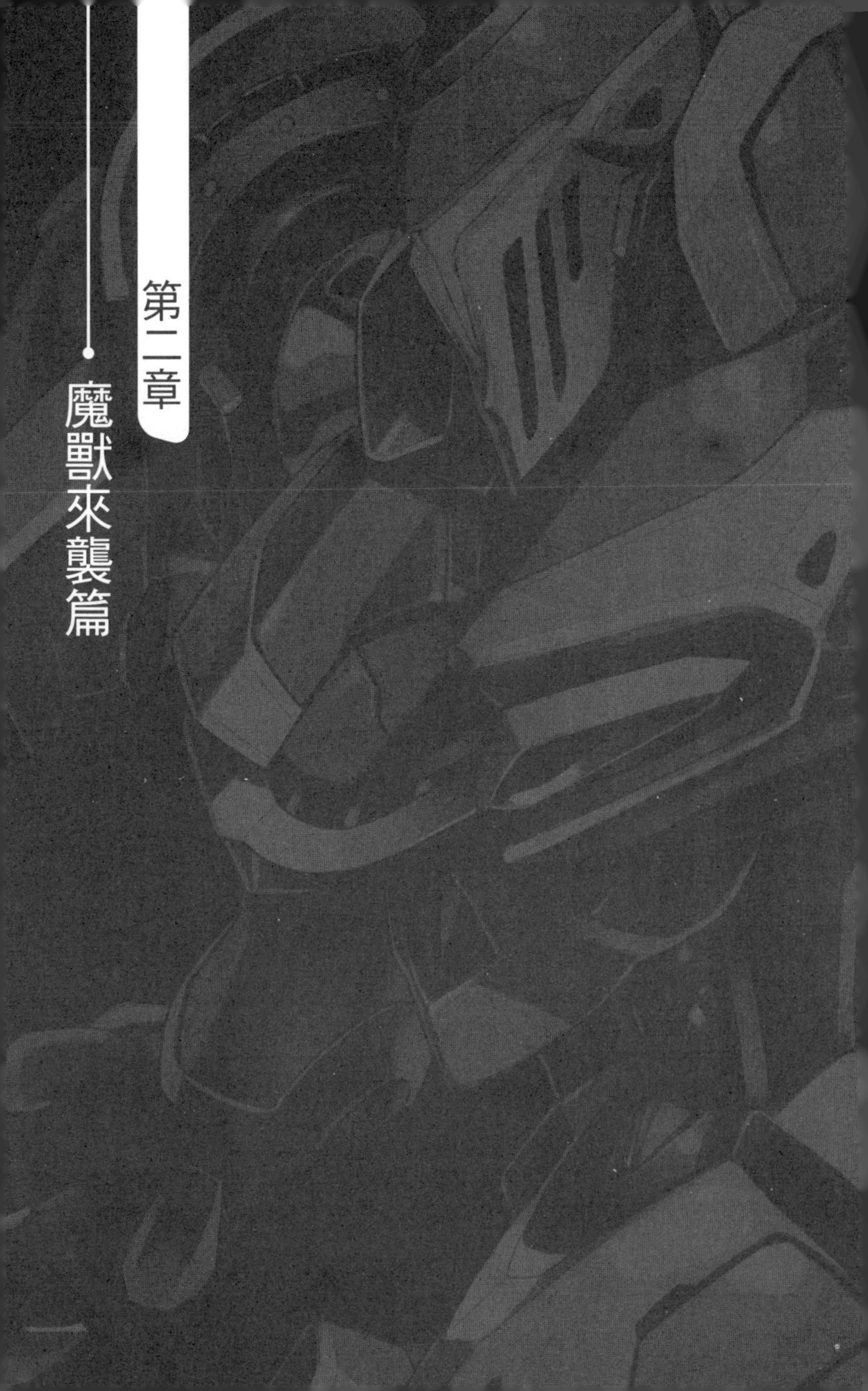

第五話　巨獸之影

過去，人類佔據了半邊的澤特蘭德大陸，將歐比涅山地的西邊劃為勢力範圍。歐比涅以東全由魔獸所支配，對人類來說是一片未知的領域。

人類以幻晶騎士作為主要戰力，一路驅逐魔獸，最後順勢越過歐比涅山地，開始往東進軍。起初人類趁著形勢大好，趁勝追擊，沒多久卻停下了腳步。歐比涅以東是一片遼闊的森林地帶——博庫斯大樹海，森林深處潛藏著連幾百位幻晶騎士也無法匹敵的強大魔獸，遭受巨大損失的人類只好在大樹海前撤退。

歐比涅山的山腳下延伸出一片平原，若進行開墾，就很可能成為適合耕種的農業區。人類眼睜睜地看著這片肥沃土地，卻只能停在歐比涅以東的範圍，把領土範圍擴張到大樹海前，並建立國家，這就是延續至今的弗雷梅維拉王國的起源。博庫斯大樹海至今仍有大型魔獸不時像心血來潮一般現身，為了防止魔獸騷擾，人們在東邊國境築起一道防壁，更在魔獸經常出沒的地點——有『魔獸街道』之稱的森林出入口（那真是十分巨大的獸道！）建立了要塞，並在主要要塞之間築起城牆。由於從物理角度來看，不可能用城牆包圍住整個國境，因此無法杜絕魔獸從遠離魔獸街道的地方入侵，但城牆對棘手的大型魔獸而言還是有阻擋效果。也多虧了這些努力的成果，這個國家大致上可以說是相當平安。

那是在某個寂靜的夜晚發生的事情。

巴格利要塞，是位於博庫斯大樹海與弗雷梅維拉王國邊界上的要塞之一。這個地方遠離魔獸街道，連中型魔獸也鮮少現身，是個頂多只有十名騎操士守衛的小規模要塞。

那天，一股不尋常的異樣寂靜讓站哨的士兵感到有些不對勁。繁星在夜空閃爍，通常在這種時段可以從森林聽到一、兩聲野獸的嚎叫，但此刻周遭盡是一片不自然的靜默，連野生動物的『氣息』都感覺不到，彷彿森林裡的動物全都逃走了。這情況要說反常是很反常，但也並非真的發生了什麼狀況，所以他只是偏著頭，打算繼續執行巡邏任務。

寂靜沒有持續多久，遠處便傳來樹木接連被壓斷的響亮碎裂聲。很明顯地，有什麼東西正朝這裡接近——很明顯就是魔獸了。哨兵毫不遲疑地吹響了警笛。

「搞什麼啊，大半夜的還有混帳魔獸!?」

「這裡又不是魔獸街道，來這種鄉下地方要幹嘛啊！」

緊急警笛大響，駐紮在要塞的騎士匆忙起身。要塞裡一下子騷動起來，大伙兒人仰馬翻地各就各位。在這期間也不斷傳來樹木倒塌的聲音，危機已經迫在眉睫了，當值的騎操士紛紛跳上自己的幻晶騎士。這座要塞佈署了弗雷梅維拉王國的制式機體——『加達托亞』。魔力轉換爐的進氣裝置從休眠狀態中被強行啟動，發出有如地鳴般的低吟，響徹周遭。

飛快地確認啟動程序、火速整頓好裝備的幻晶騎士剛守好要塞正門，那個一邊碾壓樹木開出一條路，一邊發出怪聲的東西便現出了原形。那隻登場的魔獸活像一座會移動的小山或巨岩，全身覆蓋了凹凸不平的甲殼，宛如劍山一般，而突出的甲殼上頭又長出了粗壯的四肢以及頭部。若要舉個外形相似的生物來比喻，或許可以用『烏龜』形容吧，只不過這一隻烏龜全長有八十公尺以上，高度也超過五十公尺就是了。

要塞城門上的哨兵提心吊膽地警戒著，他只在書上見識過這種叫『陸皇龜』——亦稱為貝西摩的生物。其特徵是具有強韌體力與持久性，被喻為會移動的要塞，是最難對付的魔獸。簡言之，擁有這些特點的魔獸，最大的能力就是『強化』。牠是以壓倒性的魔力輸出強化魔法，支撐自己那種從物理角度來看根本無法支撐的龐大軀體，卻又能以超乎外表的敏捷速度移動，從甲殼、骨骼到每一個身體組織都擁有引以為傲的可怕持久性。據說，牠們以衝撞為主的攻擊手段甚至能粉碎城牆，而那顆與龐大軀體相符的「心臟」足以產生超過一百架幻晶騎士總合的巨大魔力，附帶可謂取之不盡、用之不竭的韌性，更讓瓦解貝西摩如銅牆鐵壁般的防禦這件事難上加難。總之，這就是貝西摩，一種擁有令人大為吃不消的防禦力、堅不可催的要塞魔獸。

「確認魔獸種類……是……是陸皇龜……！貝西摩！」

在騎操士們理解哨兵如慘叫般的警告之前，貝西摩就給了要塞外牆一記猛烈撞擊。不曉得牠腦子裡到底在想些什麼，居然從正前方直接衝撞擋在牠路上的要塞。仗著自身的巨大質量，以及引以為傲的堅硬甲殼，使貝西摩化為活生生的破城巨鎚。以石塊、鋼鐵為材質蓋成的城牆跟大門不堪一擊地被撞碎，碎片有如土石流般襲捲四周，這副光景讓迎戰的騎操士們腦袋瞬間變成一片空白。

聽見哨兵的報告，加上親眼看到城牆被攻破的景象，騎操士們的臉龐逐漸染上驚愕與恐懼。究竟有誰能預料到在這種遠離魔獸街道、鮮少出現大型魔獸的偏遠要塞，會出現師團級的魔獸啊？有師團級之稱的魔獸正如其名，據說打倒牠需要一個師團（約三百架）的幻晶騎士。然而，佈署在這個要塞的幻晶騎士卻只有一個中隊（九架），加上隊長機共十架的戰力。這規模雖然足以驅逐決鬥級魔獸（戰力等同一架幻晶騎士），但要打倒師團級的魔獸，戰力差距還是過於懸殊。

事到如今，挺身向前迎戰已經可以說是自殺行為了。即使如此，騎操士們仍然沒有退縮。

他們無法得知這隻貝西摩為何筆直朝著弗雷梅維拉王國前進，但在貝西摩繼續挺進之前，若沒有向國內通報如此嚴重的事態，騎士們甚至不敢想像會造成多大的災害。從巴格利要塞目前的戰力來看，就算天塌下來都不可能打倒貝西摩。儘管如此，至少還能拖延一點時間，或是能找到魔獸的弱點也說不定。他們如此下定決心，奮勇迎向魔獸。

貝西摩乘著衝撞城牆的勢頭，進一步撞開了城牆，侵入要塞內部。如同爆炸聲般的咆哮颳起一陣飛塵，撼動了整座要塞。

伺機而動的加達托亞部隊手持魔導兵裝『火焰騎槍』，將尖端指向貝西摩。騎士們將魔力輸入形似變形長槍的武器裡，順著內置的紋章術式產生魔力現象。單靠人類無法達到的魔法術式與魔力輸出量所形成的戰術級魔法開始啟動，巨大火彈自騎槍槍尖接連射出，直接命中魔獸，並發出撼動四周的爆炸聲，竄起猛烈的火柱。受到這種程度的攻擊，若是一般的半吊子魔獸早就倒地不起了，但貝西摩不愧是移動要塞，被爆炎長槍打中也完全不痛不癢的樣子。騎士們對此也早有準備，每架加達托亞都舉起火焰騎槍重砲，一個勁地持續射擊，猛烈的火焰與濃煙甚至掩蓋住巨獸的身影。

幻晶騎士專用的魔導兵裝威力相當強大，但相對的，魔力消耗也很快。每架加達托亞都使盡全力射擊，直到用完機體的魔力儲蓄量才停止了『法擊』。為了補充消耗大半的魔力，他們加速運轉魔力轉換爐，吸收四周空氣中的以太，進氣裝置的低吟聲因此變得更加響亮了。

要塞入口在火焰騎槍接連不斷的射擊下，淹沒在一片猛烈的火勢中。烈火與濃煙轟然作響，遮住了騎操士們的視線，也失去了貝西摩的蹤跡。儘管只有區區十架幻晶騎士，但在貫注全部魔力的法擊之下，即使是師團級魔獸多少也會受一點傷吧——正當騎操士這麼想的瞬間，一聲咆哮再次撼動了大地，宣洩出的壓力甚至伴隨物理性的衝擊波衝散了火焰，貝西摩從煙霧後方冒了出來。現實辜負了他們的期待，牠龐大的身軀毫髮無傷。

貝西摩帶著與牠巨大體積極不相襯的衝力朝著加達托亞部隊撲來，那迅雷不及掩耳的速度使得附近的加達托亞來不及避開。著實挨了一記巨大質量所產生的撞擊，幻晶騎士根本不堪一擊。鋼鐵鎧甲在一瞬間凹陷，四肢也被壓扁。鎧甲縫隙間散落著閃閃發光的結晶碎片，遭受撞擊的機體飛了出去。看這情形，內部的騎操士也不可能毫髮無傷吧。

其他死裡逃生的加達托亞急忙散開，與魔獸拉開距離。這時，貝西摩踩著幾乎讓人誤認為地鳴的沉重腳步猛然進攻，撞飛了只能發射炎彈做為最後抵抗的加達托亞。

幾架幻晶騎士判斷魔法發動的攻擊沒什麼效果，便團團圍往貝西摩，抽劍砍擊。但是覆蓋在貝西摩身上的甲殼，展現出如傳聞一般的堅固度，所有斬擊都傷不到牠。全身覆蓋甲殼，再加上巨大的身軀以無法想像的速度移動著。僅僅十架幻晶騎士根本連拖延時間都辦不到，面臨被貝西摩輕易予以全軍覆沒的危機。剩下的騎操士們感到一股無法言喻的恐懼從背後竄起，牠確實是名副其實的師團級魔獸。倖存的騎操士們中，隊長階級的人物當下做出決定。

「艾隆、班傑明、克萊斯！還活著嗎？」

「……是！」

貝西摩再度發狂起來，順著撞飛加達托亞的勢頭接著用身體衝撞要塞本身。眼看著石頭要塞逐漸粉碎，再也撐不了多久了。

「艾隆帶著我們這邊還活著的傢伙逃走，給我跑到卡里葉爾要塞去！班傑明，趕緊連絡貝西摩可能會經過的鄰近都市，去揚圖寧！克萊斯，你趕去王都！給我死命跑，跑到結晶肌肉粉碎為止，一定要通知王都這傢伙的事！」

隊長機忽然轉過機體的頭部，環視著剩下來的部屬。

「剩下的傢伙……抱歉啦，抽到下下籤了。」

被點到名的三個人是部隊中較為年輕的一群，被選上逃離戰地的原因不言自明，但他們甚至沒有反駁或猶豫不決的權利。首要之務是要活著傳達消息，盡速警告危機來臨，沒有時間讓他們道別了。駕駛座裡的他們臉上閃過一抹悲壯，但又馬上因決心和使命感而氣勢昂揚。

「跑起來！」

「是！」

年輕騎操士駕駛的加達托亞沒有一絲猶豫地脫離戰線。隊長透過幻象投影機確認情況後，微微揚起了嘴角。

「喂，兄弟們，待在狹窄的地方只會落得被撞飛的下場！現在徹底棄守要塞，到郊外用拖延戰術！」

「喂喂，不會讓你進來咱們國家的！」

「就讓臭烏龜瞧瞧我們的厲害吧！」

僅存的五架加達托亞逃出要塞，迎戰貝西摩。這是一場毫無希望的戰鬥，但他們的動作仍然敏捷俐落。貝西摩將要塞摧毀殆盡，並再度進攻，加達托亞則回以細緻綿密的攻擊妨礙牠前進。然而，只是從遠處胡亂發射法擊，並無法阻止巨獸進攻的腳步。接下來勢必得採取近距離作戰，集中攻擊頭部、腳部之後再逃開，如此重覆打帶跑的戰術。加達托亞在這段期間只能專心避開被激怒的貝西摩，並持續戰鬥。

不過，就算是幻晶騎士，力量終究還是有限的。

幻晶騎士配備了魔力轉換爐，爐本身是半永久性裝置，只要四周空氣中還有以太存在，就能持續轉換並供給魔力，只是一次可提供的量有限。尤其在戰鬥中，魔力的消耗量一旦超過供給量，機體的魔力儲蓄量就會愈來愈少，而操作幻晶騎士的也不過是人類罷了——兩者都是有其極限的。魔力儲蓄量減少、動作遲鈍下來的加達托亞紛紛被撞飛。因疲勞而降低注意力、錯失抽身時機的加達托亞遭受貝西摩的甩尾攻擊，碎裂癱倒。他們就這樣一架接著一架，彷彿被打落的梳齒般一一倒下。

即使如此，面對強大如師團級魔獸的敵手，僅靠五架幻晶騎士竟成功爭取到比黃金還珍貴的幾個小時，說是他們信念上的勝利也不為過。

撐到最後一刻的，果然還是實戰經驗最豐富的隊長機。機體上有數不盡的細微傷痕，被貝西摩尾巴掃到的右手斷成兩半飛了出去，全身的結晶肌肉因疲勞跟傷勢而殘破不堪，魔力儲蓄量也所剩無幾，現在就算想逃也辦不到了。

「……菜鳥們都逃走了嗎……這隻臭烏龜，下次來的就不是我們這種半吊子集團，而是正統的騎士團啦。給我做好覺悟吧。」

既然逃不了，隊長乾脆指揮破爛不堪的機身跑了起來。他根本沒想過自己會得救，將殘存魔力全注入隊長機，朝著貝西摩步步進逼，不要命地衝了上去，但諷刺的是，隊長機的動作再快也只能如此了。他把還連著的左手跟劍固定在一起，傾盡全部機體重量刺向貝西摩的臉孔。

也許魔獸也有類似敬意的概念吧。

貝西摩一鎖定最後一個擋住自己去路的敵人，便張大嘴吸了滿滿一口氣。這是前所未見的必殺技。隔了一拍之後，就在隊長機的長劍擊中牠的瞬間，藉由魔術發動的龍捲吐息從牠的嘴裡噴射而出。猛烈的氣流席捲森林，將樹木連根拔起。首當其衝的隊長機被吹得老遠，結晶碎片與破碎的鎧甲紛紛散落，掉到森林裡去。

貝西摩低聲呻吟著。他們為了實施拖延戰術而不斷發動的多次攻擊，加上隊長機的最後一擊，在牠臉上留下細微裂痕，那道傷痕輕輕地擦過了眼球。要是最後隊長機的損傷沒那麼嚴重，或許就能直接命中眼珠了。貝西摩佇立了好一會兒，在發現擋路的人已經消失後，就再度邁開腳步前進。腳下步伐響亮而沉重，而那雙瞳孔依舊不帶一絲情感。

自弗雷梅維拉王國建國以來最大規模的魔獸災害，就這麼無聲無息地展開。牠的目的是什麼？答案就在魔獸一心一意地前進著的路途上，位於弗雷梅維拉中央最大的城市——揚圖寧之中。

第六話　到野外演習吧

時值西方曆一二七七年。

滿十二歲的艾爾涅斯帝・埃切貝里亞與他的童年玩伴——雙胞胎阿奇德・歐塔、亞黛爾楚・歐塔一起升上了騎士學系中等部，而他們的另一個童年玩伴——矮人族的巴特森・泰莫寧雖然一直待在鍛造學系，但最近受了艾爾的影響，似乎也開始對騎操鍛造師之路產生了興趣。不時可以看見他和艾爾湊在一起，討論關於幻晶騎士的設計、知識方面的話題。

說到艾爾涅斯帝，從他剛進萊西亞拉騎操士學園，就為了學習幻晶騎士的相關知識「出差」到八竿子打不著關係的學系去上課。而在過了三年的現在，艾爾也修完了鍛造學系的課程，在他旁聽的次數多到數不清，求知慾獲得滿足之後，現在終於又更進一步地混入騎操士學系的教室裡了。

說到騎操士學系，正因為萊西亞拉學園冠上「騎操士」三個字，可以看出它是學園的明星學系。為了成為騎操士，即使修完了中等部的騎士課程，也只有能力受到認可的學生才能升上騎操士學系。然而，雖然統稱騎操士學系，也並非所有人都是騎士出身，畢竟只有操縱者——騎操士一個人也無法讓幻晶騎士動起來。說穿了，幻晶騎士終究還是一種機械，需要其他維修機體的人員。

因此，才有騎操士學習操縱技術；鍛造師學習外殼、金屬骨骼的修理與製造；鍊金術師學習結晶肌肉的製造與維修；刻印術師則學習魔導兵裝的整備方式。這些原本在中等部分門別類的學系，到了高等部則統合成一個騎操士學系。

在這樣的背景之下，騎操士學系的教育方針走的是徹底的實踐主義。藉由實際操作學園所有的幻晶騎士，磨練各自的職業技能。萊西亞拉騎操士學園的騎操士學系持有二十架幻晶騎士，從數量看來，等同兩個中隊多的兵力，戰力比一個稍具規模的要塞還要完備。話雖如此，每架卻都是已經退役的舊世代機『薩羅德雷亞』，全是些二線等級戰鬥能力的機體。

這些幻晶騎士歷經長年以來的修理再修理，持續使用至今，而且一架機體還需對應好幾名騎操士，讓他們輪流進行訓練，因此往往對機體造成極大損耗。破舊的機體需要頻繁維修，騎操士學系裡真正辛苦的，幾乎可以說是後勤了。因為太過辛苦，最後甚至傳出了這樣的風評：從騎操士學系畢業的鍛造師、鍊金術師，大多擁有一畢業就可以直接上前線工作的能力。

今天在萊西亞拉騎操士學園裡供幻晶騎士使用的演習場上，也有幻晶騎士的戰鬥訓練進行著。

競技場造型的石造建築物中央，紅色與白色的機體正在戰鬥。它們各自拿著模擬戰鬥用的鈍劍，上演一場激烈對決。校方準備的機體在駕駛座的軀幹部分特別加厚了裝甲，這是重視騎操士的安全所做的設計。即使如此，全力戰鬥的幻晶騎士仍然非常危險，因此模擬戰鬥通常是以競技的方式進行，並使用抑制過威力的訓練用裝備，正式裝備的戰鬥只有在對魔獸的實戰訓練上才能使用。

包圍演習場的牆壁上設有座位，各式各樣的人正從觀眾席眺望著場上對決的幻晶騎士。只有戰鬥的訓練稱不上是訓練，對戰鬥內容的分析也是不可或缺的。有人紀錄戰鬥過程，研究騎操士的戰鬥技術；有人依損害情況調配維修零件；也有人正在實地檢驗魔導兵裝的效果。

當然，在場人員大多是高等部的學生，但其中有個與這個場合不太協調的矮小身影。那個人不僅矮小，還有一副幾乎會被錯看成少女的可愛容貌，那個身影果然是艾爾涅斯帝。由於他個子矮小，為了不被人擋到而坐在最前排的位子上，目不轉睛地盯著幻晶騎士間的戰鬥。

他跳過原本該上的騎士學系課程，強行克服阻礙而得到了免修資格。所作所為大抵都很亂來的他，在某些奇怪的地方還是很講規矩的。

一開始，艾爾靠著可愛的外表和吉祥物一般的感覺獲准出入。原本他本人只打算在一旁乖乖見習，但之後不僅是戰鬥，也開始參觀起後勤維修的部分，插得上嘴的範圍變得愈來愈廣。從他能輕鬆跟得上學長姊們的對話內容看來，三年來的預習還是沒有白費的。

能夠走出教室，在現場獲取第一手知識和經驗，簡直讓艾爾高興得手舞足蹈。他除了貪婪地參加各式各樣的作業流程，最感興趣的果然還是戰鬥訓練。幻晶騎士——巨大機器人真實在眼前戰鬥的光景，喚起了他心中難以形容的感動。模仿鎧甲騎士的巨大人型物體敲擊彼此的鋼鐵四肢，以巨大長劍互相砍殺，還不時射出強大魔法。艾爾經常用無比熱切的眼神凝視著模擬戰的情況，不肯錯過它們的一舉手一投足。

說句題外話，聽說有人因為看到那個幾乎讓人錯看成少女的美少年雙頰緋紅、癡癡望著幻晶騎士的樣子，差點被拉到另一個顛倒的世界去了——這是個好像有，又好像沒有的傳聞。

「唉呀——迪果然贏不了呢。」

騎操士學系的學生——海薇・奧柏里嘴裡一邊嘟噥著，一邊紀錄模擬戰鬥的情況，一陣吹過演習場的風呼呼地吹亂了她那頭自然捲的短髮。

正在她們眼前進行的戰鬥局勢已分，紅色騎士屈居下風。它雖然以二刀流裝備擺出攻擊架勢，但至今一連串攻勢下來，仍無法突破白色機體的防禦。

「嗳，艾爾，你覺得這次的戰鬥怎樣？」

原本一直和手中資料大眼瞪小眼的海薇，對乖巧地坐在身旁的艾爾問道。雙方的視線沒有一時半刻離開過場上。

「古耶爾的劍速看上去比以前慢了。我想是因為這樣，他才會錯失好幾次得分攻擊的機會。」

「……原來如此。聽你這麼一說，這次的進攻動作有點草率呢。我還以為是騎操士的狀態不好。到底怎麼了呢？」

「右臂的動作不太靈活。我想或許是換了關節或結晶肌肉的關係吧。」

海薇拿出手中資料，確認那架被稱作古耶爾的紅色機體的維修記錄。上面的確寫著：由於右臂的結晶肌肉產生缺陷及疲勞現象，所以今天早上全部換掉了。至於動作僵硬的問題，大概是因為零件的運轉還不夠順暢吧。她也掌握了古耶爾動作僵硬的問題，卻沒看出右臂的狀態不佳，海薇不禁發出呻吟。艾爾在觀看訓練時，熱心又仔細的程度有時甚至超過了當事者。她總是覺得很不可思議，不曉得他的熱心從何而來。

在演習場上與古耶爾對戰的白色機體——厄爾坎伯彈開了對手的攻擊，接著一劍刺向古耶爾的胸膛。這時，喇叭聲響起，宣告戰鬥結束。教官作出了判決，這場模擬戰鬥以厄爾坎伯的勝利作為結束。古耶爾似乎直到最後都無法補救之前提到的不佳狀態。

剛剛還在戰鬥的機體進入演習場附設的維修工房，騎操士們從機體上下來。

白色機體——厄爾坎伯的騎操士是艾德加・C・布蘭雪，一名威風凜凜的高大男子。如外表所見，他的個性穩健剛毅，在騎操士中也算實力頂尖的。

紅色機體——古耶爾的騎操士是迪特里希・庫尼茲。他的外表與艾德加相反，是個留著長金髮、身材瘦高的溫和男子。他的實力不容小覷，只可惜有點神經質，害得他往往因為一些小事亂了步調，因此表現總是不穩定。現在大概是剛輸了比賽的關係，他的表情蒙上一層煩躁的陰影。

他一下機體，便和維修班吵了起來，似乎是為這次失敗的原因起了爭執，但與其說他們在討論原因，不如說從頭到尾都在推卸責任，一旁的人聽著也認為解決不了問題。最後是海薇看不下去了，決定介入。她針對剛才查明的手臂部分做說明，想平息這場對誰都沒好處的爭端。

不過，迪特里希聽到一半便表情一亮，甚至露出諷刺的笑容。相較之下，負責維修的鍛造師們則是一臉的不痛快。

「哦，我就覺得今天動作特別僵硬，原來是這樣啊。真是的，維修班的傢伙只會偷工減料呢。」

言下之意，就是「輸了不是自己的錯」的意思。一旁的艾德加則一臉嚴厲地奉勸他：

「迪，這麼說就太過分了。要是覺得手臂狀態不好，也該採用其他的戰鬥方式應對吧。要是因此輸了也沒辦法，但你今天的動作也讓人覺得很不用心。全怪到維修班身上不太好吧。」

被人當面曉以大義，迪特里希原本臉上掛著的諷刺笑容一下子垮了下來。

「你還不是因為我的機體出問題才僥倖贏了，還真敢說啊。」

「模擬戰的內容比勝負更重要，我只是說必要的時候最好也反省一下。」

「是嗎？那下次讓你開故障機體來打就好啦！」

迪特里希露出一副不願奉陪的神色拋下這句話，然後就踩著粗魯的步伐離開了。留在維修場上的眾人像是已經習慣了，只能聳聳肩，在一邊旁觀的艾爾則露出了難以言喻的神情。不知道為什麼，海薇摸了摸他的頭。這時，從學園鐘樓響起鐘聲，上課時間結束，要開始準備下一節課了。知道開心愉快的觀摩時間結束，艾爾好像有些不滿的樣子，不過還是向海薇行了一禮，然後趕往騎士學系的校舍。

「野外演習？」

回到中等部教室的艾爾聽到班上同學的問題，完全不曉得他們在說什麼，聽起來似乎是某種活動。看全班都在討論的樣子，他似乎是錯過什麼了。大概是自己最近老往騎操士學系跑的關係。

「不好意思，我不是很清楚。可不可以請你們告訴我是什麼事？」

艾爾困擾地說。班上同學有一瞬間面面相覷，接著又馬上異口同聲地向他解釋。也不曉得是單純因為和艾爾說話很愉快，還是有事情可以告訴艾爾讓他們感到興奮。要把七嘴八舌的內容整理在一起，需要很大的耐心，但歸納起來大概有以下幾個重點：

・為了累積與魔獸的實戰經驗，騎士學系中等部的三個學年要一同參加遠征。
・目的地是揚圖寧附近、棲息許多較小型魔獸的山林地帶。
・一年級學生以學習野營等基本野外求生技能為主。
・為了以防萬一，騎操士學系將派出數架幻晶騎士做為護衛。

「原來如此，兩個禮拜後舉行是吧。」

「我說啊，你該不會現在才知道吧？」

「我想也是。畢竟你最近一～～直泡在高等部嘛？根～～本就沒有回來過嘛。」

艾爾不解地偏著頭。先不說奇德受不了他，連亞蒂也是一副很不高興的樣子。艾爾不僅是上課時間，連放學後都是一有空就往騎操士學系報到，導致最近和奇德、亞蒂一起訓練的時間不斷減少。

「亞蒂？呃，妳的心情好像不太好？」

「哪～～有啊？完全沒有那回事呀。是你搞錯了吧？」

然而，她抱著胳膊的姿勢，以及強硬的語氣就像是在公開宣稱「我很不高興」。

「我實在不覺得是我搞錯了。我做錯什麼了嗎？」

「是啊——你什麼都沒做呢。反正你人根本就不在這裡嘛～～」

所謂的束手無策，指的正是這種情況。這下連艾爾也不曉得該怎麼辦才好，對奇德投去求救的目光。奇德像是在說真拿你沒輒，不過還是試著強行轉移話題。

「野外演習要分組行動。艾爾，你要跟誰一組？」

「啊，這個……」

艾爾瞥了一旁掩飾不住好奇心的亞蒂一眼，說：

「沒有特別指定的話，我們幾個一組會比較好。聽起來，一年級好像是以基礎為主，所以我想隨便決定就可以了。」

「哦——那到時候可以在一起啊……」

亞蒂的心情明顯好轉起來。她繞到艾爾身後，像平常一樣環上他的脖子抱住他。

（或許不管到了幾歲，我都還是不懂女人心呢……）

包括上輩子的記憶在內，理當累積了不少人生經歷的他看著亞蒂，感受到一股可怕的戰慄。

大約兩個禮拜之後，艾爾涅斯帝等人在萬里無雲的晴空下，正準備出發前往野外演習。

萊西亞拉騎操士學園前成排地停著大型公共馬車，中等部的學生們在老師引導下陸續搭上馬車。

「路上小心啊——」

鍛造學系的巴特森沒有參加這次演習，在他沒什麼幹勁的送行下，騎士學系的三人組走向馬車。

「艾爾艾爾，這邊啦！」

「不必那麼急，馬車不會跑掉的。」

舉行野外演習的目的地是一個叫『克羅克森林』的地方，那一帶遍佈森林與略高的群山，棲息著許多力量相對較弱的魔獸。之所以利用馬車做為長距離移動的交通工具，是考慮到魔獸的強弱以及確保根據地等條件之後，認為克羅克森林既符合需求，也是非常合適的場所。依照計畫路線，他們首先會到離克羅克森林最近的城鎮——揚圖寧，在那裡暫時進行物資補給，接下來才會前往克羅克森林。

不久後學生們終於全部就座，馬車一輛接著一輛出發了。絡繹不絕的大型馬車車隊在悠閒平穩的街道上行進。

車隊旁每隔一段距離就有一架幻晶騎士護衛，一共有十架。那是高等部騎操士駕駛的機體。緋紅色與純白色的機體——古耶爾和厄爾坎伯的身影也在其中。

學園使用的幻晶騎士，是自軍方轉讓過來的機種，在學生們長年的自行維修下，逐漸被改造成奇特又有趣的外型。有的在鎧甲上刻滿沒有意義的複雜圖形，有的在頭部加上大得詭異的裝飾，還有的以莫名複雜的方式連結裝甲。盡是些自我風格強烈到讓人覺得「也太誇張了吧」的機體，外殼顏色也是五花八門。與其說是雄壯威武，不如說是一味講求華麗。

這次演習有很多騎士學系的學生參與。說到中等部，雖然還是些未成年的孩子，但好歹也是以騎士為目標的人，若是遇上一般魔獸襲擊，大概也不會有問題吧。即使是以演習為目的，也不能因為區區的小型魔獸就慌了手腳。在弗雷梅維拉國內，森林和山區裡還是有很多數公尺到十幾公尺不等的中型魔獸棲息，說不定一個不小心就會在街上撞個正著，幻晶騎士便是用來以備不時之需的。

「哎呀哎呀，還以為在外面有機會和魔獸直接戰鬥，沒想到這一路上還真無聊呢。」

坐在古耶爾駕駛座上的迪特里希・庫尼茲大聲地發著牢騷。他們在這裡雖然是為了有備無患，但正如他所言，這條路走了好幾年都沒發生過什麼大問題。儘管騎操士們也被賦予『長距離移動訓練』的任務，但整體而言，這還是一趟與緊張感以及幹勁無緣的旅程。

「欸，迪。我懂你的心情，但是你不可以說這種話。」

這回不是擔任紀錄員，而是作為騎操士駕駛幻晶騎士「特蘭德奧凱斯」的海薇・奥柏里這麼提醒他。幻晶騎士的駕駛座上裝有傳聲管，若是不特意關上，裡面的聲音周圍可以聽得一清二楚。更何況裡面還設置了放大音量的裝置，以免說話聲被幻晶騎士的運作聲蓋過去，迪特里希的聲音很可能也會被中等部學生們聽見。

「你們兩個認真點。就算現在什麼事都沒有，這也算是訓練的一環。」

從後方追上的厄爾坎伯來到特蘭德奧凱斯和古耶爾旁邊，可以聽到艾德加・C・布蘭雪的聲音從裡面傳出來。

「哎呀哎呀，不愧是系上最優秀的騎操士，說的話就是不一樣呢。」

「迪，你沒聽到我說的話嗎？」

「啊——你們兩個小聲點。大家都聽到了。」

古耶爾和厄爾坎伯聽了海薇的話後沉默下來，馬上回到隊伍裡去了。她一邊駕駛著特蘭德奧凱斯，一邊為不安的前景傷透了腦筋。

不曉得怎麼打發時間的人不只有他們。

「我知道這也是沒辦法啦，不過這也太無聊了吧。」

坐在馬車上搖晃了大約半天左右，老實說奇德已經無聊得快掛了。不只奇德，四周其他學生也有同樣的感覺。還有大約四天才會到達目的地，這段期間基本上都是靠馬車移動，因此坐在上面的學生都會有很多空閒時間。雖然可以悠哉聊天，但在無法盡情伸展四肢的馬車上也很快就膩了，這也是無可奈何的事。

「那麼，奇德你要不要也看看外面的風景？看風景就不會膩囉。」

「不，能靠著看風景感到滿足的只有你而已。是說你還真不嫌煩，到底看了多久啊？」

奇德望向艾爾，眼神像是有些受不了他。艾爾從眺望窗外風景的姿勢回過頭來，輕巧地重新在位子上坐好。那副微傾著頭、陷入沉思的樣子非常可愛，周遭的氣氛在一瞬間就緩和了下來。

「那麼，要看我帶來的書嗎？我想這多少可以打發時間。」

「書啊……我比較想動動身體啦。哎，算了。你帶了什麼書？」

「《鍊金術概論・上卷》。」

「那是課本吧？如果要用那種東西打發時間，乾脆去睡覺不是更好？」

「話是這麼說，但是在這種地方真的沒什麼事做呢。你可以學亞蒂，乖乖睡個覺或許也不壞喔。」

在奇德狐疑的視線前方，可以看到亞蒂睡得正香。她那張在某種意義上和無聊沾不上邊的安詳睡臉，讓奇德忍不住仰望天空。他維持著相同姿勢，接著突然像想起什麼似地抬頭往上看。

「哎，好歹可以打發時間吧？」

他們爬上馬車車頂。車頂上載著學生們的行李和旅行物資。雖然這裡和車廂裡不同，沒有椅子，不過只是坐著的話還不成問題。

「這裡的景色比較好呢。」

在晴朗的天空下，馬車在悠閒寧靜的街道上前進，車頂上飄盪著一股悠閒自在的氣氛。一陣風吹拂過街道，掠過艾爾的銀髮使之搖曳。他在行李的空隙間佔了好位子，很快就進入了欣賞風景的模式。

「啊——結果還是很閒啊。哎，不過還是比狹窄的車廂好吧。」

反正也沒事幹，在藍天下打盹也是一種樂趣。奇德開始覺得自己什麼事都不想管了。

「啊，你們在這裡呀。」

這時，亞蒂從馬車裡探出頭來。

「妳醒了啊？」

「嗯，你們兩個不知道什麼時候都不見了。」

亞蒂這麼說著，來到艾爾身邊，然後直接躺到他的膝蓋上，再次擺好睡覺的姿勢。

「陽光好溫暖，這邊比較好睡呢。」

「想睡是可以，但為什麼要把我的腳當枕頭呢？」

「因為這樣比較好睡。」

艾爾還在驚訝的同時，亞蒂早已踏上前往夢境的旅程了。艾爾拿她沒辦法，只好開始讀書，偶爾看看風景。奇德東想西想了好一會兒，然後像是覺得很麻煩似地，乾脆把行李當成枕頭睡了起來。

他們的旅程就這樣悠閒地持續著。

坐在馬車上搖搖晃晃地過了三天。萊西亞拉騎操士學園・騎士學系一行人終於抵達了弗雷梅維拉王國中央最大的城市——揚圖寧。

揚圖寧之所以名列國內屈指可數的大城市，是有原因的。它正好位於國土西側、跨越歐比涅山地與他國連結的輸送路徑，以及國土東側、從博庫斯大樹海的要塞和糧倉地帶運送貨物的路線的轉運點上。更由於它地處交通要衝，這座城市甚至被賦予僅次於王都的軍備，城市四周圍繞著堅固的城牆，牆外還圍了一圈護城河。不僅如此，都市裡還有相當於一個旅（約一百架幻晶騎士）規模的大型騎士團進駐。這據點再怎麼重要，這樣的兵力對一個城市而言也太多了，不過這是考慮到可以利用地利之便，派遣戰力到城市外圍的緣故。實際上，往往有三成左右的兵力會接到巡邏、戰鬥等任務而不在城裡。

萊西亞拉騎操士學園一行人抵達揚圖寧時，已經過了中午了。

圍繞揚圖寧的城牆擁有極為驚人的規模。這個時代由於有魔獸的存在，導致少數人的長距離移動變得很困難，因此有很多學生都是第一次看到萊西亞拉之外的大城市。大家都對這座城市感到好奇，可謂這趟旅程的壓軸。

「好壯觀的城牆喔，到底是要和什麼戰鬥呢？」

「他們的假想敵是現存的魔獸……或者該說建國時的魔獸吧？那時候凶惡的魔獸好像也比現在還多。」

「原來如此——所以才蓋得這麼厚實呢。」

見識到通往城牆內部的巨大城門，學生們全都雀躍不已。然而，他們的馬車沒有穿過城門，而是在城門前的廣場集合起來。

「搞什麼，我們不去揚圖寧喔？」

「之前也說明過，我們來揚圖寧的目的只是為了補充物資而已。」

雖然大家可以離開馬車到外面休息，不過一旦裝好貨物後又得繼續上路了。原以為可以從無聊的旅途中解放的學生們，不約而同地大聲抱怨起來，雙胞胎也瞪著巨大的城門大發牢騷。

「什麼嘛，真無聊。讓我們進去城裡看看又不會怎樣！」

「對啊，好想到處晃晃喔。」

「不，這次旅行的目的並不是那個……」

「你不想看嗎？」

「我是很有興趣啦，可是要帶著這麼一大群學生觀光，想必會變成一件很可怕的事喔。」

說著，艾爾看向一旁。大概是事先安排好了吧，有人把從城裡出來的商人那兒收到的貨物陸續裝到馬車上。

短暫的休息時間結束，很快地到了出發時刻。馬車載著對揚圖寧依依不捨的學生們，再度朝著目的地——克羅克森林出發。

從揚圖寧坐馬車走個一天左右的路程，就到了克羅克森林。這條往東方國境線延伸的路面幾乎沒有經過鋪修，辛苦震盪了一整天，最後在道路前方出現一座茂密森林的入口。

馬車剛駛入森林，就在附近林木稀疏的空地陸續停了下來，那裡是往年用來舉行野外演習的據點。

「好——把行李拿下來以後，各組先搭帳篷，搭好以後就可以吃晚飯囉——」

在老師一聲令下，學生們紛紛動手開始搭起睡覺用的帳篷。順帶一提，他們一路走來，就連晚上睡覺都是待在馬車上的。因為他們走的是主要幹道，也不曉得魔獸何時何地會發動突襲，為了能在有個萬一時立刻逃跑，才會留宿在馬車上。而他們會連續好幾天在這裡進行演習，再怎麼樣也不可能一直待在馬車上，他們便是為此搭設帳篷，把這裡當成露營的據點。

高年級學生有過好幾次經驗，熟練地逐步搭好帳篷。在騎士學系，除了這種演習之外，還會不時找機會進行露營。既然總有一天會成為騎士，在行軍時設置據點便是不可或缺的技能，騎士學系不只教授劍與魔法，學習這種技能也可說是他們的特色之一。可是，這對一年級學生來說卻不是那麼簡單。雖然在野外演習前有先對大家說明，也進行了練習，但原本就經驗不足的他們，實在不能說做得很好。就算老師從旁協助，還是有好幾個小組延遲進度，搞得他們拖到很晚才吃晚餐。

森林入口處排滿了帳篷，呈現一幅有如露營區的樣貌。四處生著篝火，照亮了昏暗森林裡的一隅。順帶一提，二年級以上的學生需要輪流守夜，這是他們實習課程的一環。畢竟有這麼多人，光靠老師也沒辦法一一照顧到每個人，於是學生自己也負責警戒四周，順便當作實習。

艾爾他們比其他小組更快搭好了帳篷。一方面是因為他十分清楚步驟，另一方面也因為雙胞胎比同年紀的孩子們更高大，正好有了大展身手的機會。搭好帳篷的兩人接著去幫忙其他不知如何是好的小組，艾爾則獨自走向露營地外圍。

（基本工作都做完了，我絕不是在偷懶喔……啊，有了有了。）

中等部的營地旁，是高等部騎操士和他們的幻晶騎士的駐紮據點。用幻晶騎士巡邏的那幾天，沒有比它們的腳步聲和運轉聲更妨礙睡眠的東西了，所以他們才會在這裡待機，以防不時之需。

十架幻晶騎士一字排開，做出單膝下跪的待機姿勢。那雄偉的身影在篝火火光照耀下浮現於黑暗中，讓人無法一眼望盡，甚至比白天來得更有魄力。一般人大概會覺得很有壓迫感，不過艾爾只是帶著滿臉笑容，環視這些一語不發、坐成一排的鋼鐵巨人。

（啊啊，巨大機器人果然很棒呢——這才是心靈綠洲，家家都該有台機器人才對。）

連這個世界都不存在那種恐怖家庭，但遺憾的是，在場沒有人可以吐槽艾爾的想法。

「喂，那邊……銀色頭髮？是艾爾涅斯帝嗎？」

就這樣過了好一會兒，有人從後面叫住沉浸在神秘療癒中的艾爾。他一回頭，便看到厄爾坎伯的主人——艾德加。

「晚安，艾德加學長。稍微打擾一下。」

「果然是你。你為什麼……這問題問了也是白問吧。」

艾爾在騎操士學系早已是名人。同時，他那種極為反常的行動理由也是無人不知、無人不曉了。

「學長負責待機嗎？」

搖曳的篝火火光映照下，艾德加聽見艾爾的問題，臉上泛出有別於剛才的另一種苦笑。他搖搖頭。

「不，剛剛還在決定待機順序……哎，迪和之前一樣，又在鬧彆扭了。」

「迪特里希學長？」

「對啊。簡單來說，他就是嫌待機任務麻煩，狠狠發了一頓牢騷啊。我們身為萊西亞拉最高學年的騎操士，明明看照學弟妹也是很重要的任務……不過那傢伙還是老樣子，反覆無常的。」

即使說些任性的話，最後還是得執行任務，就算鬧翻天也是沒用。不過，迪特里希卻仍是叫罵了好一陣子。

「我懶得陪他發牢騷，想轉換一下心情，順便來看看這傢伙。」

然後，他倆一起抬頭望向「那個」。篝火火光映出覆蓋純白鎧甲的巨大騎士——幻晶騎士厄爾坎伯。這架沒有特別加工裝飾，忠於原型、經過扎實調整的機體沒有什麼突出的特點，性能卻極為溫馴，能夠確實配合在學園騎操士中實力亦屬頂尖的艾德加，這兩個搭檔在騎操士學系中也是以最強等級而為人所知。

「學長也喜歡幻晶騎士嗎？」

「唔？與其說喜歡……這傢伙既是我的武器，也是夥伴啊。只要和它在一起，心情就會平靜下來。像剛才心情煩躁，或是覺得很累的時候，我經常會來找它。」

我大概不太適合做這種事吧——艾德加搔搔頭。

「不，我認為有個值得信賴的夥伴是一件非常棒的事。」

「你很喜歡幻晶騎士啊。對了，要是你像這樣作為騎士繼續努力下去，早晚也會得到自己的夥伴吧……啊啊，我們聊得太久了，一年級的趁夜深前快點回去。」

於是，他們互相道別，各自走上來時的路。

「……好了，迪也差不多該冷靜下來了吧。」

艾德加目送走進黑暗中的銀色光輝，一個人自言自語著，做好像是要上戰場一般的幹勁準備後才回去。

天已全黑，新生們在黑暗中吃完遲來的晚餐後，也各自回到帳篷裡去了。一年級學生晚上沒什麼特別要做的事。匆忙移動加上駐紮營地，感到疲勞的他們沒多久就各自裹著毛毯睡了。

就在大家剛睡著的時候——

從森林中傳來一聲悠遠、響亮的野獸嚎叫。大概是狼吧。一匹起頭之後，林中四處也陸續傳來回應的叫聲。站哨的高年級學生一瞬間提高了警覺，看向森林的方向。如果只有嚎叫，倒是經常聽得到，所以他們又很快沒了興趣。然而，也有些人沒辦法當作沒聽見。因為那聲嚎叫，第一次來參加野外演習的一年級生才再次體認到自己的處境。這裡不是安全的鎮上，也不是可以立刻逃跑的馬車上，而是魔獸潛伏的森林正前方，他們在這裡搭好帳篷，還睡在裡面。

即使克羅克森林的危險度再怎麼不高，加上有學生監視，這裡仍是稱不上安全。因為安全地抵達這裡，一路上總覺得氣氛有些輕鬆的他們，只因為一聲嚎叫就緊張起來了。疲勞產生的睡意全消，反而變得更清醒了。

在艾爾他們的帳篷裡，奇德也躺著搖搖頭。即使程度有別，他也多少覺得有些不安，看樣子沒辦法馬上睡著。

（還以為自己膽子更大些，看來我也滿緊張的。）

微弱的篝火火光照了進來，昏暗的帳篷內瀰漫著一股心神不寧的氣氛。奇德忽然想到，睡在旁邊的艾爾是不是也和他一樣感到不安，於是小聲叫他：

「欸，艾爾，可以問一下嗎……呃。」

艾爾早就睡著了。他也並非對這情況無動於衷，只是上輩子曾在地獄的最前線作為戰士（程式設計師）戰鬥，再不甘願也明白養精蓄銳的重要性，就此養成了不論在任何狀況下都能睡著的能耐。

（……雖然之前就這麼想，不過他真的太強了，也太不在乎了吧。）

聽到奇德的聲音，同樣睡不著的亞蒂轉過頭來，盯著艾爾香甜的睡臉。

「唔，真狡猾。」

也不曉得狡猾的點在哪，總之亞蒂窸窸窣窣地移過去，直接把艾爾攬進懷裡，就是所謂的『抱枕』姿勢。突然被人抱住，這下連艾爾也醒了過來。他一發現是亞蒂，就輕輕摸了摸她的頭，又墜入夢鄉了。亞蒂或許是因此感到安心，過了一會兒也傳出了均勻的鼻息聲。看他們兩個的樣子，奇德開始覺得睡不著的自己很蠢，不禁苦笑起來。

（總覺得只有我一個人這麼緊張，不是很白癡嗎？）

沒錯，他也決定不再為此心煩。過了不久，他也進入了夢鄉。

隔天早上，日出後過了一會兒，學生們紛紛起床。

很多學生睡眠不足。在這種一大早就無精打采的氛圍中，艾爾他們卻迎接了神清氣爽的早晨。每次露營總會有學生睡不著，不光是在城市裡，在野外實際體驗這種緊張感也是演習的目的之一，只不過老師們也不願勉強沒什麼體力的一年級學生，所以他們的工作內容相對來說比較輕鬆。學生們吃完用保存食品做的簡單早餐後，便在老師的號令下分學級各自集合。

老師簡單地做了一番說明後，二年級以上的學生們便分組往森林深處出發。這次演習最大的目的，就是要與棲息在森林中的魔獸實際戰鬥，並狩獵一定以上的數目。一年級學生則先前往森林外圍，視情況也有可能戰鬥。

初次踏進森林的一年級生們很緊張，高年級生則懷著另一種不同的緊張感往森林前進。不久，他們穿著的鎧甲所發出的聲音也逐漸遠去，森林又恢復了寂靜。

就這樣，將令所有騎士學系的學生們終生難忘的漫長一天開始了。

第七話　與魔獸戰鬥吧

大氣圓刃甩出魔法現象特有的尖銳飛行聲，襲向風蜥蜴。壓縮的空氣刀刃劈開風蜥蜴的細頸，讓它還來不及發出臨死前的呼喊便被打倒了。

「有鑽過來的蜥蜴！前列，架好盾！」

眾人遵從女性凜然的號令聲，配備魔杖和弓箭等輕裝備的學生退到後方，改由穿著厚重鎧甲的學生上前。他們一字排開，架好宛如一道牆的盾牌抵擋『蜂擁而來的魔獸群』。魔法、弓箭等遠距離攻擊沒有解決掉的魔獸撲向前列學生，雙方發生激烈衝撞。學生們用盾牌彈回魔獸的尖牙與利爪，反過來舉劍砍殺，眨眼間便消滅了大量魔獸。

然而，魔獸以牠們壓倒性的數量優勢鑽過銅牆鐵壁般的防禦，還有幾隻鑽到他們背後。一看到有魔獸突破防禦，在重裝學生的後方待命的輕裝學生立刻展開攻擊，排除漏網之魚。結果沒有一隻魔獸能穿越陣形。

原本分組進入克羅克森林的中等部學生們，現在全部集中到某個定點，形成一支大規模隊伍。他們組成一整群以防禦為重點的陣形。從前方的森林深處源源不絕地湧出魔獸群撲向他們，高年級學生正面迎戰有如海嘯般來勢洶洶的魔獸，展現了奮勇殺敵的英姿。

他們一隻接著一隻消滅無止盡的魔獸，但可怕的是，這些只不過是全體的一小部分而已。有的魔獸突破防守，繞過戰況激烈的部隊正面，接二連三地湧向森林入口。

「這樣下去，森林入口的一年級生也會被魔獸襲擊……！得想辦法聯絡才行！」

從剛才開始就掌握著指揮權的女學生察覺危機，正想通知後方，這時他們自己也面臨了另一個巨大危機。

「糟了！是棘頭猿！居然往這邊來了！」

目睹這一幕的學生發出悲鳴。之前他們抵抗的都是風蜥蜴、劍牙貓這種體型不算大的敵人，雖然數量是個麻煩，但依目前的陣形還足以應付。不過，對付棘頭猿就是另一回事了。正如其名，棘頭猿這種魔獸頭頂長滿了粗短多節的角，看起來就像是高達三公尺的巨大猿猴。這種強大魔獸光是一隻，就需要好幾名學生合作才能勉強與之抗衡。他們實在沒辦法在應付小型魔獸的同時，還和這麼棘手的敵人戰鬥。

「……！第二列！瞄準猿猴的腳！讓他們靠近的話就沒辦法對付了！」

好幾支魔杖從擔任防禦壁的學生之間伸出，發射各式各樣的魔法。他們用爆炎魔法、風魔法和雷擊魔法迎戰魔獸。

事態演變至此，要回溯到幾個小時以前。

上午，分組進入克羅克森林的中等部高年級學生們意氣風發地邁步前進。他們保持警戒，毫無阻礙地往森林深處進軍，卻漸漸開始感到不對勁。通常走到這裡之前，總會遇上好幾次魔獸攻擊，這天卻連一次戰鬥都還沒發生。最近可沒聽說什麼魔獸從克羅克森林消失的傳聞。

眾人猶豫不決地在森林裡徘徊，試圖與其他小組接觸以便得到訊息，但其他小組都異口同聲地說沒有魔獸。別說是貓了，連隻蜥蜴的影子都沒看到。該有的東西消失了蹤影，也算是一種異常現象，於是大家商量過後，決定先暫時回營地報告老師。

就在他們準備離開時，魔獸卻開始東一隻、西一隻地從森林裡冒出來。這對他們來說是有點掃興，但還是得消滅這些出現的魔獸，於是各自拿好武器。

一隻、兩隻——五——十——

當魔獸的數量超過十位數時，大家的臉色也變了。等他們看到森林裡的樣子，這才明白現在發生了與一開始不同的另一種異常情況。

好在他們之前暫時集合，因此聚集了很多人，這一點要算是不幸中的大幸吧。平日接受騎士的戰鬥訓練，累積許多經驗的學生們當下展開應對，排出多人迎擊的陣形。這是預想總有一天會加入騎士團參與行動，接受集體戰鬥訓練後所發揮的成果。如此這般，他們的部隊與魔獸群正面衝突，回到前面開始的狀況。

被他們消滅的棘頭猿數量已經來到第十隻了。

優先以遠距離攻擊阻擋敵人的作戰方式奏效，他們判斷繼續留在原地只會增加損耗，於是一步步退往森林入口。

幸運的是，學生會長斯特凡妮婭・塞拉帝也在場。分組行動一開始，她就分配好各自的任務，並使用合適的裝備，排出多人陣形時也依相同原理，大家各自擔任適合的角色。雖然是臨時性質，進行得卻很順利。問題就在於作為部隊實際上陣時，他們沒有指揮官的存在。各自遵照不同任務行動是很好，若不能在適當時機出手，那也只是白白浪費了這麼多戰力罷了。

在這樣的情況下，在場沒有人對最高學年，還擁有學生會長頭銜的她擔任指揮官有異議。她不只擁有頭銜，在系上的成績榜中也是名列前茅，同時深受眾人信賴。即使這是一支臨時部隊與臨時的指揮系統，她的指揮仍然很明確，能率領眾人度過難關，一路撤退下來都沒有發生什麼太大傷害，可是——

（……真糟糕。魔獸的數量這麼多也是問題，但為什麼這些傢伙每一隻都這麼拚命衝過來……在這樣的壓力下能撐到什麼時候呢？）

斯特凡妮婭表面上冷靜指揮，其實內心焦急不已。目前學生們的體力、魔力都還足夠，但如果繼續遭受攻擊，可以想見他們早晚會被壓垮。

（而且也不是每一隻魔獸都擋住了，請保佑後面的孩子們一定要平安無事啊……！）

戰況依舊完全沒有好轉，即使如此，他們仍繼續奮力抵抗。

高年級生在森林裡奮戰的時候，在森林外圍實習的一年級生們也遭遇魔獸襲擊。先是最靠近森林的學生們發出慘叫。有好幾隻風蜥蜴撲過來咬住學生。風蜥蜴的攻擊不會一擊致命，但同時被好幾隻攻擊的話還是很危險。老師們見狀，立刻上前救援，對襲擊學生的魔獸展開攻擊。

就結果而言，老師們的行動適得其反，但不能怪他們。如果冒出來的只有這幾隻倒還好，但魔獸不久後便大量從森林裡湧出。老師們錯失時機，不得不繼續戰鬥。他們自己是沒有馬上倒下，但後面的學生們卻因突然冒出來的魔獸陷入恐慌，原本該安撫大家的老師卻抽不開身，無法給予學生正確指示。

學生們不顧一切地揮舞魔杖，胡亂放出魔法。沒經過瞄準的魔法無法對魔獸造成傷害，反而差點打到同伴。還有人不顧身邊還有其他學生就拔出劍來，造成進一步恐慌。與一開始就做好戰鬥準備、裝備充足，且平日累積戰鬥訓練的高年級學生比起來，一年級學生在各方面都準備得不夠充分。

「……風衝彈，單發擴散！」

此時，突然有人躍過這群亂成一團的一年級學生。銀色的頭髮在陽光下閃耀，烙印在混亂的學生們眼中。那個人在空中翻了個身，瞄準地面，同時射出好幾發風彈。所謂的單發擴散，就是一種像散彈槍一樣同時發出好幾發魔法的射擊方式。

一連串轟隆聲便是法彈同時擊中地面的聲音。幾乎要壓扁五官的壓縮空氣彈把魔獸連同地面一股腦兒地鏟起，炸了出去。

無情的魔法以地毯式爆擊大量消滅了中央的魔獸，這時又有兩名學生從左右切入。其中一人衝進魔獸群中，手中握著※混用劍橫掃，藉由經身體強化魔法加持的腕力揮舞巨劍，一次把大量魔獸的身體斬成兩半。他沒有收住揮劍的勁勢，反而像要旋轉一圈似地順勢扭過身子，接著從腰間拔出武器對準了倖存的魔獸。（編註：Bastard Sword，又譯作一手半劍或重劍，特徵是劍柄較長，可單手揮動或雙手握持。）

「太天真了！真空衝擊！」

那支武器──銃杖・甘狄拔的尖端突然撕開了空氣斷層，流進真空帶的空氣形成衝擊波襲向魔獸，直接命中混用劍攻擊範圍外的魔獸，讓牠們的身體不自然地扭曲，並被吹飛出去。

在他的對面，另一名女學生跑了出來，兩手拿著銃杖分別指向其他魔獸。

「雷擊標槍！」

下一秒，一道雷擊伴隨著轟鳴及閃光劈了下來，重擊集結成群的魔獸。她看也不看抽搐著發出臨死悲鳴的魔獸一眼，直接把銃杖安裝到腰間尚未出鞘的劍上，兩手拿著化為複合武裝的雙劍，砍向擦肩而過的每一隻魔獸。既是細長劍身，同時又有魔法強化的武器，輕易地把魔獸的身體劈成兩半。

光靠三名學生有如暴風雨一般的攻擊，便大大減少了魔獸的數量。魔獸群進逼的壓力減輕，讓大家有了片刻喘息的機會。親眼目睹剛剛那場相當於單方面蹂躪的戰鬥情景，讓在場學生與其說是混亂，不如說是因為震驚而停下動作。

「全員拔杖。」

剛剛躍過眾人頭頂的矮小學生站在最前方，對大家下達了指令。學生們聽出他彷彿鳥語啁啾的年幼嗓音中有股難以形容的魄力，連忙照他所說的去做。

「大家集合，排出密集陣形。老師！」

同樣看得張口結舌的老師聽到他的聲音，這才回過神。

「請您負責指揮，不要讓對方有可趁之機，同時撤退吧。我們幾個去附近支援。」

老師們這才匆匆忙忙地開始發號施令。學生排出密集陣形，鞏固防禦。戰鬥能力略遜一籌，裝備又不夠的一年級生想與魔獸對抗，只有集中火力攻擊一途。雖然還是有些靠不住，不過那大概還在負責指揮的老師們能應付的範圍內吧。

艾爾涅斯帝再次瞪向從森林裡跑出來的魔獸，緩緩舉起溫徹斯特。奇德、亞蒂像是要守住他左右似地站在兩旁。奇德一手拿著混用劍扛在肩上，另一手拿著甘狄拔；亞蒂手拿出鞘的雙手劍垂在身體兩側。眼見魔獸群來勢洶洶，他們的眼光仍顯得意氣昂揚。

「喂喂，這數量真誇張啊。再多來一些，這下就能盡情胡鬧了哪！」

「哼哼——我可不會客氣喔！」

艾爾提醒幹勁十足的兩人。

「你們兩個，想戰鬥是無所謂，但也別忘了其他學生。」

「欸——？他們那邊會自己想辦法……吧……」

亞蒂正想抱怨，話說到一半卻沒了下文。因為艾爾露出與平常截然不同的嚴肅表情，轉頭看向她。

「只想大鬧一場的話，可以不用留在這裡喔？」

「嗚，我……我知道了啦！我也會幫他們啦！」

奇德馬上舉起雙手，擺出投降的姿勢。

「幸好這邊還是森林入口，後退的話很快就能回到營地。要是能和對面的幻晶騎士會合，應該會輕鬆許多吧，在那之前……」

說著，艾爾快速射出風衝彈。原本想趁他們說話時攻擊的魔獸正面吃了這記魔法，被打飛出去。

「我們必須保護他們才行。」

艾爾下定決心，掄起溫徹斯特，再次射出一連串魔法。

在中等部學生進入森林的這段期間，高等部的騎操士們暫時放下待命任務，各自進行訓練。由於不能將帶來作為護衛戰力的幻晶騎士用在訓練上，增加機體負擔，因此主要是以騎操士之間的人對人訓練為主。

艾德加正在進行揮劍訓練，然而，卻有陣訓練時不該出現的聲音若有似無地傳入他的耳中。

「喂，森林裡是不是有點吵？」

「嗯？」

聽他這麼一說，附近的學生也詫異地豎起耳朵。之前都沒聽到的震動和聲音從森林裡傳了出來，他們很快就理解到那是什麼。

「爆炸聲……魔法嗎!?」

「好像出了狀況……全員中止訓練！騎操士準備啟動幻晶騎士。森林裡的情況有點不對勁，去偵查看看！」

營地裡的眾人頓時匆匆忙忙動了起來。原本在整備幻晶騎士的騎操鍛造師們紛紛離開，讓騎操士一一登上機體。他們跳過啟動程序，急著讓機體起身，四周當下被魔力轉換爐發出的噪音淹沒。不過，再怎麼說也不能出動所有機體，因此只有相當於在場半數的五架幻晶騎士朝森林前進。

「喂，你看那個……」

然而，事態的嚴重性大大超出了他們的想像。還沒走進森林，就看到成群結隊的魔獸朝他們狂奔而來，數量多得從未見過。那些魔獸一邊發出怪聲，一邊四處橫衝直撞。

「怎……怎麼會這樣！」

「魔獸失控了嗎？那些小鬼不會遇到麻煩了吧⁉」

眾人匆忙拔劍，駕駛幻晶騎士走進森林。沒過多久就與一年級生會合。一年級生之前在艾爾的臨機應變下，成功採取了撤退行動。

一年級學生聚集在一起，一邊後退，一邊對魔獸群射出魔法、牽制他們的行動。從森林裡湧出的魔獸一靠近陣形就被魔法擊中。艾德加為了支援他們，迅速駕著厄爾坎伯擋到他們前面。原本極度緊張的一年級生們在看到幻晶騎士現身，並開始驅散魔獸群之後，總算放下了心中的大石頭。人類最強的戰力——幻晶騎士深受眾人信賴，尤其在這種魔獸來襲的場合，以一擋百的戰鬥能力更能帶來極大的安全感。

他們就這樣退守回營地，在周圍豎起柵欄，鞏固防禦。

幻晶騎士負責守衛時，老師和高等部的騎操士們開始討論起接下來的行動。一年級生已經有足夠的人力保護，所以不成問題。目前最需要擔心的是深入森林的高年級學生們。

「您知道二、三年級的前進路線嗎？」

「很難預測啊。考慮到實習目的，範圍應該遍及整座森林才對，而且也不能保證他們待在當時指定的地點。」

老師重新評估每一組高年級生的行動方針，一臉嚴肅地沉吟。雖然想立即前往救援，無奈幻晶騎士數量有限，即使想去救人，也不曉得從哪裡開始才好，令人難以抉擇。克羅克森林占地寬廣，像無頭蒼蠅似地搜尋甚至會有反效果。雖說如此，他們也沒時間猶豫了。這時，艾爾涅斯帝從緊緊蹙眉的老師身旁突然探出頭來。

「森林裡有哪些地方比較容易聚集人群呢？」

「嗯？這個……聚集的話，在這附近吧。」

對艾爾突如其來的問題，老師雖然一時反應不過來，卻還是回答了他。說起來，就算一年級學生參加這場討論也沒什麼用，但也由於他剛剛非比尋常的活躍表現，沒有人對艾爾的介入感到突兀。

「魔獸群的規模這麼大，學長姊們會不會也打算集體應戰呢？那麼，我想去方便眾多人活動的地點搜尋就可以了。」

「唔……你說的有道理。」

「而且幻晶騎士到了樹木太多的地方不好行動。考慮到我方的戰力組成，從開放的地點開始搜尋會不會比較好呢？」

攤開來的地圖上以紅線標示著前進路線。想前往剛才鎖定的地點，就要走從森林入口直接穿越中央的路線。

「另外，走這條路線的話，也能同時排除往這裡來的魔獸。如果有人被捲進戰鬥，聽聲音就知道了吧。」

由於事態緊急，大家就這樣接受了艾爾的提案，組成一支救援高年級生的隊伍。這個地方也需要防衛，出發的才會只有全體的半數——五架幻晶騎士。

艾德加駕駛純白的幻晶騎士——厄爾坎伯率先加入救援部隊。就在他正要踏進厄爾坎伯的時候，有人叫住他。回過頭便看到艾爾站在那裡。

「我也可以一起去嗎？」

「為什麼？」

「我朋友的家人也在森林裡。他們很擔心，所以如果可以的話，我也想一起去找。」

艾德加有一瞬間感到為難。雖然危險重重，但考慮到艾爾的戰鬥能力，他認為在某種程度上不用擔心。加上他剛剛在會議上的發言條理分明，帶著他去搜索很有可能幫得上忙。這麼一想，艾德加便同意了。

厄爾坎伯讓艾爾站上它的手，然後站了起來。後面跟著海薇的特蘭德奧凱斯及其他三架機體，踏著沉重的步伐闖入森林。

「魔力用完的人搬運傷者！前列和待機列交換！再撐一下，大家再撐一下！」

魔力減少，氣息變得紊亂。他們一邊勉強穩住呼吸，同時繼續打倒源源不絕的魔獸。高年級生的部隊一邊保護著受傷的學生，一邊仍繼續在森林中撤退。

戰鬥開始已經過了好幾個小時，他們的撤退戰顯得很是狼狽。魔獸一隻一隻來不算什麼，但聲勢浩大的小型魔獸一擁而上，逼使他們削弱體力，多次冒出來的棘頭猿也讓他們的魔力逐漸流失。剛剛才因為魔力過低，發不出像樣的魔法，不小心讓棘頭猿靠了過來而遭受巨大損害。部隊裡有將近一半的人處於用盡魔力或負傷的狀態，戰力岌岌可危。隊伍保留僅存的體力，不斷交換前鋒維持戰線，卻不曉得能撐到什麼時候；他們離營地不遠了，現在只有離避風港一步之遙的這個希望支撐著他們。

然而，現實對他們是殘酷的。

正面出現兩隻棘頭猿——牠們看起來激動得好似要口吐白沫，並筆直朝著部隊衝過來。我方反擊的魔法與一開始相比，明顯地稀落許多，沒能成功阻止牠們。擔任前鋒的學生們皺起臉來。剛才為了打敗一隻棘頭猿，就已經造成十名以上的學生負傷，重創了部隊。要是就這樣同時和兩隻硬碰硬，一不小心就有可能全軍覆沒。

負責指揮的斯特凡妮婭也心裡有數。她剛才不僅發號施令，自己也拿著魔杖站上前線發射魔法。她在戰鬥中也一邊考慮著各種可行方案，但他們實在沒有足夠戰力突破重圍。組成部隊的學生們不管是體力或是魔力，都快到極限了。即使想硬撐擊退棘頭猿，但僅存的力量就連想勉強自己都辦不到。

棘頭猿擁有與軀體相符的強韌身軀。牠們步步逼進，根本沒把學生們最後的抵抗放在眼裡。剛剛那些胡亂攻擊反倒刺激了牠們，讓牠們更加興奮。

「不行了……」

不曉得是誰這麼喃喃說著。已經進逼到眼前的棘頭猿掄起拳頭，瞄準某個前鋒的頭部揮下。即使知道是垂死掙扎，他也只能舉起盾牌自保。

所以，當他的頭上響起低沉的爆炸聲時，他一下子會意不過來那代表了什麼。

他沒看到有好幾道徹甲炎槍的火線以可怕的準確度從部隊背後飛來，彈無虛發地朝棘頭猿的手臂飛去。他也沒看到，徹甲炎槍的魔法順著本身術式一個接一個爆炸，炸飛了棘頭猿的手臂。當他注意到時，棘頭猿正竭盡全力嘶吼著開始逃跑。

緊接著，又發生另一件超乎他想像的事——飛過來的不僅是法彈，『射出法彈的當事人』——艾爾涅斯帝也化為銀色子彈朝這裡飛來。這種說法也不能完全說是比喻，因為他在跳躍中利用空氣壓縮推進的魔法加速，簡直成了子彈的化身。他順著力道在空中相準失去手臂、一跛一拐地逃跑的棘頭猿，並於擦身而過的同時用真空斬擊一刀劃過，轉眼間便讓棘頭猿身首異處，頭顱飛到空中，龐大的身軀倒地。

艾爾用幾乎要鏟起地面的力道著地，滑行著轉過頭，伸出溫徹斯特指向另一隻棘頭猿。接二連三地從銃杖前端射出爆炎球，許多火焰彈一齊撲向棘頭猿，爆炸產生的風暴撼動了大地。棘頭猿全身有一半被燒焦，倒在地上昏死過去。

「趁……趁現在！給牠致命一擊！」

突然闖進戰場的艾爾讓斯特凡妮婭為之驚愕，但她沒放過這個機會。她的聲音讓學生們匆忙展開行動，給予棘頭猿最後一擊。

「……艾爾……」

「讓您久等了，學生會長。我帶了強力救兵來了喔。」

無須艾爾指給她看，一陣沉重的腳步聲從後面傳來。救兵們立刻越過高年級生的部隊，像是要保護他們般散開。

身長高達十公尺的巨人騎士揮舞巨大鋼劍，幾乎不費吹灰之力就砍飛了一湧而上的魔獸，這就是擁有壓倒性力量的人類最強兵器。看到幻晶騎士強大的身姿，學生們之間爆出歡呼。對早已瀕臨崩潰的他們來說，沒有比這更令人安心的救兵了。他們終於獲得足夠的保護。

「……哎呀哎呀，沒想到帶艾爾涅斯帝來居然是正確的。」

厄爾坎伯裡的艾德加一邊喃喃自語著，一邊驅逐附近的魔獸。

他們依照艾爾的建議，選擇開放的地點搜索。沒想到朝那裡前進之後，很輕易地就發現高年級學生了。那是因為他們聚集在一起，正準備撤退的緣故。只不過，當艾德加發現他們時，棘頭猿已經近在部隊眼前，他們已陷入絕境。要是有幻晶騎士的力量，那種程度的魔獸可以輕鬆解決，無奈魔獸和部隊之間的距離太近。無論是靠過去砍殺魔獸，還是用魔導兵裝從遠處攻擊，都會把學生們捲進攻擊範圍內。

明明擁有可以拯救他們的力量，但對眼前的事態卻只能一籌莫展，艾德加差點懊悔得咬緊牙關。就在這時，厄爾坎伯手上的艾爾衝了出去。看著逼近部隊的棘頭猿在他銳不可擋的一擊之下被打倒，艾德加不禁嘆氣：這下我們真的沒臉見人了啊。

在千鈞一髮之際趕上的幻晶騎士保護之下，高年級生的部隊繼續撤退。儘管出現許多傷者，但沒有少掉任何一個人，大家總算成功逃脫、平安地回到營地了。

時間回到萊西亞拉騎操士學園・騎士學系的學生們出發前往克羅克森林稍晚之後。

有架幻晶騎士與他們擦身而過，抵達揚圖寧市區的東門。大概是有什麼十萬火急的事吧，駕駛的騎操士既憔悴又疲憊不堪，一抵達東門，他就朝守門的騎士逼近。騎士為這突發狀況嚇了一跳，但在聽完騎操士的話後，臉色一下子變得慘白，連忙趕去報告了。

揚圖寧守護騎士團團長——菲利浦・赫爾哈根聽了部下的報告後臉色大變。一起在團長室的副團長戈德菲・修瓦里涅雖然面無表情，臉色卻也是蒼白的。這表示報告的內容對他們而言有多麼大的衝擊。

「這是……真的嗎!?」

「是！巴格利要塞在師團級魔獸——陸皇龜的襲擊下遭受毀滅性打擊，守備隊很可能全滅。貝西摩往西挺進，向國內而來，估計早晚會在揚圖寧附近現身。報告完畢！」

師團級魔獸突然襲擊，這有如惡夢的情況讓菲利浦感到頭暈。不過，身為騎士團指揮官，他根本沒時間發呆。不幸中的大幸是，多虧那名騎操士趕來通知，讓他們在貝西摩出現前還有一些緩衝時間。現在一分一秒都不能浪費了。

「嗚，火速下達揚圖寧附近所有騎士的召集命令！事態緊急，這優先於現在執行中的一切任務！」

前來報告的部下複述了一遍，敬過禮後立刻跑了出去。菲利浦和戈德菲也像追在他後面似地衝出團長室，前往作戰會議室。

「居然是貝西摩……就算這裡是揚圖寧，也沒有師團規模的戰力喔。那要王都才有吧。」

「等級區分只能拿來參考。我想就算以目前的戰力，只要做好大量折損的心理準備，還是有可能成功討伐的。」

菲利浦一邊快速移動，一邊握緊了拳頭。

「我知道，這我也知道，不過問題在損害的規模！把我們騎士團的一百架騎士全送去對敵可沒意義啊！之後誰要來保護揚圖寧！」

聽了這話，戈德菲沉默下來。他也不願見到騎士團毀滅，可是貝西摩已經毀掉了一座要塞。假使揚圖寧遭受慘重損害，國內的貨物流通將會嚴重堵塞，而一旦通往國境的物資補給線受阻，也會連帶影響某些要塞，造成更大災難吧，可以說事關國家命運也不為過。就算用整個騎士團交換，也一定要擋下並殲滅之。如果有必要，不論是什麼樣的建言，他都有義務對團長提出，這是他身為副團長的責任。

「……不，現在也沒時間討論這個了。如果不在這裡擋下牠，最糟的情況就是國家滅亡。派使者到王都去，我們滅團之後，必須託付給之後的騎士團……」

眼看為現狀感到焦躁的菲利浦扭曲著臉，戈德菲唯一能做的只有點頭。

菲利浦他們一進入作戰會議室，騎士團裡當值的騎士們已經聚集在那兒了。事發突然，每張臉上都有著無法掩飾的緊張。

在外地的騎士們接到召集命令、回來集合前的這段期間，他們要就實際情況進行確認。馬上準備好地圖，開始預測貝西摩的前進路線。前來警告的騎操士也並未掌握貝西摩的具體位置，所以要藉由分析貝西摩的移動能力、地形等因素預測牠的路線，再推算出大致的目前所在地。再者，他們也需要決定騎士團迎戰的地點。

「考慮到牠的前進方向，以及從巴格利要塞過來的地理環境等因素，最有可能的路線就是繞過戴格貝勒山，經過山腳的森林地帶。」

「這條路線避不開揚圖寧近郊啊……目前所在地的預測呢？」

被問到的騎士指著地圖上某一點。

「我想牠大概已穿過克雷佩爾平原，正要進入克羅克森林。」

「克羅克森林啊……唔，比想像中還近。這下就算要迎戰，也會在離揚圖寧極近的地方開戰……」

這時，他們背後有個騎士情急之下喊了出來。

「你說克羅克森林……!?」

「怎麼了？克羅克森林有什麼嗎？」

在場沒有人想再聽到任何壞消息了，不過他們還是得盡可能掌握所有不安定因素。那名騎士的臉色依舊蒼白，在眾人注目下宣布：

「……現在，萊西亞拉的學生們正在那裡進行演習！」

「什……!?」

在場騎士們也啞口無言了。不僅揚圖寧市，這下連等同國家財產的國民，而且還是孩子們也身處於險境之中。何況，在場還有人的家屬在萊西亞拉騎士學系裡。幾名騎士立刻焦急地跑向菲利浦。

「我們應該馬上去克羅克森林！」

「無論如何都要先讓孩子們避難才行！」

面對接二連三的問題，菲利浦傷透了腦筋，不過他沒有煩惱多久。他必須優先完成某項任務。

「……派出傳令兵，不過騎士團不要動，等足夠騎士集合了再說。」

「團長！難道您想見死不救嗎!?」

「怎麼可能！」

菲利浦對著那些臉色大變，上前追問的騎士們大喝一聲，聲音裡摻雜了無法掩飾的懊悔。

「我當然也想去幫他們，但以我們騎士團的戰力，光要打倒貝西摩就已經竭盡全力了！……我們不能對戰果有更樂觀的期待。尚未整頓就貿然出擊只會白白消耗戰力，搞不好還會敗給貝西摩。不要搞錯了！我們的目的終究還是討伐貝西摩，並藉此守護揚圖寧，乃至整個弗雷梅維拉王國！」

吵嚷著的騎士們沉默下來。他們也明白，從一開始根本就沒有選擇的餘地。

「……現在我們能做的，只有把希望放在他們的運氣和智慧上了……」

他的目光看向深邃漆黑的克羅克森林所在的遠方。

克羅克森林入口，萊西亞拉騎操士學園・騎士學系的營地。

中等部的高年級生們撤退完畢後，便以高等部的幻晶騎士與簡易柵欄為基礎圍起營地，構築成防衛網。

從森林裡冒出來的魔獸，大小多半都在一公尺上下，大隻的也只有三公尺左右。戰鬥能力與身長高達十公尺的幻晶騎士根本無法相提並論，它們一劍就砍飛了聚集的魔獸群。可是，就因為體型有差距，難免會有漏網之魚。那些沒被殺掉的魔獸湧向柵欄，因此學生們也上場防衛，試著填補空隙。

從魔獸的角度來看，彷彿在炫耀自己存在一般的幻晶騎士令牠們倍感威脅。牠們不願與之正面為敵，於是在不知不覺間分成兩股勢力夾擊營地。中等部的高年級生出現許多傷患，因此對戰力吃緊的騎士學系而言可說是幸運的吧。

太陽越過中天，當那通紅的身影沒入山間，魔獸的襲擊也宣告結束。就連攻擊中斷之後仍保持警戒狀態的學生們也察覺到戰事已告結束，這才放鬆下來。

「這下總不會再有魔獸了吧……」

斯特凡妮婭・塞拉帝像是打從心裡感到疲憊的樣子鬆了口氣。她一直率領著沒受傷的學生指揮到最後。營地裡雖然有其他老師與他們會合，但依他們的判斷，讓從撤退就開始發號施令的她繼續帶領大家，將會更容易指揮，不過這也是因為她自己的個性靜不下來的緣故。

「奇德、亞蒂……艾爾。」

警戒態勢緩和下來，她一邊慰勞著休息的學生，一邊環視著營地四周。途中，看到熟悉的臉龐，令她放心地開口叫喚。

「啊，姊姊……妳有受傷嗎？聽說中等部遇到大麻煩了！」

斯特凡妮婭搖搖頭。

「如妳所見，我沒事喔。不說這個了，你們也真是夠亂來的呢。」

斯特凡妮婭這麼說著，表情像是有些傻眼。剛撤回營地的時候，受傷、疲憊的高年級生們戰力降低不少。這樣下去，想對付那些鑽過幻晶騎士防禦網的魔獸也很困難，多虧有艾爾他們爭取時間，才好不容易撐了過來。

「話是這樣講啦，不過那時候還能打的就只剩我們，多少都會亂來一下。」

「……我想，你們三個比得上一個部隊的活躍表現，不能說是『亂來一下』的程度……哎，算了。更重要的是……艾爾！」

斯特凡妮婭走近兩人身後的艾爾，直接一把抱住他。她也不管來不及抵抗就被逮住的艾爾嚇了一跳，兀自心滿意足地用臉頰摩蹭那頭柔軟的頭髮。

「啊啊～～果然很治癒～～只要有艾爾在，我就還能繼續戰鬥下去喔。」

（斯特凡妮婭學姊……哎，沒辦法。看她這次這麼辛苦，就服務一下吧。如果靠我一個人犧牲就能讓她轉換心情的話，這也不算什麼。）

斯特凡妮婭盡情地又玩頭髮、又戳臉頰，艾爾沒有更進一步抵抗，隨她愛怎麼玩就怎麼玩。至於後面的雙胞胎，雖然亞蒂莫名地顯露出怒意，但好像也不打算上前阻止。

斯特凡妮婭就這樣盡情享受了好一會兒。這時，突然有個戰戰兢兢的聲音從他們背後叫住她。

「呃……學生會長……」

那個學生看起來是來找她的，但看斯特凡妮婭笑得如此詭異，頓時被嚇了一跳。這也難怪，剛剛還威風凜凜地率領高年級生部隊的她，現在卻抱著低年級學弟，臉上還露出不正經的笑容。

「怎麼了？」

「老師請妳過去一趟，說要決定今後的計畫。」

「我明白了。對不起哦，你們三個。我們待會兒再聊，我去去就回。」

如今要掩飾似乎為時已晚，但斯特凡妮婭毫不介意，迅速切換到學生會長的模式。三個人半是傻眼地揮手目送她離去。

（好了，看來是熬過目前的危機了，不過接下來會怎樣呢？）

他們度過了大量魔獸襲擊的難關，但艾爾實在不覺得事情會就這樣結束。回頭看向克羅克森林，森林彷彿是要阻擋他的視線似地，黑暗逐漸加深。

就連艾爾也不知道，森林深處究竟潛伏著什麼。

「所以？最後改成明天移動了喔？」

老師們似乎也為之後的行動方針爭執不下，這也難怪，因為他們尚未掌握事情的全貌。總之，已在晚餐時向所有人轉達行動方針。艾爾等人一邊喝著攜帶糧食與常見山菜煮成的湯，一邊確認狀況。

「對，雖然有很多人受傷，但幸好都沒有生命危險，最嚴重的頂多是骨折吧。更糟的是，有很多人因為用光了魔力而筋疲力盡，缺乏實際上場的戰力，老師似乎認為在這種狀況下以強行軍的方式移動會很危險。」

「噯，不覺得在這種地方休息也很危險嗎？」

「畢竟到了晚上，馬匹的視線也會受到影響。老師似乎認為，與其拖著疲憊身軀，在搭乘危險的馬車移動時遭遇襲擊，不如留在有照明，而且還能作為根據地的營地來得安全。我想，再怎麼說都不會有相同規模的魔獸群又來攻擊吧。」

「哦——總覺得這種想法很樂觀呢。」

「與其說樂觀，不如說反正不管怎麼做都像賭博，所以才選擇比較不危險的而已吧。假如晚上有什麼東西過來，不要移動對幻晶騎士來講也比較容易防衛啊。」

他們目前唯一能做的就是好好休息，並在發生危險時迅速察覺、臨機應變。說穿了，就是凡事只能靠自己。晚飯後，儘管仍無法消除緊張感，他們還是試著讓自己放鬆，並把希望寄託在天亮之後就能到揚圖寧避難這件事上。

然而，他們忽略了一件事——那就是讓魔獸們失控的原因何在？

他們也沒注意到，每一隻朝這裡來的魔獸都是一副拚了命的模樣，彷彿有什麼東西在後面追趕，讓牠們死命往西奔逃。

直到快天亮前的深夜時分，他們才為自己的失策感到後悔。

天亮了，群山山頂後方開始緩緩泛出紅色陽光。最後一班守夜的學生壓下一股湧上的睡意，大大打了個呵欠。四周很安靜。昨天才碰上那麼大規模的魔獸遷移，也許克羅克森林裡已經沒幾隻魔獸了。整座森林彷彿死了一般，充斥著一股寂靜的氛圍。

——而那寂靜被突如其來地打破了。他們這才注意到森林中傳出的怪聲。樹木斷裂、倒下的聲音，以及間隔規律，好像什麼重物墜地的巨響。他們沒花多少時間就明白那代表了什麼，當下竭盡全力敲響警鐘。

「糟了！大傢伙！有大傢伙過來了！」

聽到突然響起的尖銳鐘聲，不管是老師還是學生，所有正在睡覺的人全都翻身跳了起來。原本就因為緊張睡得不好，所有人一起床便立即開始行動。勉強拖著疲憊身體待命的高等部騎操士們跳上幻晶騎士，原本處於暖機狀態的騎士馬上動了起來，守好森林入口。

漸漸開始聽得清楚樹木倒地，以及地鳴一般的腳步聲。很明顯地，有某種非常巨大的東西正朝他們逼近。

「喂喂，這不太妙吧？」

不必說，在場所有人都感受到了前所未有的危機。緊繃的空氣中，所有人的視線像被吸引過去一般，全都集中到森林入口。

之前克羅克森林都沒有決鬥級以上的大型魔獸，正因為這裡只有小型魔獸，才會被選為實習場地。然而，現在逐漸接近的腳步聲卻清楚訴說著它的主人有多麼巨大。

本來不應該存在於克羅克森林的大型魔獸。突然攻擊他們的小型魔獸群。

白天的魔獸群多得就像森林裡所有魔獸總出動一樣，莫非，牠們是因為這隻大型魔獸入侵而被趕出來的——？

入口附近的樹木紛紛倒下。終於，那隻魔獸在拂曉的昏暗光線中現身。全身覆蓋了有如劍山一般突出的甲殼，身形龐大得連身為人類最強戰力的幻晶騎士也宛如小孩一般弱小，幾乎要讓人錯看成一座小山。那對和巨大身軀相比之下小得驚人的眼睛，睥睨著牠眼前的情景。

每個人都噤口不語，在牠的威容下變得怯弱、恐懼。陸皇龜——幾天前曾現身於國境線上的巨獸，如今正步步逼近揚圖寧的要害。

奇妙的寂靜包圍住這片空間。這份寂靜正是來自於魔獸與在場的人類雙方之間的無言對峙。

在場的人類——萊西亞拉的學生們為眼前貝西摩的巨大身軀所懾服，甚至動也動不了。連過去曾遇上貝西摩、身為精銳的國境守護騎士團的騎士都免不了一瞬間的迷惘，要求十五歲左右的學生具備足以與之抗衡的膽量也太強人所難了。

在這段彷彿凍結的時間裡，貝西摩先動了，恐怕是雙方從容的程度有差吧。牠環顧四周，大大張開嘴發出咆哮。那與其說是聲音，不如說更接近振動空氣所產生的衝擊波。駭人的肺活量擠出的吼聲撼動了大地，連帶震碎了距離極近的幾棵樹木。站在前方防衛的幻晶騎士的裝甲跟著顫抖，因承受不住從四面八方湧來的壓力而後退了好幾步。過大的音量讓一段距離外的學生們也蜷縮著蓋住耳朵，甚至有人因為這股衝擊昏了過去。

這成了解開他們束縛的信號。一旦開始動作，之前的靜止就像假的一樣。眾人宛如被彈開一般逃離魔獸。這並非因為他們清醒過來的緣故，而是在恐懼與混亂之下反而陷入了失控狀態。老師已經控制不住場面了，大家只顧著盲目逃竄，遠離貝西摩。

在這種情況下，逃走可以說是最好的選擇，但現在這方法卻顯得不妙。人類雙腳能逃跑的範圍有限，想逃得更遠，應該先跑向馬車才對。陷入恐慌的學生們大概連這一點都沒想到，各自四散奔逃。

就在他們即將分散到四面八方的時候，前進方向的各處突然發生爆炸。大家再怎麼恐慌，也不會有人明知眼前有爆炸還衝過去。學生們的動作在一瞬間停了下來，有個人影則像是看準了這一點似地，跳到眾人面前。

「閃開！快逃！很危險！所有人到馬車那邊！」

以艾爾為首，幾名還保持著冷靜的學生發射爆炎球，阻止大家分散。有如狩獵助手般使用魔法引起學生們注意，引導大家跑向馬車。大家的狀態雖然還和冷靜差了一大截，但已經足夠沉著到可以明白指示的地步了。這才為了逃離貝西摩跑向馬車。

不只東逃西竄的中等部學生震懾於貝西摩的魄力，高等部的騎操士們也一樣。此外，正因為他們擁有幻晶騎士的力量，貝西摩更具威脅性。由於本身的力量太大，無法隨便逃走；想正面迎戰，敵人又太過強大。

「不要停下來！給我動——！」

在這群進退維谷、強敵當前仍杵著不動的騎操士中，第一個行動的是艾德加。不管要逃還是要戰鬥，在貝西摩面前停下腳步只能說是自殺行為。

騎操士們終於看出貝西摩準備衝過來，這才手忙腳亂地準備迴避。巨獸的衝勢猛烈得幾乎找不到任何事物可以與之相比。若被捲進去，只怕就算是幻晶騎士也不堪一擊。騎操士們嚇得冷汗直流，心中的戰意迅速喪失，究竟要怎麼做，才能迎戰力量如此駭人的魔獸呢？

然而，其中有一人——艾德加看到貝西摩前進路線上停放著中等部學生們用來逃走的馬車，他強壓下心裡的恐懼，下定決心說：

「由我們來引開貝西摩的注意！各位，助我一臂之力吧！」

「欸？艾德加！你知道自己在說什麼嗎!?那是貝西摩喔！光靠我們幾個，牠一腳就可以把我們踢飛啦！」

「話是這麼說！但這樣下去學弟妹可能會全滅。不，不只這樣，如果牠就這樣追著馬車，揚圖寧早晚也會被襲擊！」

一時口快的海薇其實也很明白。即使他們逃離這裡也無處可退，只會進一步擴大被害範圍而已。她以幾乎要咬碎臼齒的力道咬緊牙關。

「無論如何都只能硬上了……！」

「我們是騎士。是為了幫助人民學習劍術，是為了保護國家而駕駛幻晶騎士；怎麼能在這裡不戰而逃！」

說著，艾德加在厄爾坎伯上裝備魔導兵裝。魔力轉換爐正全力運轉中，流進來的魔力啟動了魔導兵裝，讓它全身發著淡淡光芒。

「我也不想白白送命。總之先全力引開貝西摩的注意！」

「嗳，沒辦法了！」

即使是艾德加，也不想失去自己心裡那硬擠出來的氣勢。厄爾坎伯帶頭衝鋒，瞄準了貝西摩的腳。

「所有人拔杖！一邊用法擊轉移牠的注意力，一邊脫離！」

艾德加喊道，同時拉緊了操縱桿。厄爾坎伯在騎操士的意志下將魔力送進魔導兵裝——雷杖阿奎巴斯。外型簡單的長柄武器前端發出耀眼光芒，射出的雷擊伴隨閃光打中了貝西摩。

只可惜雷擊似乎沒有效果。一方面是因為貝西摩過於龐大，一方面也是因為雷擊只透過甲殼傳導到地面，沒有傷到內部組織的緣故。

除了艾德加，另外三架幻晶騎士也各自裝備好魔導兵裝，並排跑在貝西摩身邊，開始發射戰術級魔法的法擊。儘管很難說有哪一次攻擊產生效果，至少達到了轉移貝西摩注意的目的。察覺到攻擊的貝西摩扭過頭，對正要發出魔法的幻晶騎士投以厭煩的目光。

「怎麼會……居然完全沒用……」

「沒關係！不要停下來，快逃！能爭取時間就夠了！」

明白貝西摩的注意力轉向自己的騎操士們，就這樣引開貝西摩與中等部學生們的距離，開始全速後退。

在高等部的幻晶騎士迎戰貝西摩的期間，中等部的學生們死命地搭上馬車。

由於人數原本就多，儘管坐滿的馬車一輛接著一輛出發，出發的人數頂多只有全部的一半。

（人還是很多……還需要時間，可是現在只能期待學長姊們努力了……）

艾爾站在學生隊伍末端，悲痛地望著幻晶騎士與貝西摩戰鬥的樣子。單靠活生生的人類無法發出的魔法——戰術級魔法所發動的法擊，也被堅不可摧的甲殼擋下，沒有造成傷害的跡象。在那隻巨獸面前，就連相當於人類技術結晶的幻晶騎士也不過是渺小的存在，更別說他一個人能有什麼能耐了。

他的表情愈發嚴肅。高等部的騎操士們的戰況是壓倒性……不，絕望般的不利，畢竟所有攻擊都無法穿透。目前是以撤退為主，用動作擾亂牠，但有鑑於貝西摩的巨大身軀，就算只承受一擊，大概就連幻晶騎士也無法行動了吧。如果騎操士的疲勞不斷累積——很難想像會有什麼好下場。

（我會讓所有人逃走，所以請學長姊們也不要死……！）

如果貝西摩勢頭十足地衝過來，就算幻晶騎士的移動速度再怎麼快，也不保證能逃得掉。因此每當某個騎士快被鎖定的時候，另一邊就會集中火力攻擊，轉移牠的注意以爭取時間。他們的攻擊沒有造成任何傷害，但攻擊本身讓貝西摩看上去很不耐煩。

「哈哈哈！什麼嘛，這大傢伙，光長這麼大個子卻拿我們沒輒嗎！」

迪特里希大吼著。正因為懾服於巨大身軀散發出的壓迫感，嚇得動彈不得，才要先說服自己正處於優勢。原本是為了激勵自己的方法，不過由於爭取時間的戰術實在太順利，他們反而開始掉以輕心了。這隻魔獸該不會只是個笨重的大傢伙，其實沒什麼好怕的吧？實際上，只要幻晶騎士被貝西摩撞到一次，就有可能四分五裂，然而像這樣把巨獸耍著玩的事實降低了他們的判斷能力。

接著有好一陣子，他們看起來像很順利地爭取到了時間。這時，追逐攻擊之後逃跑的機體的貝西摩突然慢了下來。騎操士們詫異地看著直到剛才還盲目地追著的貝西摩的變化。貝西摩大大吸了口氣，以符合體型的驚人肺活量，將超乎常理的巨量空氣吸入體內。

下一秒，猛烈的龍捲吐息從牠的嘴裡噴射而出。這是魔法的遠距離攻擊。從牠之前的行動模式來看，認定牠只會衝撞的騎操士們被這突如其來的魔法攻擊殺得措手不及。一道龍捲風呈直線狀射出，翻騰的氣流旋渦纏住來不及逃走的機體。幻晶騎士在狂風肆虐的壓倒性壓力之下根本無力抵抗，裝甲扭曲變形，支撐身體的結晶肌肉跟著四散分裂。

身長高達十公尺的金屬塊——幻晶騎士的機體輕輕飛上空中，又重重地摔落地面。劇烈撞擊粉碎了耐力最低的四肢，扯開飛出。由於幻晶騎士勉強有副人的外型，它散落一地的悽慘光景更烙印在騎操士們心底。

「咿！嗚……嗚哇！」

迪特里希從頭到尾看得一清二楚。至今一起在高等部學習的同學——以及他的幻晶騎士一下子就被摧毀的樣子，令他的喉嚨裡冒出痙攣一般的慘叫。

下一瞬間，一架機體從迪特里希眼前消失，伴隨著一陣破風而來的轟鳴聲。他一時間不明白發生了什麼事，但一別開視線就馬上看到了原因。

貝西摩用尾巴發出了一擊。那架機體在停下來的時候被帶著離心力的尾巴直接打中，一下子折彎飛了出去。迪特里希之所以平安無事，只是因為一點偶然——就差在站的位置有些微不同上。要是再往前踏個幾步，就會一起被尾巴掃到，一樣被打飛出去吧。

兩架幻晶騎士眨眼間有如陶器般被輕易擊碎。之前漸漸開始認為勉強可以應付貝西摩的騎操士們這才明白自己錯得離譜。貝西摩轉頭看向倖存的機體，像是在炫耀眼前輕而易舉地摧毀幻晶騎士的光景。而造成這一切的元凶接著瞄準了這邊。

「嗚哇啊啊啊啊啊啊啊啊啊啊啊啊啊啊啊！」

「嗚噢噢噢噢噢噢噢噢噢噢噢噢噢噢噢！」

兩種叫聲互相交錯。前者是迪特里希見了眼前的魔獸發出的恐懼吶喊；後者則是艾德加為了克服心中恐懼而發出的振奮吼聲。

（該死！怎麼大意了！貝西摩是師團級魔獸……我明明知道牠不是光憑我們就能輕易應付的對手！）

艾德加無法原諒因為一時輕敵而失去夥伴的自己。怒火戰勝了恐懼，鼓舞了他。

「所有人避開正面！無論如何都要以迴避優先！再撐一下，拜託大家再撐一下！」

反正都已經和貝西摩正面對上了，若是隨便轉身逃走，可以想像得到所有人一定會全軍覆沒。聽見艾德加尚未失去魄力的聲音，其他騎操士雖然怕得發抖，但還是回應了他，大伙兒拚了命地躲開貝西摩的攻擊。事到如今，他們只能徹底把命豁出去，繼續死纏爛打。

在貝西摩的魔法肆虐下，高等部的騎操士們陷入了走投無路的困境。

艾爾等人將所有中等部學生平安送出，自己也跳上了最後一輛馬車，他在奔馳的馬車上從後面看著逐漸遠去的戰況。剛才貝西摩的魔法攻擊讓高等部的形勢不太樂觀，他們徹底錯過了逃走的機會，艾爾等人逃離這裡後也不曉得他們能不能平安逃出。艾爾腦中掠過前天與艾德加之間的談話。即使明知無法傳達，但他目前唯一能做的就是給予聲援。

此時，有道紅色的影子從艾爾的眼角餘光掠過。他連忙回過頭，認出他的真面目後表情為驚愕所點綴。紅色影子——那是幻晶騎士・古耶爾。

該不會……他這麼想著，回過頭去，遠遠地看到其他機體還在和貝西摩奮戰。這表示古耶爾拋下其他學生，打算獨自逃亡。艾爾在如此理解的同時從馬車上跳了下去。大家被他突然的舉動嚇了一跳，根本來不及阻止他。他的身影瞬間消失在森林裡，已經找不到了。幻晶騎士的移動速度很快，艾爾不顧一切地，以宛如子彈般的速度開始全力追逐古耶爾。

日光照射下，一架紅色的幻晶騎士在明亮的森林中奔跑。

平靜的森林無邊無際地延伸開來，四周空無一物。然而，紅色機體仍聚精會神、沒有放慢速度，彷彿正被什麼東西追趕似地全力奔馳著。事實上，紅色幻晶騎士——古耶爾與它的騎操士迪特里希・庫尼茲確實被逼得無路可逃。驅使迪特里希的是一股純粹的恐懼，同學的幻晶騎士被貝西摩打倒的光景，一直在他腦海中盤旋不去。迪特里希連回頭都不敢，只盲目地驅使古

耶爾奔跑。雖然不是用自己的雙腳跑，但他的肺卻因恐懼而勒緊，呼吸紊亂。

騎操士們對自己的愛機抱持絕對的信賴。當然，世上仍有魔獸的戰鬥能力凌駕於幻晶騎士之上，迪特里希也不認為它們是所向無敵的。可是，他沒有準備好面對那種固若金湯，而且一擊就能徹底摧毀騎士的敵人。結果，陷入恐慌的他顧不得體面，選擇保住性命——犧牲留下來的同學逃走。

然而，命運女神並沒有這麼輕易地放過他。

古耶爾的速度突然慢了下來。迪特里希雖然徹底失去了冷靜，還是馬上想到了是什麼原因。經過剛才那場戰鬥，加上之後的全力奔馳，何況他還沒有展現出往常的訓練成果，不顧一切地埋頭猛衝，跑法既胡來又沒有效率。等著他的當然就是魔力儲蓄量的枯竭。

不能動的恐懼朝迪特里希襲來，但這並不表示在這種狀況下他還能有辦法解決。他停下古耶爾，讓它採取待機姿勢，不得不在原地休息，直到魔力儲蓄量恢復。他先確認貝西摩沒有追來後，微微鬆了口氣，穩住急促的呼吸。

一旦停下來，多少恢復了一點理智後，接著襲向他的便是一陣強烈的後悔。他搖搖頭，試著揮去這種想法，但待在原地動也不能動的情況下，種種想法沒完沒了地冒了出來，把迪特里希逼得走投無路。

——沒錯，我拋下了同伴逃跑——

——居然對並肩作戰的朋友見死不救，身為騎士應該感到羞恥——

（那……那又怎樣！繼續留在那裡只會白白被殺掉！我只是選擇活下來罷了，而且騎士守則也沒教人白白送死！）

迪特里希拚命否定來自內心——名為良心的苛責。一度平靜下來的呼吸又急促起來，甚至沒注意到握著操縱桿的手變得僵硬，已因為用力過猛而泛白。他只張大了眼，汗如泉湧地一邊肯定，又一邊否定自己的想法。

被自己的想法折磨的迪特里希突然聽到一陣由遠而近的聲音，回過神來。那是壓縮空氣噴發的尖銳聲響，然後是金屬互相摩擦的聲音，他前方的視野一下子拓展開來。事情發生得太過突然，讓他一時反應不過來。

幻晶騎士的胸部裝甲是利用空氣壓縮力嵌接，以便讓人進入座艙，而它現在忽然打開了。他當然沒有操作裝甲開關，也沒有理由這麼做。想從外面打開，就必須操作複雜的槓桿裝置，避免因操作失誤而不小心打開裝甲。也就是說，只能認為是有人從外面操作了開啟裝甲的槓桿。

像是要證實他的推測，有個人影跳上了打開的裝甲。矮小的身材、耀眼奪目的銀紫髮。那個人影——艾爾涅斯帝若無其事地對著愕然的迪特里希微笑道：

「終於追上你了，學長。」

艾爾的語氣輕鬆得像是送來了他忘記帶的東西。他微微偏著頭，進一步問道：

「我就開門見山地問了，學長，你是從那邊逃出來的吧？」

對艾爾來說，這問題真的就只是單純做確認而已，不過被問到的迪特里希卻嚇得抖了一下。學弟突如其來地出現，而且一問就切中要害，讓他再度陷入歇斯底里的狀態。

「……！嗚，啊啊，可……可惡……對……對啦！逃走又……又有什麼不對！不管那裡多一個或少一個人，戰況也不會改變！那我為什麼非得白白送死不可？騎士守則也沒教人連命都不要！」

迪特里希這麼重複道，也不管自己說得口沫橫飛。這並不是在回答艾爾的問題，而是在說服自己。艾爾掛著平靜的笑容點點頭，對激動的迪特里希說：

「太好了。」

「……什麼？」

他萬萬沒想到會是這種反應，不禁張口結舌地抬起頭。太好了？他剛剛說的話有哪句可以讓他這麼高興？

「因為，學長，我總覺得從你這邊借走古耶爾的理由已經很充分了呢。」

就在迪特里希明白他的意思前，艾爾就拔出溫徹斯特。這一幕成了最後留在他意識裡的光景。

用一發空氣彈放倒了迪特里希之後，艾爾露出有些痛快的表情，滿意地點點頭。就迪特里希的情況來說，雖然他有很多值得同情的地方，但艾爾其實還是很生氣的。

艾爾打起精神，大致掃過一眼駕駛座裡的樣子。幻晶騎士雖是高達十公尺的龐然大物，不過塞滿了骨骼與各種機材的座艙內卻狹窄又雜亂。最醒目的是中央的座椅，左右兩邊的扶手部分有兩支操縱桿，座椅下方有踏板。騎操士就是像這樣兩手握住操縱桿、兩腳踩在踏板上來操縱的。艾爾一邊回想課本上寫的駕駛座功能，一邊在腦中再次確認駕駛的必要程序。

接著，當他解開固定帶、想把昏迷的迪特里希拉出來的同時，又忽然想到一件事。

「要是就這樣把昏迷不醒的他扔在森林，一旦被野獸攻擊不是會死嗎？」

他對迪特里希獨自逃跑感到憤怒是事實，但也不願讓他遭遇生命危險。艾爾煩惱了一會兒，看上了座位後方的空間。幻晶騎士的座艙裡一般都會準備毛毯、攜帶糧食、簡易醫療包等求生用的物資，即使在作戰行動中與隊友失散，也足以應付幾天的單獨行動。這些東西在大部分情況下都塞在座位後側，避免妨礙駕駛。

「哎，雖然有點浪費，不過也只有這裡空著呢。」

艾爾隨意拉出那些物資，扔到外頭去，接著確認背後多少空出一些位子後，就把癱在座位上的迪特里希塞進去了。雖然覺得這姿勢對人類來說還滿不舒服的，不過在意的話就輸了。

『解決』迪特里希之後，艾爾又轉身面對座位。遺憾的是，座位尺寸是配合高等部學生的體型來設計的。以他的體型坐上去的話，手腳都會搆不到操縱桿和踏板，而駕駛座當然也不像地球的車子一樣，擁有調整座位高低之類的便利功能。

不過他已經預想到這種狀況了，他並不是毫無計畫地坐上駕駛座。他不慌不忙地砍向座位兩邊的控制台，開始破壞外殼，這不是在遷怒。他從壞掉的控制台下方拉出延伸至操縱桿的銀製管線——銀線神經，纏到溫徹斯特上，然後坐到座位上，用固定帶固定好自己的身體。溫徹斯特是以容易傳導魔力的白霧樹所製成，把它和銀線神經直接連結，就能當成簡易的輸入裝置。

「……雖然突然就要直接上場了，但這下子只准成功，不許失敗呢。」

銀線神經會傳導魔力和魔法術式，原本是透過從操縱桿、踏板輸入魔力，並利用魔法術式來操縱幻晶騎士。然而，相當於幻晶騎士的控制系統的魔導演算機，最後只會用魔法術式控制全身。極端而言，這表示只要能控制魔法術式，就算不用操縱桿也能運作幻晶騎士。

話雖如此，對駕駛員來說，這種完全依賴魔法術式的操縱方法很難靠直覺去理解，所以才需要操縱桿和踏板來降低必要負擔，簡化操作的功能。這是將物理性輸入裝置化為操控桿和踏板——將符合駕駛員直覺思考的四肢操作方式調整成驅動程式，並用特定魔法術式的參數輸入動作的詳細數據，這也可以說是一種半自動控制模式。目前幻晶騎士的駕駛方式，就是合併使用這兩種方法，多少兼顧了操作簡便性與行動的自由度。

艾爾駕駛幻晶騎士的問題，就在於難以使用物理性輸入裝置。那麼，一開始就全部用魔法術式來處理就好了，他打算以個人的魔術演算領域處理魔導演算機才有辦法應付的龐大魔法術式。這想法令人難以置信，不過艾爾的演算能力已經超越人類領域，絕不是一場沒有勝算的賭注。

艾爾輕輕呼出一口氣，平靜下來之後，閉上眼睛集中意識。

連接銀線神經的溫徹斯特開始連結魔導演算機。原本騎操士只會回答魔導演算機提出的問題，而魔導演算機也沒料到騎操士會直接操作，因此出奇簡單地就建立起分流網路了。他的意識一潛入本體，就開始接二連三地讀取魔導演算機儲存的魔法術式。

艾爾閉著眼睛，一心一意地分析術式。他在腦中憑空堆起魔法陣，並向四面八方伸展開來。艾爾在腦中伸出手臂，像是描繪魔法陣似地一一讀取它們的內容。即使文字、圖形有所不同，但這種身處資訊濁流中的感覺令他懷念，嘴角不由自主地微微露出笑意。

「好了，接下來讓你看看專家（程式設計師）的本事。」

他極其迅速地動手拆解魔法技術的精髓。首先從比較至今為止學過的術式與魔導演算機內的術式開始著手。

「開始分析模式……偵測到類似術式、身體強化、擴大術式……」

多數包含在演算機裡的術式皆與已知的術式相似。艾爾逐一辨識，透過術式的分布掌握它的意思。識別的範圍愈廣，愈加快他對內部的掌握。

「最基礎的是身體強化吧？結晶肌肉是人體肌肉的仿造品沒錯。想讓它動起來，自然會變得很相似……」

他以基礎術式為準，逐步解析個別構造。每個部位的控制程序都描繪著精密圖形，彼此連結，延伸開來的魔法陣幾乎要填滿他的意識。

「結晶肌肉的動作控制……配置圖，各部位的模組化連結，輸出控制，這是魔力轉換爐的輸出……」

原本做出單膝下跪的待機姿勢，始終保持沉默的古耶爾微微顫動。它的指尖動了動，在此之前一直沒有對焦的眼球水晶開始清楚辨識四周景物。

「要發動的話……就要連接我的身體強化術式，和幻晶騎士的動作用術式。動作用參數配合幻晶騎士轉換，並以輸出控制的預設值開始動作……」

魔力轉換爐產生的魔力載著駕駛座艙發出的魔法術式，順著遍布全身的銀線神經傳播出去。幻晶騎士忠實地服從術式的指令，消耗結晶肌肉中儲藏的魔力開始伸縮。機體緩緩震動，彷彿剛出生的小鹿一般緩緩站起。

「動作參數轉換完畢，開始驅動……調整輸出控制的參數，魔力儲蓄量充足。來吧，先走一步……」

古耶爾的龐大身軀以難看的姿勢勉強取得平衡，用力地踩下一步又一步，搖晃著邁開步伐。那動作簡直像死者一般，既蹣跚又緩慢。

「反饋動作差異，開始最佳化。」

艾爾從實際動作的反饋信息，一邊運作機體，一邊掃描結晶肌肉的多餘動作，一一調整術式。儘管這些術式還留著既有魔法術式的影子，但與思考同步進行的偵錯機能，在短時間內便將術式調整到最佳化，古耶爾的動作在短短幾步內便流暢到幾乎讓人覺得優雅的程度。

從艾爾開始存取魔導演算機起，過了約半小時。幻晶騎士——也可稱為人類智慧的結晶的魔導兵器，全身上下每個角落都徹底在他的控制之下了。

古耶爾遵從艾爾的意思行動自如。不存在任何物理輸入裝置產生的時間差，或是函數封裝所造成的浪費。它與駕駛員的思考同時行動，就此實現了徹底而直接的控制。

順帶一提，目前事態緊急。

高等部的騎操士們在這段期間依然在生死交關的情況下戰鬥著，艾爾也因此對古耶爾下令。它接受艾爾的指令，像是要挽回之前所花的時間似地開始猛烈奔馳。

然而——

跑著跑著，艾爾的表情從緊張逐漸轉變為笑容。此時他既不覺得焦躁，也不覺得壓力沉重。原因很簡單，因為他正在駕駛機器人。機器人依他的想法行動，賣力地奔馳著。

他追逐古耶爾的時候沒空細想，存取魔導演算機的時候無暇顧及其他。等到現在實際動起來、有餘力思考之後，他才冷靜地開始回顧自己的行動代表了什麼。

艾爾也認為，在這種時候露出這種反應實在太孩子氣了，但他無法控制自己的感情。

「啊，啊啊，啊啊啊啊！機器人、機器人、我在駕駛機器人奔跑！」

對他來說，無論是隨著機體的每一步傳到駕駛座的震動，或是幻象投影機上以可怕速度流逝的景色，還是現在加在艾爾身上的慣性，一切說是至高無上的幸福也不為過。究竟有誰能阻止他笑得這麼滿面春風呢？艾爾連前方有隻強大無比的魔獸在等著他這回事也忘了，兀自沉浸在操作幻晶騎士的喜悅中。

古耶爾載著每跑一步就逐漸忘記原本目的的艾爾，以及口吐白沫、依舊昏迷不醒的迪特里希，以非比尋常的速度跑向戰場。

第八話　決戰，陸皇

遼闊草原上的林木逐漸增加，不知不覺間成了可以稱之為森林的密度。

其中，有條鋪著石板的馬路筆直往東延伸，那是弗雷梅維拉王國通往東部最大的道路——『東弗雷梅維拉大道』。在國內主要幹道中，從坎庫寧到揚圖寧的『西弗雷梅維拉大道』，以及從揚圖寧到國境的東弗雷梅維拉大道又特別用石板鋪裝。這條路線歷史悠久，是在國境築起要塞時，為方便運送貨物所鋪設的。如今仍肩負著運送國內貨物的任務，無愧於交通要衝的地位活躍著。

這條平時有商人的馬車頻繁往來和幻晶騎士護衛的大馬路，如今一個人也沒有，給人留下一種冷清的印象。或許是因為許多魔獸失控，也可能是因為商人間流傳著目睹大型魔獸的消息也說不定。

路上瀰漫著一股類似緊張感的寂靜氛圍，此時忽然傳來喧囂聲。

數十輛馬車響起的蹄聲響徹四周，上面載著從克羅克森林逃脫的萊西亞拉騎操士學園學生，他們在高等部騎操士們豁出性命的掩護下，好不容易才逃出巨獸的魔掌。雖然一開始是駕著馬車全速逃跑，但這樣畢竟對馬的體力消耗過於劇烈，因此現在的速度比平常慢了些。即使如此，他們已經走了差不多到揚圖寧的一半路程了。

馬車上的學生們各自疲憊地坐著。這段期間沒看到魔獸從後面追過來。像這樣一路跑下來，儘管已經平靜多了，但胸中的那股不安卻沒那麼容易消失。

「艾爾怎麼了呢——？」

在這般沉悶的氣氛中，奇德、亞蒂坐在隊伍末端的馬車上，茫然地望著後方。從克羅克森林逃離之際，艾爾涅斯帝跳下馬車進入了森林。事發突然，他們甚至來不及阻止，而正想追上他的時候，對方已經不見人影了。

「……喂，該不會啊……」

心不在焉的奇德小聲嘀咕著，好像想到了什麼。亞蒂詫異地歪著腦袋。

「那傢伙啊，該不會搶幻晶騎士去開扁了吧？」

怎麼可能——亞蒂張嘴想反駁，但又陷入沉思。這般可能成真的推測，在她的腦海中化為清晰的光景。正常來想，沒修過騎操士課程的艾爾，不可能操縱得了幻晶騎士。但如果是他，如果是那個人的話，就算靠著自學學到了操作方法也沒什麼好奇怪的——而她還不知道艾爾的確是成功了。亞蒂不難想像他直接衝去找陸皇龜的樣子，甚至認為這是件很自然的事。

「啊啊——嗯，總覺得非常有說服力。艾爾他很有可能這麼做呢。」

「反正不用擔心吧。要是有什麼萬一也可以用那雙腳逃跑。」

由艾爾自己發明的，命名為『大氣壓縮推進』的魔法可以發揮驚人速度。究竟有誰能抓到比奔馳的狼更快，速度媲美天上鳥兒的他呢？就算對手是那隻巨大魔獸，如果只是要脫身，他大概三兩下就溜得不見人影了吧。兩人想到那幅畫面，不禁看著彼此咧嘴一笑。

此時正如他們所預料的，艾爾搶走了古耶爾，正朝著貝西摩衝去。不曉得是幸或不幸，坐在馬車上搖來晃去的兩人對此毫不知情。

坐在隊伍前方馬車上的老師突然要學生們注意。在他們行進方向的大前方，看得見某種東西行進所揚起的飛塵，不久，便聽到陣陣與馬蹄不同的聲音傳來。大家很快就知道是什麼東西引起地鳴。巨人隊伍——制式採用的幻晶騎士『加達托亞』井然有序地列隊前進。弗雷梅維拉王國的國民沒有人不認識它們的身影，而在場也沒有人不明白加達托亞出現在這裡的原因。

「……揚圖寧守護騎士團！」

領頭馬車上的老師的聲音很快傳到後方。學生們的頭一顆顆從馬車裡探了出來，見到這副光景的學生們臉上散發出希望和興奮的光彩。

這個部隊包含兩個大隊以上的規模，本隊以約九十架幻晶騎士組成，後方還跟著輜重部隊和野戰整備隊。大半揚圖寧的戰力都在這裡了，可以說是自迎接巴格利要塞來的使者後，在不到一天的時間內所能湊到的最大戰力。

加達托亞是制式採用的量產機型，一般都具有粗獷的外表，但久經戰陣、經過千錘百鍊的姿態在在顯示出一種獨特魄力。雙肩飾有弗雷梅維拉王國的國旗與揚圖寧的都市旗紋章，可以感受到他們以守護這塊土地自豪。

萊西亞拉的學生們不再感到不安。無論魔獸再怎麼強大，守護騎士團必將擊敗它。他們展示出的可信度與力量，足以讓人如此肯定。

一股不同的安心感也在發現馬車的騎士團裡擴散開來。他們雖然盡可能迅速地準備出擊，但大家在那個時間點都已經做好了萊西亞拉的學生全被殺害的心理準備。就現在看來，大半學生似乎都平安無事地逃出來了，萊西亞拉為他們帶來了包含貝西摩所在位置在內的珍貴情報。

「這樣啊……高等部的騎操士們……」

那些情報裡頭也包含了萊西亞拉的學生們之所以能平安逃脫的理由。揚圖寧守護騎士團裡也有很多人畢業於萊西亞拉騎操士學園，他們為學弟妹展現出值得借鏡的行動深深感動，同時再次下定了決心。

「請放心。為了守護我國，也為了不讓他們白白犧牲，我等必將在此擊敗那傢伙。」

揚圖寧守護騎士團的騎士們將這份決心銘記在心，出發前往克羅克森林的氣勢更加昂揚。

騎士團得知萊西亞拉的學生們碰上巨獸之後還不到半天時間，想必他們和貝西摩的遭遇戰就近在眼前。每踏出一步，騎士團的緊張感也隨之升高。

蓊鬱的森林中，有架紅色幻晶騎士拔腿狂奔。速度非常驚人，大概有普通幻晶騎士的一倍吧。

由於艾爾使用魔法術式進行操縱，他和魔導演算機——系統呈現直接連接的狀態。他的思考直接轉換為魔法術式，毫無遲滯地傳達到機體全身。幻晶騎士的結晶肌肉在出力、反應速度上原本就比生物的肌肉組織優秀，能分秒不差地執行命令。從結果來看，古耶爾的行動發揮了比一般幻晶騎士快了將近一倍的反射與移動速度。

古耶爾就這麼保持絕佳狀態繼續奔跑，開始聽得到地鳴聲從前方傳來。狂風肆虐聲參雜著像是爆炸雷擊的聲響。不出幾分鐘大概就會與貝西摩交戰吧。艾爾的表情不禁因喜悅而扭曲，邊流露出無法抑制的歡喜，就這樣闖入人生初次的幻晶騎士的戰場。

金屬碰撞的沉重聲響起，鋼鐵巨人被打飛到空中。遭貝西摩衝撞的機體被彈飛出去，在過於強大的撞擊力道下，它又在地上滾了好幾圈。眾人雖然無暇確認騎操士的安危，不過看它被摜到地上，身體凹陷、手臂被壓扁的模樣，想來裡面的人也不可能平安無事。

「該死！」

高等部騎操士們在中等部學生脫離後仍繼續戰鬥。他們並非不想逃，而是連轉身的閒暇都沒有。戰鬥已持續了很長一段時間，相對於臉上掩不住倦色的他們，貝西摩無愧於要塞這個稱號，行動不見絲毫遲緩。再者，雙方的力量原本就有壓倒性的差距，隨著時間一分一秒過去，甚至連耐力之間的差距都開始浮現。

面對連國境守護騎士團也抵擋不住的壓力，高等部的機體一架接著一架倒下，留在場上的只剩不到三架了。

貝西摩的尾巴朝著因我方機體被撞飛而分心的艾德加與厄爾坎伯揮去。艾德加直覺認為躲不開那條像鞭子一般彎曲的尾巴，當下把厄爾坎伯的姿勢壓到最低，同時用力揮舞左手上的盾，有驚無險地格開尾巴的一擊。在厄爾坎伯的性能與在高等部實力亦屬頂尖的艾德加合作下，才能辦到如此驚人的特技；然而，僅僅是被尾巴尖端掃過而已，他的盾牌就脫手飛出了。厄爾坎伯謹慎地站穩腳步避開衝擊，一邊拉開與貝西摩之間的距離。

（盾被打飛了！這下不妙，快被逼到絕境了！）

即使如此，厄爾坎伯還算損傷輕微的，剩下兩架機體的魔力儲蓄量和損傷都已經到了極限，什麼時候停止運作都不奇怪。艾德加揮不開掠過腦中最不祥的預感。己方不曉得還能撐多久，甚至有可能在不到五分鐘內全滅……

至今仍不減威勢的貝西摩毫不介意他們的樣子，再次噴射出不曉得是第幾次的龍捲吐息。

捲動的狂風氣息攻擊範圍極大，若不大幅度地迴避就會被氣流捲進去。

「拜託……特蘭德奧凱斯，快動！」

察覺到龍捲風瞄準了自己的海薇一邊發出近乎慘叫的喊聲，一邊準備躲開。之前不斷累積疲勞和損傷的特蘭德奧凱斯擠出最後的力量避開了正面衝擊，卻被劇烈氣流吹得失去重心。

「海薇！——該死，給我趕上！」

艾德加大吼，命令厄爾坎伯衝向想追擊海薇的貝西摩，好引開牠的注意力，並抱著一絲希望發射魔導兵裝——阿奎巴斯。他拚盡全力的攻擊全都徒然地被甲殼彈開，而貝西摩的注意力依然放在眼前的幻晶騎士上頭。奔跑的貝西摩加快速度，逐漸逼近掙扎著站起來的特蘭德奧凱斯。

就在海薇，甚至連艾德加都做好出現下一名犧牲者的覺悟時——

「啊哈哈哈哈哈！呼哈哈哈哈哈！有了有了找——到了！」

隨著一陣狂妄的哄笑，一架紅色幻晶騎士抵達了戰場。他一出森林，映入眼中的便是快要輾過倒地機體的貝西摩。

古耶爾瞬間提高原本的速度，有如一顆紅色子彈般逼近貝西摩的左側。它邊跑邊拔劍，想也不想便選擇了刺擊——集中力道於一點的攻擊，瞄準的則是有要塞之稱的魔獸的少數要害，也就是眼球。

古耶爾不但發揮出普通機體望塵莫及的可怕速度，同時又展現無比精準的動作。

然而，貝西摩在古耶爾的劍命中前，就發現了紅色影子——而正因為牠發現了，所以反射性地偏過頭。兩者間的距離已經避無可避，古耶爾的劍正確追上了偏過頭的貝西摩的眼睛。劍像被吸過去似地刺向眼球，與甲殼互相碰撞。

這是單純的偶然。

本該保護貝西摩眼睛的甲殼上微微裂開一道縫隙。那是大約半個月前，某位騎士用性命換來所刻上的裂痕。

貝西摩若是站在原處承受攻擊，那一記突刺搞不好就會被牠身上的甲殼彈開了，但就因為牠轉頭了，劍身偶然從正面刺入裂痕——並且戳了進去。

古耶爾用比普通幻晶騎士快上一倍的速度，並以相當於整塊金屬的重量全集中在一點的威力發動刺擊。劍發出金屬互相摩擦的刺耳聲響，迸出火花的同時貫穿巨獸之眼。原以為力道凝聚在同一點的致命攻擊會直接插到底，但隨後又發出「喀！」的一聲大響，劍身隨後直接斷成兩半，碎了開來。

孤注一擲的一擊確實貫穿了那隻眼睛，卻沒能直抵深處的頭蓋骨。劍身承受不住兩者之間撞擊的力道而粉碎了。

艾爾一察覺劍已粉碎，便立刻鬆手，跳到空中避開了撞擊。古耶爾像是擦身而過般，閃過貝西摩那撞擊力道驚人的龐大身軀，在空中秀出漂亮的垂直翻轉，於雙腳著地後又接連做出兩次後空翻，直到和貝西摩拉開距離之後才停止。

貝西摩發出了至今未曾聽聞——幾乎要震裂大地的憤怒咆哮。左眼源源不絕地噴出血來，一陣未曾體驗過的衝擊穿透牠的身體。貝西摩在魔獸中的防禦力可說是頂尖翹楚，就算被攻擊也很少受傷。因此眼睛被貫穿的劇痛與失去一半視野帶來的打擊，對牠來說是極為少見的體驗。

貝西摩僅存的右眼佈滿血絲，狂暴地找尋奪走左眼的仇敵。牠對在場一切事物都失去了興趣，牠現在要的，就只有左眼最後映出的那個紅色人影。

高等部的騎操士們忘了自己還在戰鬥，目瞪口呆地望著眼前光景。他們的思考跟不上事態發展。原本以為逃走的古耶爾，用令人難以置信的速度趕了回來，還刺穿之前堅不可摧的貝西摩的甲殼，甚至弄瞎了牠的眼睛。

眼前的巨獸如今正一邊發出憤怒咆哮，一邊對準了紅色機體。不管怎麼看，貝西摩的眼中似乎都只有古耶爾的存在。艾德加他們完全被晾在一旁。

「對了，海薇！」

趁著貝西摩分心，厄爾坎伯跑向倒地的機體。用盡力氣的特蘭德奧凱斯跌倒受了傷，已經連路都走不好了。即使如此，她能存活下來，還是讓艾德加鬆了口氣。

這時，艾德加感受到一陣劇烈震動，於是讓厄爾坎伯擺好架勢，這才發現貝西摩正怒吼著朝古耶爾衝過去。儘管少了一隻眼睛，貝西摩的速度仍比之前都還要更激烈，然而古耶爾的速度比牠還快。艾德加在一瞬間懷疑起自己的眼睛，因為他認識的古耶爾從未展現過那樣的身手。

他甚至懷疑坐在上面的人不是迪特里希了。不過，他沒有時間擔心這件事。如果古耶爾能躲開貝西摩的猛攻，就表示他有時間救出其他受傷的夥伴。

（抱歉了，迪，再替我們多撐一下……！）

他們背對與巨獸共舞的紅色機體，互相扶持著逃離現場。

艾德加不知道現在駕駛古耶爾的是艾爾涅斯帝，也不知道他現在處於什麼樣的狀態。在古耶爾裡面，艾爾正樂不可支地緊盯著正面的幻象投影機中逐漸逼近的龐大身軀。

「這就是貝西摩，這就是魔獸，這就是戰鬥，這就是……用幻晶騎士進行的！戰！鬥！」

他臉上綻開了可以用狂暴形容的笑意。

乘隙展開的奇襲得到了超乎預期的成果。然而，受傷的巨獸帶著更強的殺意，渾身是血地朝他逼近。只能用山岳形容的威容，以及幾乎扭曲了景色的強烈殺意帶著致命威力朝他逼近。

就算面對的是連老練騎士也無法擺脫恐懼的光景，艾爾感到的卻是名為瘋狂的狂喜。

「來吧，來吧，來吧來吧來吧來吧！」

——駕駛機器人，與巨大敵人戰鬥。

一個機械宅會沒有這種夢想嗎？有人會不這樣期望嗎？實際上，在他心中絲毫不想要退縮，反倒與完美的幸福同在。在體內的歡喜的驅策下，他所採取的行動唯有——

「來吧，前！進！」

古耶爾微微沉下身體，以幾乎要刨挖大地的氣勢踏步朝著『貝西摩』跑了過去。

雙方轉眼間拉近了距離，在彼此即將撞上的瞬間，古耶爾的身影突如其來地從貝西摩的視野中消失了。失去一隻眼睛的貝西摩沒有察覺，就這樣衝到古耶爾原本在的地方。而古耶爾竟然在衝撞前一秒跳起，踢了貝西摩像劍山一般的甲殼一腳，向後躍了過去。對眼睛被弄瞎，視野變得狹窄的貝西摩來說，想抓到古耶爾已是不可能的任務。艾爾輕盈地在空中翻了個跟斗，一邊絞盡腦汁思考。

「啊啊，啊啊，真厲害！全身幾乎沒有縫隙的甲殼，無敵裝甲！因為太堅硬，即使助跑之後再砍下去也沒用，連用魔法攻擊都沒用。既然這樣，就用破壞巨大兵器的守則之一！」

艾爾情緒極度高昂地胡言亂語，一邊仍流暢地地彎曲膝蓋，減低著地的衝擊，一邊接著讓古耶爾拔出了備用的劍。

「說到大傢伙的弱點，基本上都是腳和關節。首先就從這裡開始！」

古耶爾輕輕地助跑，以可怕的精準度瞄準了後腳膝蓋，往甲殼上的一點點空隙刺了下去。這犀利的一擊確實刺中了裡面的肉，手感卻超乎想像地堅硬。艾爾一察覺這一點便拔出劍，讓古耶爾拉開距離。

「嗯——幾乎沒刺進去！殼就算了，莫非牠全身上下都很硬？」

就連艾爾也沒預料到這一點，貝西摩所用的超強『身體強化』，甚至讓內部組織的耐性都被提高了。貝西摩若想支撐龐大重量，就只能針對四肢做重點式的強化，這一點雖說是理所當然，但對敵人來說只能算是惡夢。

後腳突然受到傷害更激怒了貝西摩，牠轉過頭來。就算只是被牠轉身時揮過來的手腳輕輕掃過，大概也會把古耶爾毀了。艾爾拉開距離，再次跑出貝西摩的視線範圍，一邊回想剛才的攻擊。

「剛才的確沒能破壞關節，不過畢竟比攻擊甲殼有效。」

嘻嘻——艾爾不曉得為什麼開心地露出了可愛的笑容。他還是有機會，只不過執行起來不簡單，也需要死纏爛打的耐性。

「看樣子會演變成一場持久戰呢……哎，這倒是沒關係，因為我也不討厭。」

面對激動凶暴的巨獸，艾爾仍輕鬆愉悅地笑著，駕駛紅色騎士奔向前。戰鬥才正要開始。

（唔……嗚嗚……？）

『他』終於清醒。

眼前是一片昏暗的空間。隨著昏沉的意識逐漸清晰，頓時感到一股不舒服的姿勢造成的疼痛向全身襲來。

「唔……這……這裡是……」

他呻吟著，正想在狹小空間裡恢復正常姿勢，但一股像是被壓到眼前牆壁上的特殊壓力卻在此時朝他襲來。

他發出含糊的慘叫，這股壓力讓他一下子清醒過來。剛才感覺到的是慣性——只要是騎操士都會覺得很熟悉的感覺。只不過，剛才的慣性比他記憶中的還來得更加強烈。那麼，這裡就是幻晶騎士的駕駛座了。想到這裡——迪特里希・庫尼茲想起了記憶中最後的光景。沒錯，那個矮小學弟出現在他眼前，然後——

他慌張恢復正常姿勢，從座椅後方抬起頭，第一眼看到的就是幾乎填滿整個幻象投影機屏幕，而且正朝自己逼近的貝西摩。

「嗯嘎啊啊啊啊啊啊啊啊啊!?」

也不能怪他會不由得發出這種像雞被扼住脖子似的慘叫吧。畢竟剛清醒過來，第一眼看到的就是最凶惡巨獸的臉部大特寫。冷不防從座位後方響起的大慘叫就連艾爾也嚇了一跳，不小心操作失誤。

「慘了！嘿！咻！」

勉強修正差點跌倒的姿勢後，古耶爾滑進衝過來的貝西摩左側，有驚無險地躲開了。艾爾拉開距離，趁貝西摩再次轉回來的同時重新站起，同時瞥了後面一眼。

「欸——學長早。現在正是生死交關的情況，可以的話請您安靜一點。」

聽到與他平靜的語氣完全相反的內容，迪特里希吃驚得連嘴都闔不上。雖然這話聽來言之有理，但他卻想不通應該早就逃走的自己怎麼又回到這裡，滿腦子充滿了疑問。

「你……你！居然……你瘋了嗎!?不，說起來，你為什麼要戰鬥!?」

他還想連珠炮似地繼續提出質問，卻因為古耶爾又跑起來而不得不閉上嘴。

貝西摩的凶惡臉孔填滿了整片幻象投影機的螢幕。巨獸散發出比他逃走之前更凶惡的氣息，那不是想趕走障礙物的程度，而是翻騰著貨真價實的殺意大殺四方。古耶爾以原本身為騎操士的迪特里希也未曾體驗過的猛烈速度奔跑，不斷險險地躲開巨獸的攻擊。看了眼前這死再多次也不意外的光景，他顧不得體面，真想乾脆哭出來算了，但他拚命壓下聲音，咬緊牙關，用一副幾乎快翻白眼的悲壯表情忍耐著。原因無他，要是他多說了什麼讓艾爾操作失誤的話，古耶爾很可能真的就這麼玩完了。

（這是……什麼!?怎麼回事!?難道是對我一個人逃跑的懲罰嗎？）

雖然他不會知道，但由於倖存的機體不是被破壞，就是撤退了，目前留在這裡的只有一架古耶爾而已。說來諷刺，現在的情況與他逃跑時正好完全相反。再說，只要駕駛機體的艾爾繼續戰鬥，他就不可能再次逃走。

（看來我是註定逃不掉了……他帶著我到底想幹嘛？要我把這場戰鬥看到最後嗎？要我這個……丟下同伴的人看著嗎！）

因為想丟也丟不得——迪特里希再怎麼樣也想不到事實會是如此，而巨人與巨獸不顧他的動搖，兩者間的戰鬥還在持續。

貝西摩靠著強韌力量的一擊粉碎大地，破壞性的龍捲吐息將樹木吹得連根拔起。這些攻擊就算只是被擦過也足以致命，但古耶爾——現在駕駛的矮小少年甚至愉悅地東閃西躲，還能瞄準巨獸四肢進行反擊。

迪特里希剛清醒的時候因恐懼而徹底失去冷靜，不過現在終於恢復平靜，開始對與之前不同的另一件事產生疑惑。教人難以置信的是，這名少年駕駛的古耶爾雖是採取守勢，但仍與巨獸鬥了個旗鼓相當。正因為他曾是古耶爾的騎操士，才更能理解這有多麼令人難以置信。這架機體性能平平，萊西亞拉騎操士學園的實習機原本就全是些二線等級的貨色，從其他高等部的幻晶騎士全都無法與巨獸抗衡，也能明白此事。

真要說有哪裡搞錯了，問題也是出在這名騎操士身上。他也認識這個偶爾會出現在騎操士學系的矮小一年級生。要是在平常，他根本不會相信這麼嬌小的少年居然擁有如此出色的駕駛技術吧。然而，事實上他卻能巨獸奮戰，一步也沒有退讓。

（太厲害了，不對，這根本不足以形容。這顯然很『奇怪』！……可是我……我們想活下來，就只能讓他繼續戰鬥下去了……！）

迪特里希雖然曾一時沉入絕望深淵，卻又從眼前光景中看出了希望。同時，這也給這名原本敗給了自己的懦弱少年帶來一份強烈憧憬。

在迪特里希眼裡，古耶爾和艾爾像是在打一場很有把握的仗，但說實話，他們並不是那麼游刃有餘。有兩個大問題開始逐漸壓迫現況。

首先就是古耶爾的魔力儲蓄量問題。通常幻晶騎士能發揮全力戰鬥的時間，最長也不過一個小時，超過的話，魔力供給量將趕不上消耗量，無法發揮足夠性能。而從古耶爾開始戰鬥起已經超過兩個小時，這表示它在超過平常一倍時間的情況下，仍是以高速模式繼續戰鬥。

這都多虧艾爾徹底掌握了系統的精準控制技巧。魔法術式的最佳化降低了必要的魔力消耗，而限制沒有使用到的結晶肌肉來驅動，亦節省了能量。此外，他並不是一直讓古耶爾運轉，而是在運作中不時『換氣』補充魔力。他的動作乍看之下很劇烈，但從他決定打持久戰起，就在暗地裡將消耗壓縮到極限了。

可是，他依然做得不夠徹底，魔力儲蓄量正跌破最高峰時期的一半。如果依這步調繼續戰鬥下去，能戰鬥的時間樂觀估計大概也撐不到兩個小時吧。

第二個問題則是武器的損耗。

經過兩個小時不斷攻擊貝西摩的結果，古耶爾的劍刃捲起，變得千瘡百孔，讓原本就不易穿透的攻擊更幾乎無法穿透。他的武器雖然還有魔導兵裝，但由於古耶爾裝備的風之刃不適合集中一點的攻擊，因此很難派得上用場。

艾爾一度想過要自己構築戰術級魔法，不過他再怎麼厲害，要同時控制幻晶騎士並構築魔法術式——還是戰術級的魔法，負擔還是太大，於是只好打消念頭。他的鬥志完全沒有衰退，但攻擊手段不足這點令他無能為力。

（早知道會這樣，真想像刺蝟一樣帶著好幾把劍呢。）

即使心裡很不痛快，艾爾仍然沒有改變戰鬥方式，應該說無法改變。古耶爾不得不以閃避為主，直到找出致勝的機會為止。

戰鬥持續的期間，連迪特里希也注意到反擊的頻率在漸漸下降。如果單純以生存為主要考量的話，以閃避為主是沒什麼不好，只不過會敗在耐力差距上。考慮到他們早晚都會逃離這裡，應該要趁現在攻擊巨獸的腳，削弱牠的機動性吧。而且，以艾爾的駕駛技術來看，反擊是很有可能的。儘管如此，他從剛剛開始就錯過了好幾次攻擊機會。

（為什麼不反擊……！光是這樣逃跑，只會愈來愈無路可逃！）

只能在一旁看著的他心中的焦躁程度愈來愈高，身為騎操士的他很清楚，幻晶騎士的戰鬥時間並不長。因此他著急地看準時機，趁著閃避的空檔問艾爾：

「喂……喂，艾爾涅斯帝，你好像從剛才開始就一直沒有反擊，出了什麼問題嗎!?」

之前一直很安靜的迪特里希突然發問，讓艾爾稍微嚇了一跳，不過還是跟他解釋了目前的情況。

「貝西摩太硬，劍都變得破破爛爛的。攻擊已經無法對牠造成傷害了。」

迪特里希瞥了一眼映在幻象投影機一隅的劍，刀刃確實捲曲得厲害，完全鈍掉了。唔唔，迪特里希呻吟了一聲。

（得想辦法……想辦法找武器……都撐到現在了，豈能被幹掉！）

他從幻象投影機映出的情景中，開始拚命尋找可以用來代替武器的東西。操縱古耶爾的人雖然是艾爾，不過迪特里希也有辦得到的事。迪特里希終於主動回到戰場了，他的心就在自己也沒察覺到的時候發生了極大的變化，而他的行動將帶來意想不到的巨大收穫。艾爾雖然也是一邊戰鬥，一邊觀察四周，但由於他必須閃躲貝西摩的攻擊，所以無論如何注意力都會下降。因此，先發現『那個』的人反而是迪特里希，他在發現到的同時忘我地大喊：

「有幻晶騎士倒在那裡！去撿它的武器！」

艾爾只花了一秒把視線投向他所指的方向，看到有架先前倒下的幻晶騎士。艾爾當下明白迪特里希的意圖，在避開貝西摩的攻擊後就讓古耶爾加速，把姿勢放低到幾乎要擦過地面的程度，用盡全力猛衝，接著像是要直接挖開地面一般從倒在地上的機體中拔出劍來。由於高等部的騎操士們多半是以魔導兵裝進行攻擊，因此劍身幾乎沒有磨損，無敵的笑容再次回到艾爾的臉上。

「謝謝您，學長。只有武器的部分我一直沒輒呢。」

「不……不用謝啦，這樣就能繼續和貝西摩打了吧！」

艾爾馬上轉向貝西摩，重新觀察它的狀況。砍了無數次的腳上有好幾個地方在流血，這表示它所受到的損傷不輕。

「好了，魔力剩餘量低於五成。不毀掉一隻腳的話，就算逃得了一時，好像也會被追上呢。」

古耶爾舉起新劍，重新展開反擊。貝西摩雖然身軀龐大，但卻不擅長精密的動作，對上以速度與精準度為武器的古耶爾，根本就是遇上了天敵。

貝西摩靠著讓人以為無窮的體力，一味地橫衝直撞。雖然它不斷反覆攻擊，卻沒有一次命中。反倒是古耶爾的攻擊確實地給巨獸持續帶來傷害。貝西摩腳上的傷已經到了無法繼續無視的地步了。所謂滴水能穿石，一隻眼睛和四肢都流著血，連要塞魔獸貝西摩的動作也開始慢了下來。

接著，又是迪特里希先發現了那件事。

艾爾聽到背後傳來的驚叫聲，也迅速環顧四周。看到了許多幻晶騎士。就算只瞥了一眼也不會看錯，那些是在弗雷梅維拉王國等同幻晶騎士代名詞的『加達托亞』。它們正分散開來，將古耶爾和貝西摩團團圍住。兩人確認過它們的機種以及隨風飄揚的旗幟後，立即明白了它們的身分。

「加達托亞!?啊，啊啊……那個旗子……是揚圖寧守護騎士團！這樣啊，終於有救兵來救我們了啊！」

（現在出現啊……比我預計還快一點，還以為要再過一陣子才能和逃走的大家會合呢。）

艾爾迅速思考下一步行動。古耶爾是還能打沒錯，不過魔力儲蓄量跌破三成，魔力已經很吃緊了。既然騎士團抵達，繼續爭取時間也沒有意義了，應該老實地交給騎士團，然後退場才對。只靠一架古耶爾火力不夠看，如果有這麼多戰力應該就夠了吧。不同於之前對抗巨獸只能爭取時間，能『打倒』它的時刻終於到來了。

巨獸對周圍的情況毫不在意，至今仍固執地攻擊古耶爾。艾爾輕輕躲開，開始引導貝西摩轉向背對騎士團的方向，然後立即從它眼睛瞎掉的左側穿了過去，奔向騎士團的陣形。騎士團大概看清了古耶爾的動向，紛紛開始架起魔導兵裝。

巨獸眼中至今仍只有那個可恨的紅色人影，而牠終於要被引入決戰舞台了。

時間回溯到他們迎接決戰的稍早之前。

有數騎人馬不走東弗雷梅維拉街道的石板路，反倒躍入街道旁的森林，飛奔而去。這批人馬是揚圖寧守護騎士團的斥候部隊，他們的任務是要趕在主力部隊之前，深入克羅克森林進行偵查，確認目標物貝西摩的狀況。

從街道進入森林後不久，就發現林木分布的密度提高。一行人進入真正的森林之中。從街上搭馬車，要花上半天左右才能到這個被稱為克羅克森林的地方，但獨自騎馬前往所需的時間就更短了。貝西摩的位置比學生們剛撞見牠時還更接近街道，因此斥候部隊沒花多少時間便完成偵查，回到主力部隊。

「是嗎？這樣的距離幾乎可說近在眼前了……貝西摩沒有走上街道，真是不幸中的大幸。」

聽完斥候的報告，揚圖寧守護騎士團長菲利浦・赫爾哈根喃喃說道。他雖然已做好覺悟，視貝西摩的進攻情況，眾人或許得在街道上開戰，但他似乎是多慮了。接著再聽到斥候的另一項報告時，他的臉上表情略顯僵硬。

「學生之中已有三架機體被納入保護，還有一架仍在戰鬥中啊……」

因為古耶爾闖入而脫離現場的高等部幻晶騎士，在退到街上之後接受了騎士團的保護。其中特蘭德奧凱斯和另一架機體因為疲勞與損傷都非常嚴重，已經以殘破不堪的狀態送到後方進行修繕。剩下的厄爾坎伯受到的損傷相對較輕，因此只簡單進行補強後便重新加入戰場。

尚且處於戰鬥狀態的機體，指的就是古耶爾。斥候部隊看到紅色騎士時，它正以令一般幻晶騎士都感到汗顏的攻勢進行戰鬥。斥候們不曉得該如何報告這件事，猶豫不決的結果下，他們就只有報告巨獸的位置，以及還有機體在戰鬥這項事實。

菲利浦、戈德菲依報告內容擬好作戰方針，下達命令給全體騎士團。他們的作戰如下：首先分散成中隊單位（九架機體）以環狀陣勢包圍目標。從實際戰鬥過的學生口中得來的情報，可以判斷出與巨獸近距離戰鬥對他們而言也很危險，於是將目標設定為以魔導兵裝的波狀攻擊為中心的遠距離攻擊，藉此盡可能對魔獸造成打擊。

當然，他們也預想到貝西摩可能會以衝撞或龍捲吐息進行反擊，只是眾人原本就不期望能夠毫髮無傷地打倒巨獸，反正最壞的打算就是把被盯上的分隊當作誘餌，阻止魔獸移動，然後趁那段時間一舉擊破——騎士團抱著堅定的必死決心，前往森林。

巨獸的咆哮使林木為之顫慄。

騎士團在展開包圍作戰時，巨獸只是在原地轉來轉去，狀似痛苦掙扎地暴動著，幾乎沒有移動半步。他們對此心生疑惑，等到清楚確認原因之後，一群人不約而同地陷入啞口無言的狀態。他們看到一架紅色幻晶騎士以令人難以置信的速度奔馳，而巨獸一隻眼睛狂噴著血，發出憤怒至極的咆哮，對那紅色身影窮追不捨。

「那、那是什麼……」

巨獸只需一擊便可以粉碎幻晶騎士，紅色機體卻利用速度優勢把牠耍得團團轉。就連騎士團中技巧首屈一指的騎士團長，也不確定自己是否能像那樣高速移動，眾人不由得發出佩服的感嘆。這才理解巨獸之所以會在原地徘徊，是因為牠一味地追逐紅色機體的緣故。牠過於專注眼前的敵人，甚至對周遭狀況的變化都毫無所覺。

這對他們而言正是絕佳良機。

忽然，紅色機體察覺到騎士團的存在，停止奔跑。下一瞬間，便誘導貝西摩背對騎士團，隨後就直接穿越巨獸的側腹往騎士團的方向奔去。立刻理解其用意的菲利浦向全軍發布指令：

「紅色騎士……謝謝你了！別放過這個機會！所有人架好火焰長槍！」

收到菲利浦把劍高舉然後下達的號令，加達托亞全體一致地準備好魔導兵裝『火焰長槍』。他們的目的是在包圍之下齊力進行法擊，這是利用數量所衍生的壓倒性多數攻擊。

紅色機體完全沒有放慢那迅雷不及掩耳的速度，才剛看到它抵達騎士團的所在位置，一晃眼又穿過那包圍陣形來到後方。彷彿與它的奔走之勢交替一樣，菲利浦在此刻揮下手中的劍。

「全員，開始法擊！」

像是對這信號早已迫不及待似的，火焰長槍以貝西摩為目標齊力噴出火焰。尖銳的發射聲餘音未衰，就看到空中掠過無數道火線，全都襲向位於包圍陣形中央、形同小山的巨大怪獸。

無數火焰長槍突如其來地刺向滿腦子只顧追逐紅色騎士的貝西摩。屬於戰術級魔法的火焰長槍炸裂開來，竄起熊熊火柱，貝西摩的巨大身軀轉眼間就被火焰包覆住，在森林一隅綻開一朵紅蓮。火舌徹底吞沒了巨獸的身影，可見火勢之大，內部情形則無法探知。儘管如此，騎士團並沒有放緩攻勢，持續發射火焰長槍。

穿過騎士團的古耶爾，列位在隊伍後面一隅，讓機體稍事休息，並進行魔力儲蓄量的回復。順利熬過一場激戰的機體顯得相當疲乏，持續全力運轉的魔力轉換爐發出尖銳嘈雜的噪音。

「……太好了！幹得好啊！怎樣，怎樣啊？死魔獸，這就是我們守護騎士團的力量啊！哈哈哈哈哈哈哈哈！」

聽到座位後面的迪特里希發出狂笑，艾爾雖然皺起了眉頭，但還是毫不鬆懈地觀察眼前的煉獄。火焰長槍目前依然持續進行攻擊，火焰焚燒的規模逐漸增強，好像在燒毀一切之前不打算罷休似的。這般強勁的攻擊，就算是以防禦力自豪的貝西摩應該也無法全身而退。

（不過，牠也不是這樣就能解決的對手啊……）

雖說情勢不可能依艾爾涅斯帝的想法改變，但原本充斥著火焰的空間卻突然發生變化。至今為止都只是轟隆隆地旺盛燃燒的火焰，開始出現猶如旋渦捲動的模樣。不對，產生旋渦的不只是火焰，更正確的說法是，四周空氣全都宛如旋渦般地開始瘋狂流動，將火焰捲入其中，一轉眼就直逼成為火焰龍捲風的狀態。騎士團眼見狀況不對，也擺出警戒的姿態，但依舊沒有緩下攻勢。

火焰龍捲風的動向終於有了改變。就在下一秒，它化身為一條蜿蜒的火炎長蛇，蛇首掃向持續攻擊的騎士團。

不必多想，就知道這是貝西摩的龍捲吐息。這巨獸應該沒有聰明到利用風勢捲走火焰，然而挾帶火勢的龍捲風變得更為凶駭，終究還是襲向騎士團。

「那、那是什麼！」

痛苦掙扎的火炎長蛇對著騎士團吐信，原本是由他們釋放出的火焰盛大地散落到周圍。幸虧騎士團原本就保持距離進行法擊，龍捲吐息對他們而言並沒有足以致命的威力。儘管他們早已掌握了龍捲吐息的存在，卻沒料到貝西摩能在那團火焰之中釋放出來，騎士團受到相當大的震撼，陣形也開始傾頹。

隨著陣形一隅的潰散，火焰長槍的攻擊也暫緩了下來。貝西摩像是察覺到這一點似的，踢開殘留在現場的火焰，龐大身軀同時躍起，衝出火場。甲殼在能熔鐵的煉獄中烘過後，如今各處都散發出高熱，巨獸身上可以看到不少的創傷。而四肢被古耶爾砍出的傷口，在經過烈火洗禮之後更是燒成潰爛，照這樣整體看來，巨獸承受到的損傷想必相當嚴重。

實際上，貝西摩的動作也明顯比一開始遲緩許多，儘管如此，牠畢竟是被稱為耐久性超群的魔獸。巨獸的突襲之勢，已經足以沖散正在重振旗鼓的騎士團了。貝西摩的巨大身軀闖進正在重整隊形的中隊正中央，因為隊形還在重整的關係，騎士團的行動變得遲鈍，因此也造成更大的災難。巨獸的行進路線上有好幾架機體被撞飛，倒地的機體更是被毫不留情地踩扁，變成一塊又一塊廢鐵。

也有幾架機體試著迎擊。因為高溫而變得脆弱的甲殼雖然能用劍砍削，但是在斬到內部之前，劍身就已經扭曲變形、粉碎消散。就算牠已經負傷，巨獸和幻晶騎士之間的近距離戰鬥能力實在有著令人絕望的差距，眼看著一個中隊的騎士團就這樣被逼到走向毀滅的絕路。

雖然騎士團早已有犧牲的覺悟，但是他們畢竟無法對著明知會牽連到同袍的位置進行法擊。於是，零零散散的法擊停火，他們的『王牌』終於現身。

「第二、第四、第八中隊，準備『大鎚』，預備！」

菲利浦搭乘的騎士團長機『索爾德沃特』甩了一道劍花，他的號令讓戰場轟然雷動。他們原本就是抱著犧牲的覺悟來到這個戰場，趁著如今戰況發展為近距離攻擊，迫使巨獸停止移動，這下子他們的王牌終於要亮出來了。

抱著巨型武器的幻晶騎士像是要左右包抄貝西摩一樣開始奔走。它們拿在手中的是需要四架幻晶騎士才搬得動的『大型魔獸用破城鎚』——說穿了，不過是將巨大金屬塊作成類似木樁形狀的東西罷了。

但正如其名，需要用到四架幻晶騎士才能打樁的破城鎚，擁有連堅固的城牆都可輕易撞碎的破壞力，簡直就是為了對付有要塞之稱的魔獸所準備的王牌武器。

破城鎚可以說是威力十足的決戰兵器，但以武器而言卻有著『笨重』這個巨大的缺點。因為它是屬於將重量轉變成破壞力的武器類型，所以必須動員四架幻晶騎士，又因為它的體積龐大，進退收放極其不易。想擊中魔獸，就必須先困住魔獸的行動。正因為如此，騎士團才會趁著巨獸停止前進的期間，將這張王牌投入戰場。

破城鎚的問題點早在事前就告知所有的騎士團團員，現在正與貝西摩交戰的中隊也不例外。他們明知自己撐不了多久，卻仍是一步也不肯退，甚至還釘住貝西摩不放，就只為了阻止巨獸的行動。

抱著破城鎚衝過去的加達托亞也看得到這幅景象。坐在駕駛座上的騎操士緊握住操縱桿，力量強到讓操縱桿發出哀鳴，以恨不得立刻撞上去的氣勢一腳踢上踏板。這的確是抱著有所犧牲的覺悟而進行的作戰。就算如此，面對蹂躪同伴的魔獸而引發的憤怒並不會因此有所收斂。

破城鎚部隊在奔跑的同時放聲大吼，也算是為了回應同伴的犧牲。

進氣裝置拖曳著激烈的氣流，演奏出高聲的嘶鳴，加達托亞發揮趨近極限的速度往前衝。眼看與巨獸的距離逐漸縮短，彷彿進入山壁陰影似的，第一根破城鎚抵達貝西摩的身邊。原本那就不是用來瞄準細部位置的武器，因此他們憑藉著衝勁瞄準了側腹這個最巨大的部位，抬起破城鎚撞了下去。

需要由四架幻晶騎士才能擔負的重量所產生的破壞力，只有驚人這個詞足以形容。也許是因為甲殼受過火焰灼燒，強度不如先前，破城鎚乾淨俐落地貫穿貝西摩的甲殼，刺進牠的腹部。

一瞬間，彷彿發生地震般，貝西摩的巨大身軀震動了起來，下一秒牠就發出了比眼睛受傷時更為痛苦的咆哮，響徹周遭。仰天發出的咆哮撼動大地，被破城鎚刺穿的腹部不停噴出大量的血。

「好！對付大型魔獸用的破城鎚確實有效！趁現在繼續攻擊，給牠致命的一擊！」

騎士團之中歡聲雷動。他們瞭解到破城鎚雖然不好使用，但其威力卻足以對付師團級魔獸。帶著破城鎚的部隊還有兩批，這時候也快要抵達巨獸身邊。巨獸如今還在痛苦呻吟，別說是避開破城鎚，似乎就連察覺也辦不到。剩下的兩批部隊所瞄準的目標是另一側的腹部及頭部。如果能直擊這兩個部位，不管牠是什麼要塞魔獸，也肯定會受到致命傷。騎士團絕大多數的人這時都確信勝利的到來；背負著全軍的期待，一心只想著不將巨獸擊潰不行的破城鎚部隊，已把距離縮到最短。

這時，原本發出痛苦呻吟幾乎昏厥的貝西摩卻突然朝下看。不僅騎士團的人，就連艾爾也不明白這動作的用意，只覺訝異。抱著破城鎚衝鋒的加達托亞更是無法察覺——

貝西摩全力朝下噴射龍捲吐息。在地面極近距離捲起的暴風，狂亂地刨挖大地，在狹小的範圍內噴出的大氣吹出一陣飛沙走石，同時爆炸開來，眼看就要命中的破城鎚部隊哪還有閒暇去避開這樣的變故。瞄準頭部的部隊被漫天亂舞的岩石打中後，捲入爆炸之中，隨著地面一同粉身碎骨。

更令人難以置信的是，貝西摩用自己的腹部承受爆炸及龍捲風產生的所有衝擊力，再利用這股力道『站起身子』。所有維持包圍陣形的騎士團團員均愕然地凝視幻象投影機中映照出來的景象，貝西摩那全長將近八十公尺的巨大身軀，有著超乎想像的龐大重量，如今前腳竟完全騰空，站了起來。這過於超乎想像的情況讓所有人的反應都慢了一拍。

「糟、糟了！危險，大家快逃！」

在菲利浦如此大喊之前，瞄準腹部往前衝的部隊雖然對突發狀況感到混亂，但也已經嘗試著迴避。然而，他們手中抱著破城鎚這個奇重無比的武器，直到方才還在盡全力奔跑，腦子裡可完全沒想到必須緊急撤離，仍在加速的機體還是無法停止前進。

貝西摩的巨大身軀順從重力的吸引，瞄準他們撲倒下來。巨大魔獸的重量所產生的破壞力連破城鎚都無法比擬，在牠著地的瞬間，四周引發了小規模的地震，受到那身軀撞擊的地面破碎凹陷，岩石宛如散彈一般飛到四面八方。地面的煙塵噴發到高空中，籠罩整個巨大身軀。

未能及時逃脫的破城鎚部隊紛紛支離破碎，原為金屬塊的破城鎚甚至被壓得扁平，應該抱著它的幻晶騎士已經面目全非。

這攻擊過於莽撞，使出這一招的貝西摩本身也非毫髮無傷。被破城鎚貫穿的腹部流出更大量的血，全身各處的甲殼也添了不少裂痕。從外觀雖然看不出來，但打穿強化魔法的衝擊想必已讓某些內臟器官遭受損傷，看來貝西摩已經被逼到絕境。

然而，騎士團的受到的損害卻更加嚴重。把一開始遭到攻擊的中隊算進去，騎士團大約有四成的戰力被消滅，四處飛散的岩石更讓其中兩成騎士受到中等程度的破壞。而且，失去了奉為王牌的破城鎚，大大地重創了騎士團的信心。原本期待為必殺技的攻擊竟然被破解，這樣的衝擊反而更是給予他們的內心嚴重打擊，比原先還高漲一倍的緊張感籠罩住騎士團。

加達托亞架起的火焰長槍喀搭喀搭地顫抖著，駕駛座裡騎操士的動作不知不覺間傳達到機體上。不只是巨獸的力量，就連其本身的存在所帶來的壓力也慢慢地脆化了他們的心。

「……」

古耶爾在騎士團後方看到這一連串攻擊，機體中的迪特里希無聲地顫抖著。就連犧牲了一部分的守護騎士團所使出的必殺技，都在那股力量之前瓦解，他們究竟能不能打倒這隻魔獸？他心中那慷慨激昂的鬥志急速消退。事實上，貝西摩的損傷也絕對不輕，但親眼見到原本堅信不移的力量沒有起作用而心生動搖的他，已經沒辦法做出冷靜判斷。讓顫抖不已的迪特里希恢復正常的，是從前面座位傳來的低語，那聲音中蘊含了勃然大怒。

「……不可原諒……」

迪特里希只看得到坐在位子上的艾爾涅斯帝那頭銀髮，但是依然很容易就理解到他身上散發出極不尋常的氛圍。

「竟敢在我面前破壞機器人！」

「咦？」

「可以破壞機器人的……就只有機器人而已……」

「咦咦!?」

艾爾一邊嘟噥著迪特里希完全無法瞭解的理由，一邊讓古耶爾站起身。他雖然露出淡淡的微笑，藍色眼眸中卻閃耀出不同於以往的光輝，散發出宛如惡鬼的氣魄。像是在呼應他的怒火似的，古耶爾的進氣裝置發出更大的噪音，供給的魔力遊走遍布全身的結晶質肌肉，被鋼鐵鎧甲包覆的身軀充滿力量。

魔力儲蓄量的殘量超過五成，握在手中的劍也還能用，機體並未受損。

紅色騎士往前踏了一步，化身為惡鬼的艾爾即將再次回到戰場上。紅色幻晶騎士以巨獸為目標走上前去，沿途可以聽見被艾爾拖下水的共乘者發出的長長悲鳴。

在濃濃瀰漫的煙塵中，陸皇龜緩緩地爬了出來，牠的身子已經可以說是千瘡百孔，卻還能夠行動，耐力實在值得驚嘆。師團級魔獸果然深不可測。

如果冷靜觀察的話，或許就能發現那已經是最後的奮力一搏了。不過，士氣遭到摧毀的騎士團看到眼前的貝西摩還能行動，讓他們登時鬥志全失。雖然發射火焰長槍的法擊來應戰，但零零散散的攻擊卻發揮不了十足的效果。甚至破壞不了已經脆弱不堪的甲殼。不僅如此，騎士團本身的包圍也被貝西摩的移動壓制住，瀕臨瓦解。

面對眼前的情況，身為騎士團長的菲利浦心中升起強烈的危機感，他從剛才開始就下達了無數指令，但要想重振一度低落的士氣並不容易，他只能愈來愈焦慮。突然，有一陣鮮明赤紅的風穿過即將瓦解的鬆垮包圍。

紅色幻晶騎士在那群加達托亞乏善可陳的金屬原色之中，顯得更引人注目。它就這樣一直線朝著貝西摩急奔而去，沒人來得及阻止。

「你啊那是不可能的啦完蛋啦辦不到啦有騎士團在逃不掉啦啦啦啦啦啦啊啊啊啊啊啊啊

啊啊啊啊啊!?」

操縱古耶爾的艾爾沒有停下來多看騎士團一眼，迪特里希那莫名其妙的尖叫也沒傳入他耳內，他的深藍色眼眸只是筆直地捕捉了貝西摩的身影。

將騎士團拋在腦後，往前狂奔的古耶爾逼近貝西摩。貝西摩儘管滿身瘡痍，但當視野又捕捉到殘留在記憶裡的紅色人影時，牠再度高聲咆哮。不管身上鮮血汩汩直流，甲殼快要碎裂，只顧著移動四肢。

雙方的距離在一瞬間縮到最短。

戰況依然對速度上佔優勢的古耶爾有利，何況貝西摩的甲殼上七橫八豎地添了許多剛對戰時未曾見到的龜裂，原本自負的防禦力此時已露出破綻。紅色機體化為疾風，藉著速度一劍又一劍地劈向貝西摩。揮出的劍身精確地劃過一道裂痕，發出堅硬的金屬聲且迸出火花，只見甲殼的碎片飛落在地。

「揮劍也有用！這表示敵人快到極限了！」

古耶爾以滑走般的步法一邊砍殺，一邊回身反轉，順勢再次撲向貝西摩，原本以迴避為主的動作轉為攻擊。到了此刻，兩者之間的攻守儼然開始逆轉。

被魔獸壓制住氣勢的騎士團員看到這幅光景，受到莫大的衝擊。在他們的眼中，古耶爾是架由萊西亞拉騎操士學園的學生所駕駛的機體。比騎士團員還年輕的學生，面對令人畏懼的巨獸至今還能未減鬥志挺身而出，而且果敢地出手攻擊，乍看之下根本是在逞匹夫之勇。但正因如此，那個身影才會比幾萬句話還有振奮人心的效果，傳達到騎士團員的心中。

「各隊，再度組成包圍陣形！隊伍重新排列！再次發動攻擊！」

騎士團員對親眼見到巨獸的力量而洩氣的自己感到可恥，於是更加奮勇向前。恢復士氣的部隊迅速重整隊形，構築起以貝西摩為中心的環形包圍網。各中隊在持續移動的同時，盡力避免牽連到在極近距離下戰鬥的紅色機體，開始進行法擊支援，以達成阻止貝西摩移動和對牠造成傷害的目的。

紅色騎士的劍削落魔獸的甲殼，火焰長槍的圍攻釘住牠的腳。巨獸的攻擊被封住，牠反倒成為被攻擊的箭靶。

情勢一舉逆轉，接下來換貝西摩被逼上絕路了。騎士團的士氣隨情勢更加高揚，古耶爾則更是盡情地來回奔走。巨獸的身體終於面臨極限，甲殼開始連鎖性崩壞，流出的血多到讓地面成為一片血地泥濘。任何人都能一眼看出，巨獸沒有殘餘任何抵抗能力。

但是，誰也沒有想像到的一頁結局卻唐突地被翻開。

一股壓得人雙腿一軟的感覺，冷不防向艾爾和迪特里希襲來。正當艾爾要讓古耶爾反轉身子進行迴避，兩腳一用力時，單腳的力量卻突然消失，姿勢大幅傾斜。一股強大的力道拽著紅色騎士往地面一倒，緊接著古耶爾的紅色裝甲便扭曲剝落，飛散在半空中。

「這是怎麼回事!?」

艾爾慌忙之中仍操控住古耶爾，讓它滾了一圈後，以像是要釘入大地的力道往下施力，這才勉強穩住姿勢，膝蓋跪地的古耶爾好不容易總算恢復安定。

「既沒有被貝西摩攻擊到，那是如何受傷的……」

雖然情況出乎意料，但艾爾依然迅速調查起機體狀況。由於摔倒在地，雖有幾處裝甲破損，離致命傷也還遠得很。艾爾試圖站起身子，卻發現腿部的反應異常遲鈍，他再次蹲踞在地。

他轉動機體的頭部確認腳上情況，發現各個關節都異常地不協調，裝甲縫隙間甚至掉落出結晶肌肉的碎片。

看到這裡，艾爾終於領悟到狀況，這並非受到攻擊的關係。艾爾的直接駕馭讓更精密的控制化為可能，而且自由度比慣例的操縱方法更加提升。相反地，他所要求的高度機動戰術卻讓古耶爾的機體再也不堪負荷。

再者，這場歷時極長的戰鬥已經大幅超越了一般幻晶騎士的戰鬥時間，也令它累積了過重的負荷，其中負擔最大的腿部到了此刻終於超過極限，開始損壞。如果是生物的話，或許能透過痛覺之類的形式讓人提早發現異常。但是屬於機械的幻晶騎士並沒有回報異常的功能，直到超出極限、發生毀損之前沒有任何方法可以得知。

艾爾緊緊皺起眉頭。至今為止讓艾爾和古耶爾佔上風的不外乎那傑出的機動性。腿部毀壞，徹底失去機動性的現在，已經不可能繼續戰鬥了。留給艾爾的選項就只有丟下機體，逃出生天而已。

況且，能夠讓他煩惱目前狀況的時間已經所剩無幾。貝西摩還是一樣，已經邁步衝向可恨的紅色機體。

騎士團發射出的火焰長槍有如雨下，想拯救突然跪地不起的紅色機體，但還不足以制止巨獸的腳步。貝西摩僅剩的右眼憤怒得布滿血絲，嘴裡更冒出憤怒的吼聲。千瘡百孔的甲殼、依然流淌不止的血等等小事根本不足以為意，魔獸帶著粉碎一切的氣勢往前衝去。牠的速度已經慢上許多，但對於目前無法動彈的古耶爾而言，那就是宣告死亡的存在。

（沒想到會在這種時候故障啊……真的很可惜，不快點逃脫不行。）

以他的能力，只要捨棄機體，就能夠逃出巨獸衝撞的範圍外。

（沒錯，只有……只有我一個人的話。）

他辦得到，但他身後陷入恐慌狀態的迪特里希卻不可能。艾爾解開固定帶，瞪著映照在幻象投影機上的貝西摩。已經沒多少時間了，巨獸的衝撞想必會粉碎古耶爾。他的思考速度在一瞬間到達顛峰。

（在這裡把古耶爾、把學長丟下實在太對不起自己的良心了……但是，想從這裡倖存下來並不容易。）

他拚命思索各種可能性。艾爾涅斯帝能做到的事，迪特里希能做到的事，以及古耶爾能做到的事。

（……有個可以逃出生天的出口，但這是個賭注。機會只有一次，籌碼是性命……不過，如果說是和機器人共死的話，這種死法倒也能接受啊。）

機械宅的人生最好也不過如此。他沒有一絲躊躇，就採用了瘋狂至極的選項。也就是——拿命去對抗眼前的巨獸。

「學長，聽得到我的話嗎？」

艾爾的聲音平靜得可以說根本不符合眼前情況。在座位後方的迪特里希究竟能否聽進去他的話？他已經對眼前的恐怖感到絕望，氣喘吁吁地不斷喃喃自語。那副模樣已經不算正常了。

「你有聽到的話，請馬上和我交換，接手駕駛。」

艾爾的語調沒有改變，但是聲音中那與以往不同的異樣氣勢令迪特里希嚇得渾身發抖。

艾爾沒理會他，把整個溫徹斯特連同銀線神經全都拔起走上前去，幾乎要撞上幻象投影機。只留下無人乘坐的座位。

「已、已經沒救了！這時候我來駕駛又能怎樣呢……」

「能不能怎樣都無所謂。不想死的話，就請立刻坐到座位上。」

位。

迪特里希對這句『不想死的話』產生反應。就算已經瀕臨崩潰，他還是爬也似地滑進了座

「該……該死！這樣是要做什麼！到底能怎樣啊!?」

「我只說明一次，所以請你好好聽進去。首先……」

銀線神經的一部分隨著溫徹斯特被拔了出來，但還有幾條依然連在操縱桿上。在這個節骨眼上還是能以一般方法進行操縱。一確認迪特里希的手撫上操縱桿，艾爾便將對古耶爾的控制從自己的魔術演算領域之中釋放出去。

貝西摩已經逼到眼前。雖然牠身受重傷，被逼得走投無路，但那龐大身體還是有著壓倒性的魄力，巨獸的身影填滿了視線範圍內的所有角落。艾爾先深吸一口氣，緊盯住把幻象投影機完全塞滿的身影，然後開始集中精神。

他將自己所擁有的最強特殊能力『連幻晶騎士都能完全駕馭的龐大處理能力』發揮到淋漓盡致，以驚人的速度開始構築極大規模的魔法術式。其規模就如同戰術級魔法——與幻晶騎士所使用的類型相同，而且更加巨大。

從幼童時期就持續不斷訓練的他，擁有比一般人類還要強的魔力。但是那畢竟是以人類為基準的說法，還不到足以實行戰術級魔法的容量。即使他的處理能力可以構築術式，卻沒辦法使用戰術級魔法。不過需要魔力的話，現在就有個龐大的供給來源近在咫尺。沒錯，就是古耶

爾。

只靠幻晶騎士無法任意構築魔法。光就艾爾一人沒有足以使用戰術級魔法的魔力。互相填補彼此的不足，艾爾涅斯帝正是要採取這個前無古人的戰鬥方法。

「～～～……！～……??……！！！！」

迪特里希在自己都尚未察覺的狀態下鬼叫了一番。儘管恐懼讓他變得僵硬，他還是相信眼前的小個子少年，開始行動。

艾爾只是專心演算。製造出更為巨大，能夠保護自身，近乎極限的強力魔法。

貝西摩的腦袋就像一塊突出的岩石，為了粉碎古耶爾的機體逐漸進逼，兩者的距離近到可以仔細觀察表面上那一顆一顆的突起物。

之後的一切都在一瞬間發生。

古耶爾像是要抱住貝西摩一樣伸出兩手，並在手的前方製造壓縮空氣彈，但卻沒有將它發射出去，說穿了就是緩衝裝置。艾爾將自己在高速機動中最常當作緩衝材料使用的魔法「吸收大氣衝擊」擴大、實行在戰術級規模中。

他所建構出來的大氣屏障與巨獸激烈衝撞。原本就被壓縮的大氣，因為兩者之間的撞擊而被壓得更緊。一股經過抵銷卻還是強大無比的衝擊力朝著古耶爾襲來。這衝擊力把鎧甲擠歪，結晶碎片飛散出去。

「就是現在！往後跳躍——！」

艾爾雙眼驀然睜大，叫了一聲，聽到這聲音的迪特里希立即有所反應，他沒認真去思考指令內容，而是反射性地採取動作——伸腳朝踏板用力一蹬。古耶爾的腿部雖然毀損到不良於行的程度，但尚且完好的結晶肌肉還是忠實地遵從指令，竭盡最後的力量。

貝西摩已經撐開大氣屏障，眼看就要刺穿紅色騎士的身軀——這時古耶爾不顧一切地往後一跳。雖然腿部的結晶肌肉因此完全斷裂，不過也確實地完成了本身的任務。

「還沒結束！再撐著點！外裝硬化！」

艾爾的『作戰』尚未告終，他繼續在古耶爾前面的裝甲上形成硬化魔法。幾乎在同一時刻，貝西摩的頭部已經牴觸到古耶爾，眼看就是一記痛擊。

靠著大氣屏障削弱威力，利用後躍緩和衝擊，並藉由硬化魔法進行防禦。即使如此，也未能完全抵銷這記衝撞的威力，胸口的裝甲瞬間凹陷，周圍的裝甲破裂彈飛。駕駛座正面的幻象投影機零碎四散，看著眼前景象變成碎片四處飛散，艾爾不禁倒抽一口氣。

「沒想到做到這地步還是不夠……！」

拚盡全力做出的抵抗也被破解，讓他一瞬間萌生放棄的念頭。然而，最後有個小小的幸運降臨到他們身上——萊西亞拉騎操士學園所使用的實習機在目的上十分看重搭乘者的安危，身體部位的裝甲做得特別厚。被艾爾加上硬化魔法的前方裝甲就回應了這個目的，雖然歪陷得非常嚴重，卻還是承受住貝西摩的攻擊，徹底保護了搭乘者。

任誰都認為紅色機體的死期近了，但古耶爾卻像是懷抱住貝西摩的腦袋一樣，依然維持人形倖存在原地。貝西摩看著受到自己的衝撞卻沒有崩壞的騎士，心裡是怎麼想的呢？攻擊還在持續，貝西摩像在推著古耶爾似地繼續前進。

「……還能苟延殘喘的話。」

反擊的時機就會到來。

艾爾插手干預操縱桿的控制，開始操作古耶爾的部分機體。他碰觸的只有機體的右腕，指示它往上舉，然後往貝西摩的頭部揍下去。不管甲殼變得多麼脆弱，巨獸的身體也沒有柔軟到赤手空拳就能夠破壞。但是那隻手瞄準的並非甲殼，而是曾為左眼的部位。

插在那上面的是『斷了一半的劍』。艾爾讓古耶爾抓住那截斷劍，就這樣不顧一切地發動了儲存在全身結晶肌肉上的所有魔力。解除一切安全裝置，用上全部這時候還殘留在機體中的魔力，以他本身擁有的所有演算能力構築出最大規模的魔法。

「將軍！」

靜靜吐出這個詞的同時，過去在這個世界中未曾見過的大規模雷擊從古耶爾的手臂通過斷劍，直接擊中貝西摩的頭部。

貝西摩既然是生物，頭部裡一定有大腦。從眼窩射進去的雷擊傳導到視神經及血液中，直擊腦髓。非比尋常的電流蹂躪著貝西摩的頭腦，殘酷的電子流灼燒、破壞內部組織。等同於生命活動中樞的頭腦遭受灼燒，就算是巨獸也無力抵抗。

終於，陸皇龜嚥下最後一口氣。

尚未收勢的電流繼續燒毀神經，貝西摩抽搐了幾下，又猛力甩起了身子。一個動作就把抱住牠頭部的古耶爾拋了出去，狠狠摔到地面。古耶爾已用盡魔力儲蓄量，就連強化自身的構造都辦不到，摔倒在地面的衝擊力道就這樣把它分解，完全支離破碎。

——巨獸緩緩癱倒地面。

極盡肆虐之能事的強大魔獸迎接了牠的死期。異常壯烈、然後令人措手不及的落幕，任誰都一時說不出話。等到終於明白魔獸已經不會再動時，喜悅才一波一波地在騎士團之中蕩漾開。不需要經過太長的時間，就聽到他們歡呼出勝利的凱歌。

「……最後實在是太驚險了啊，一出錯搞不好就會變成肉醬。」

嚴重毀損的古耶爾模樣慘不忍睹。四肢自然早已脫落，還因為接合強化中斷的關係從金屬內的骨架開始分解，駕駛座周圍也瓦解，變得七零八落的。機體中沒有任何一片完整無缺的裝甲，紅色塗漆也只剩下東一處西一處。駕駛座也受到激烈震盪，但是被拋離的時候，艾爾施展自己的魔力以吸收大氣衝擊包圍周身，才得以平安無事。迪特里希因為反作用力而被座位壓住，處於就快要被壓死的前一刻，但是這總比變成肉醬還來得好吧。

雖然說這原本幾乎就是同歸於盡的行動，但能倖存也讓艾爾放下心來。他長長吐出一口氣之後，表情卻蒙上一層懊惱的陰影。

「……啊啊啊啊啊……四分五裂……古耶爾變得四分五裂啦……」

艾爾看也不看翻白眼昏死過去的迪特里希一眼，只為了偏離重點的煩惱頻頻搖頭。

「啊啊，不能只顧著傷心。古耶爾，我會把你修理好的，請你一定要等我喔！」

艾爾在心裡下了一個讓人摸不著頭緒的決定，然後離開半毀的駕駛座。

第九話　戰鬥之後

四周斷斷續續地響起彷彿枯木攔腰折斷般的轟然巨響。聲音來源是那堆猶如小山丘般的巨塊——陸皇龜的屍體殘骸。

貝西摩一死，魔力供給和身體強化魔法的維持就立刻斷絕。約莫超過八十公尺長的巨大身軀再也無法承受本身的重量，當場崩壞瓦解。戰鬥中被砍出許多道裂痕的甲殼崩塌，內部骨架一根接一根地碎裂，整體的高度也隨之緩緩降低。特別是重量集中的下半部軀體已完全支離破碎。

隨著巨獸應聲倒地，依然維持包圍陣形的揚圖寧守護騎士團當場便唱出足以撼動大地的凱歌，射出外型像騎槍的魔導兵裝——火焰騎槍，為迎擊巨獸所得到的勝利感到自豪。

騎士團的犧牲也很慘重。但正因為有人犧牲，活下來的人才要以最宏亮的歌聲來吟唱，如同將勝利獻給他們一般。

與歡聲雷動的騎士團有些距離的地方，有三架幻晶騎士正邁步前進。在絕大多數都是加達托亞的騎士團之中，這三架機種和它們外觀不同，在某方面來說可以說是相當吸睛的一群。

一架是騎士團團長菲利浦的專用機『索爾德沃特』，外觀比重視實用性的加達托亞來得奢華，加裝在外部的外套型追加裝甲更是讓它在集團中成為特別醒目的存在。

走在它身旁的是副團長戈德菲駕駛的『卡迪亞利亞』，這是以加達托亞為基礎，再全身補強一圈的機體。

另一架跟在它們後方前進的是萊西亞拉騎操士學園的實習機『厄爾坎伯』。以純白裝甲包覆全身，儘管模樣有些粗陋，但其勻稱的機身形狀還是能讓人感覺到不同於加達托亞的另一種機能美。

它們走過癱倒在地繼續崩壞的貝西摩旁邊，逐漸靠近眼前的物體。距離愈近，愈可以清楚看見上了紅漆的金屬片零亂散落在地面。

——散落在此地的是幻晶騎士古耶爾的殘骸。

菲利浦走在前頭，首先躍入他的視野範圍的是古耶爾的手臂。這塊骨骼部分已然毀損，被摧毀到原形未存的地步，三人斜眼看著這塊東西，一語不發地繼續前進，最後到達了主要目標的所在地。那是個失去了四肢與頭部的胴體部位，裝甲已經東一塊西一塊地剝離了，內部的結晶肌肉粉碎殆盡。構成胸腔的骨架塌下，整體樣貌扭曲變形。堅固強韌的正面裝甲更是變得歪七扭八，這模樣正訴說了它承受過多麼強大的衝擊。

（雖然不是沒想過……但看這情況，裡面的騎操士……想必沒有希望了……）

沒有人發出聲音，但心裡想的事都相去不遠。儘管大家都抱著一絲希望，但既然受到了連原狀都無法維持住的衝擊，根本就無法奢求內部的騎操士還能平安無事。

菲利浦和戈德菲沉默著，愣愣地望著幻象投影機上所映照的殘骸。隸屬萊西亞拉騎操士學園的高等部，為了保護學弟妹不受貝西摩攻擊，挺身戰鬥到最後的紅色騎士。比起因貝西摩的攻擊而潰不成軍的騎士團，它立於更接近第一線的位置，宛如一把熊熊烈火奮勇與巨獸周旋，然後在兩敗俱傷中倒地潰散。菲利浦思索著，駕駛這架機體的騎操士是名怎樣的人物？駕駛者應該是學生，倘若如此，他的將來該會是多麼前途無量？這人的操縱能力足以扳倒巨獸，還有著為他人賭上性命戰鬥的高潔精神，更擁有力挽狂瀾的強韌意志。可以說是騎士該有的三項理想資質，他完全兼備了。雖然從未與對方交談過，但對於這名果敢挺身迎擊巨獸、壯烈犧牲的英雄，菲利浦肅穆地獻上自己的默禱。

厄爾坎伯在三架機體之中走上前去，屈膝跪在古耶爾的身旁。

壓縮空氣的噴出聲響起，厄爾坎伯的正面裝甲開啟。艾德加站在裝甲上，安靜地凝視眼前的殘骸良久，最後還是沉穩地對它開了口：

「迪……雖然為時已晚，但我還是必須向你道歉……那時候，我還以為你拋下我們自行逃走了。」

不同於艾德加在敘述時故作鎮靜的語氣，他的表情因後悔而扭曲。

「那一瞬間，我自覺看錯你了……不過卻也同時能夠諒解。當時的狀況太過絕望，我對自己說『迪才不會配合我去應付那種狀況』。但是……你卻回來了。」

艾德加用力緊握的雙手在顫抖。

「然後……你……對不起，迪特里希。我怎麼也想像不到你為何要隱瞞自己擁有如此強大的力量。儘管如此，是你犧牲性命救了我們……」

他的獨白被突如其來的爆炸聲掩蓋。緊接著，『古耶爾的』胸部裝甲就從他眼前高高地飛向空中。

飛出的胸部裝甲劃出一道拋物線，就這麼滾落到地面，發出叩隆叩隆的聲音。

三架機體的視線一同茫然地追逐著被炸飛的裝甲所行經的軌跡，接著才轉回看腳邊的殘骸。在他們呆若木雞時，瞥見前方有個矮小的身影從駕駛座露出臉來。

「哎呀哎呀，正面裝甲竟然會扭曲變形到打不開。這麼礙事，害我得費一番功夫才能到外面……咦？各位怎麼啦？」

「……啊？」

原本因為守護騎士團全軍出擊而進入戒嚴狀態的揚圖寧，現在正大開城門，迎接騎士團的歸來。凱旋而歸的守護騎士團隊伍井然有序，在城市的中央大道上緩緩而行。

貝西摩的侵犯警報隨著騎士團的出擊傳遍各地，原本因不安與害怕而嚇得渾身發抖的市民，毫不吝惜地對平安歸來的眾人報以掌聲及喝采。瘋狂程度簡直就像在戰爭中打了勝仗一樣，實際上，對抗貝西摩所得到的勝利確實有超過「打贏一場勝仗」的價值。

當某個物體隨著隊伍行進，終於穿過城門時，目睹的市民們紛紛為之譁然。那是遠比幻晶騎士的身軀還要巨大的魔獸腦袋——貝西摩的頭部。放在台車上被拖運的那顆頭，散發出壓倒性的魄力，就連沒有親眼見識過它移動的市民，也能清清楚楚地瞭解到這隻魔獸的威脅性。一時之間，沉默在觀眾之間蔓延，隨後爆發出比方才還增加一倍的歡呼聲。

每位市民都對打垮巨獸的守護騎士團讚不絕口，加深了他們對於守護者——騎士團的尊敬，揚圖寧的歡騰在這時候可謂達到顛峰。

距離騎士團行軍的中央大道稍遠的某個地方，有間咖啡店隔絕了城裡的熱鬧喧囂，安靜地棲身於此。絕大部分的市民都集合在中央大道上，店內閒得發慌。模樣看似是客人的就只有幾名少年少女，在這裡包含了與此次事件相關的人：艾德加、斯特凡妮婭、阿奇德、亞黛爾楚、以及艾爾涅斯帝。

「真是！你也未免太亂來了……」

艾德加嘆了口氣，放下手中端著的紅茶。他這句話算是幫在場的人（除了艾爾之外）說出心底的聲音。他在聽完艾爾輕描淡寫地說明他在這次陸皇龜事件中所採取的行動後，忍不住道出了這般感想。

「這樣反而讓人想同情『被無辜捲入』的迪啊……」

駭進魔導演算機後，直接控制幻晶騎士進行機動戰鬥。光聽到這些就足以讓一般有常識的人驚聲尖叫，休克而死。艾爾的說明愈詳細，艾德加就愈傷腦筋，斯特凡妮婭也睜大雙眼，臉上盡是掩飾不住的驚訝。奇德和亞蒂雖然也有點傻眼，但轉念一想，既然出手的是艾爾，他們也就莫名地可以理解。雙胞胎互相對看一眼後嘟噥道：

「看吧，果然把幻晶騎士搶走了。」

「你們兩個，『果然』是什麼意思啊？雖然事實是這樣沒錯啦。」

艾爾雖然模樣有點氣惱，但雙胞胎一瞪回去，他又心虛地別開視線。

除了艾爾以外，艾德加是這些人之中唯一實際駕駛過幻晶騎士的人。因此他在聽完艾爾的說明後雖然感到極為震驚，同時也覺得很能信服。在他的記憶中，古耶爾的機動性並沒有這麼出色，若沒有經過那樣的亂來，根本就不可能做到。不過即使事實都擺在眼前了，他還是一再搖頭，卻又突然想到一種可能。

「……艾爾涅斯帝，如果那時候迪沒有逃走的話，你打算怎麼做？」

「什麼都不做喔。那畢竟是半順應情勢下所採取的行動，或許會和大家就這樣搭著馬車逃走吧。」

艾德加的表情漸趨苦澀。如果那場戰鬥中沒有古耶爾在的話會怎樣？想必艾德加此刻沒辦法坐在這裡，而騎士團的損害也會翻個數倍吧。不僅如此，能不能打倒貝西摩也會成為未知數。毫無疑問地，這次的戰鬥榮譽勳章應該頒給眼前這位矮小的少年，但是這樣出色的功績卻也因為他本身的立場而讓事情變得複雜。艾德加緊咬嘴唇，打定主意進入正題。

「我們……高等部的倖存者，之後會去王都參加授勳典禮。」

嘴裡說著如此光榮的事情，艾德加卻總覺得無法釋懷。

「揚圖寧守護騎士團也會有人出席，八成是赫爾哈根大人和其他幾名作為代表吧。事關師團級魔獸的討伐，是值得向全國，不，還有向其他各國大肆宣揚的佳話。據說會是一場極為盛大的儀式。」

「的確如此，恭喜你們……話雖這麼說，您的表情看起來卻一點都不開心呢。」

「關於此次事件，恐怕會隱瞞紅色幻晶騎士的存在……也就是說，艾爾涅斯帝和迪的功績應該不會受到表揚。」

斯特凡妮婭依然是那副甚感虧欠的表情，眼神落在手邊的紅茶上。奇德和亞蒂略遲了一些才理解這句話的意思，轉頭瞪著艾德加。唯獨艾爾像是完全不在意一樣，淡然地點頭回應。

「果然是這樣啊。如果我這次是騎士團中的一員，或是高等部正式的騎操士，想必就不會有問題了吧。」

「喂喂，要是沒有艾爾在的話，事情就嚴重了吧!?為什麼不能在那裡接受表揚啊！」

奇德不禁起身抗議。斯特凡妮婭用眼神制止他，在吐出一口氣後，不疾不徐地開始說明：

「請冷靜一下。如果是正規騎士表現得如此出色，自然能夠升等或得到獎勵。若是高等部學生，理當也會因此被拔擢為正規騎士吧……但是，我們不能一視同仁地將現在的艾爾升為騎士。」

「為什麼？艾爾明明比那些不三不四的騎士還要強耶!?」

「成為騎士，就表示他要進入騎士團喔。如此卓越超群的實力，或許有辦法讓他成為其中一員，但願意和十二歲的孩子一同工作的騎士，大概找不到幾個人吧。隸屬於組織之下，就代表凡事無法一意孤行。」

「如果他已經成年的話，至少還能想辦法解決……何況，假使真的跳過那些個個都身為正規騎士的騎士團，去主張一名十二歲的小孩子該得到榮譽勳章，他們的面子就掛不住了。騎士的面子就是國家的面子，沒有人希望事情變成那樣。」

艾爾歪著頭，臉上同時泛出微笑。他反問道：

「原來如此。所以學長姊們才受託來這裡說服我嗎？」

艾德加和斯特凡妮婭的表情稍微繃緊了一下。艾爾對他們的反應沒有多言，繼續說：

「這件事就算了吧。反正對我而言，能夠實際操縱到幻晶騎士，就已經算是很滿足了。與其死皮賴臉地討獎賞，倒不如什麼都沒有來得輕鬆。再說，擅自插手的人明明就是我啊，我只希望從今以後能防止被人任意利用啊。」

斯特凡妮婭堅定地點頭同意。

「絕不會讓這種事發生。我以塞拉帝家族之名做保證。」

「是啊，這件事我也會提醒赫爾哈根大人。」

艾爾得到十足的保證後就點了點頭。不同於他的反應，奇德和亞蒂還是一臉難以接受的樣子，呻吟了一聲詢問道：

「這樣好嗎？艾爾？」

「就是說嘛，再說艾爾本來就夢想成為騎士，好操縱幻晶騎士不是嗎？你願意在這裡讓步嗎？」

「這次是所謂的例外，我並沒有打算去勉強索取任何報酬喔。」

看到艾爾一邊安撫滿懷不滿情緒的奇德和亞蒂，一邊結束這個話題，艾德加和斯特凡妮婭才悄悄地呼了一口氣，放下心中的大石。其實，古耶爾和貝西摩可說幾乎雙雙陣亡，一想到艾爾承擔了這麼大的絕望，卻是一點獎賞都沒有，他們也感到十分不忍。相反的，因為他們也能理解騎士團絕對無法出面處理艾爾這個特例，才會主動請命當說客，希望至少不要用命令的方式，而是直接對艾爾說明，讓他明白騎士團的難處。兩人並不擔心艾爾會激烈抗議，但開口說明的內容都是一些不合理的理由，所以他們都事先做好談話會無法順利進行的覺悟。正因如此，艾爾那通情達理的態度遠遠超出他們的預料，實在是令他們感激不盡。

（哎呀，真是好險，這次沒想太多就暴衝了。要是在這裡讓騎士團丟光面子，往後一定會引來很多麻煩，對方準備了台階給我下，真是幫了我一個大忙啊……）

在旁人眼裡看起來正若無其事地喝紅茶的艾爾，心底其實是直冒冷汗。老實說，他也同樣在煩惱這次的事該怎麼收尾。畢竟就立場來說，艾爾也不好採取什麼行動。在這層涵義下，對方能率先提出妥善的解決方式，艾爾覺得他才該大呼好險。

（實際上我也駕駛得很痛快。更重要的是，還見識到魔導演算機的控制術式，用它做為報酬也已經綽綽有餘了。再說，這次的事件換個角度來想也算騎士團欠我一個大人情。要是笨拙地咄咄進逼只會把事情鬧大，剩下的讓對方盡享光榮吧。對了……之後要是能和騎士團、還有在場的人多少建立起一些關係的話，就可以說是最好的結果啦。）

和顏悅色的微笑之下，艾爾一邊動腦思索著這次事件的處理方式，一邊緩緩地把紅茶喝完。

談完緊張的話題，每個人身邊都散發起平靜祥和的氛圍。遠處響起的遊行歡呼聲未曾中斷過。之後有好一會兒，他們就只是悠哉盡興地談天說地。

——慢慢地，意識浮現出來。他最先感覺到的是疑問。

（我……究竟怎麼了？那時候……我被魔獸……）

下一秒感覺到的是疼痛，全身上下都感受到悶悶的痛楚，在這樣的刺激下，他的意識漸為清晰。

「呃……唔唔……」

全身上下所提出的抗議讓迪特里希・庫尼茲一邊發出呻吟，一邊睜開了眼。首先映入他眼簾的是木造建築的天花板。他偏過頭觀察，發現一片乾淨的白色布幕。他的腦中雖然有著輕微的混亂，但也隱約地理解了目前的狀況。他被收留在某處像是醫院的設施裡——這表示他得救了。

（……這、這麼說來，戰鬥也順利結束了嗎……？）

一回想起留在記憶中的那隻巨獸，他不禁全身發顫。依當時的狀況來看，不先剷除那傢伙是救不了他的。如此一來，就能夠推測到戰鬥以某種方式畫下句點，而且既然他還能像這樣倖存下來，就表示他們獲得勝利了。

「哎呀，你醒了嗎？」

迪特里希推測出事情安然落幕，更重要的是，自己現在很安全，讓他一下子放鬆下來。就這樣茫然無神地側身一躺時，有個聲音從身旁傳來。

「這裡是揚圖寧的騎士團收容所哦。自從戰鬥結束，你已經失去意識超過一天了哦。」

轉過頭的迪特里希瞪大雙眼，開始微微地打哆嗦。原因並不在於對方所說的話。而是因為，對他說這些話的人——

「雖然有幾處瘀傷，但都不是什麼重大傷勢，可以儘管放心哦。而且你那麼年輕，傷口的復原好像也很快呢！」

雖然身穿白衣，虎背熊腰的身材卻快要撐破衣服，而且明明理著平頭，卻刻意用內八的姿勢站著，甚至明明嗓子粗啞，卻還是用女性化的口吻說話——根本就是個不折不扣的壯漢。

從醫務室一隅傳出一陣淒厲的吶喊，響遍整個收容所。

一隊由馬車和幻晶騎士組成的隊伍，正走在從揚圖寧通往王都坎庫寧的石板道——西弗雷梅維拉大道上。

馬車裡坐的都是萊西亞拉騎操士學園騎士學系的學生們，幻晶騎士則來自於揚圖寧守護騎士團。騎士團的騎士們為了出席在王都坎庫寧舉行的授勳典禮，順便兼任萊西亞拉學生們的護衛而出發。

馬車隊伍中有一台的車頂上坐了人。那人彷彿想曬太陽一樣溜到車頂上坐，在一團溫暖和煦的氣氛下眺望著後面那連綿不間斷的馬車隊伍。車隊的最末段接續著貨車，上面堆滿了回收的幻晶騎士殘骸。遭貝西摩打倒的機體都被當作廢鐵，幾乎沒有例外，但至少回收了幻晶騎士的零件中最高價的部位——軀體。然後再檢查其損傷程度，倘若被稱為心臟部位的魔力轉換爐和魔導演算機平安無事的話，要重新修復就會比較容易。最糟的情況也只是把心臟部位直接放進新的軀殼裡就好。

揚圖寧守護騎士團的機體已經送往揚圖寧，目前在這的就只有萊西亞拉騎操士學園的機體。

坐在馬車車頂上的人——艾爾涅斯帝目光飄渺，眺望著後方。那輛貨車中一定也有紅色幻晶騎士的殘骸，但被車蓬蓋住之後，甚至沒辦法辨識它的位置。連同古耶爾一起掠過腦海的是與貝西摩戰鬥時的最後一幕。他一邊感受著馬車車輪滾過石板所產生的顛簸，一邊回想那場生死搏鬥。

（回想起來，最後採取的行動還真是全憑運氣的大賭注啊。為了不要再重蹈覆轍，至少需要用盡全力活動也不會壞掉的機體……而且，這問題也不太適合隨隨便便交給別人解決啊。）

現在，只有他能在這麼短的操縱時間內讓機體超出負荷，這也意味能掌握住這個問題並思考對策的人也只有他。總有一天，他會製作自己專屬的機體。他必須先擬好對策，迎接那一天的到來。

「艾爾，在這裡想事情嗎？」

正當他在紛亂無章的思緒之中模模糊糊地煩惱著時，有人從背後湊近，伸手抱住他，問了他這個問題。會做這種事的人，他也就只能想得出一個，艾爾轉頭去看身後的亞蒂。

「嗯，因為得想辦法改善在先前的戰鬥中明顯浮現出的缺點。」

「怎──麼又是這種事啊！」

亞蒂露出難以形容的不悅表情，全身就這樣往前靠。亞蒂的個子比艾爾還高，所以當她的體重靠過來時，艾爾就只能任由自己被她壓垮。儘管身體逐漸呈現很不舒服的姿勢，艾爾依然出聲提出反駁。

「雖、雖說又是這種事，但就是要在有時間的時候好好思考，否則下一個困擾的人就是我自己了。」

背上的沉重緩緩地減輕，艾爾喘過一口氣。亞蒂停止動作，臉上不悅的表情褪去，取而代之的是為某件事煩惱的模樣。

「……艾爾，你果然又這樣……我希望你向我保證一件事。」

「保證什麼？」

「下次不要又獨自一人往前衝，把我們也帶上啦！」

「這有點……」

艾爾沒有辦法窺視身後的亞蒂是什麼表情，但光從她的聲音就足以感受到她的真摯。艾爾沒有回頭，就這樣看著前方，煩惱起亞蒂的要求。他一路走來，一直都是以幻晶騎士為目標，朝它走去就表示……

「的確，我們或許沒辦法幫上什麼忙啦。但是……」

「別這麼說……總是要看情況嘛。」

「是嗎？我又不會操縱幻晶騎士。不然至少告訴我們你要做什麼吧！」

既然把話說到這地步了，艾爾自然沒有反駁的餘地。

「我知道了……我盡量啦。但如果真的很緊急的話，可能就沒有辦法囉。」

「哼！這種說法太狡猾了！雖然有我們在並不會改變什麼，但是有三個人在絕對比一個人來得好啦！」

「哈哈，是啊。三個人比較……三個人？」

亞蒂隨口說出的這句話，讓一直都帶著苦笑回答她的艾爾慢慢板起了臉孔。他的心中，有個名聞遐邇的故事，此時正化為靈感前來造訪。

「三個人比一個人……三支與一支，一支箭很容易就會被折斷，但如果是三支的話，就折

不斷。沒錯，都是一根一根的，才會很脆弱，痛……妳宰看啥摸？」

思緒開始飛到天外去的艾爾，臉頰被亞蒂掐住往兩旁一拉。

「和人家說話的時候恍神，這樣很失禮耶。哼！」

「痛痛痛……唔，說的極是，是我失禮了。」

亞蒂看著艾爾捂住被掐痛的雙頰，突然想到一個好主意。她從側面逼近艾爾，同時浮現了滿面笑容。不知為何，看著她的笑容，艾爾就是無法壓抑住某個不祥預感在心底漾開。

「對了，我想到一個好辦法！你也教我們操控幻晶騎士的方法吧！」

「哇──竟然來這招！」

艾爾呻吟道，回亞蒂一個苦笑，同時在心裡自問事情怎麼會變成這樣。

擺在大桌子中央的燉牛肉飄出讓人食指大動的香味。

周圍狹窄的空間裡已經擺滿料理。艾爾的母親──瑟莉緹娜・埃切貝里亞也正在把湯添到大盤子裡。在她旁邊的是雙胞胎的母親伊爾瑪塔・歐塔，她專心地排列剛烤好的派，遠比平常還要豪華的各色料理讓兩人既忙碌又開心地裝碟擺盤。

「是不是該開始教妳家的亞蒂做料理了呢？」

「呵呵，對啊。說到那孩子，老是跟奇德一同胡鬧。」

即使嘴上聊著天，她們的兩雙巧手還是靈活地準備著，在一切就緒時，她們便呼喚各自的家人前來用餐。沒多久，兩家都全員到齊，開始和樂融融的晚餐時間。

這裡是埃切貝里亞家宅邸。埃切貝里亞家和歐塔家兩家人齊聚一堂，辦了一個小派對，以慶祝孩子們平安歸來。原本父母們早已打算當孩子們從野外演習回到家中時，就用這種方式來迎接。然而這次不僅是演習，他們還被捲入魔獸亂竄以及巨獸襲擊等等前所未聞的事件之中。

收到這突然的噩耗時，每位家長的臉色都瞬間發青。這兩家自然也不例外。尤其伊爾瑪只有雙胞胎，三人一起相依為命，當時的擔憂可不是一言兩語能道盡的。在那種狀態下，她實在沒辦法一個人守在家裡，於是就暫時到埃切貝里亞家叨擾。如今不只是孩子們，就連家長之間的交情也愈加深厚。

幸好這次的事件算是雷聲大雨點小，孩子們也全員平安歸來，家家戶戶是既慌亂又驚喜，忙碌得很。

「不過說真的，大家都平安無事，總算令人放心了。」

伊爾瑪看著孩子們一盤接一盤地解決桌上的菜餚，不禁嘆了一口氣。心情一放鬆後，眼淚似乎就要奪眶而出，她趕忙把臉遮住。

「讓您擔心了。如您所見，我們並沒有受到什麼傷害……甚至可以視為奇蹟呢。」

「這才好啊，只要你們能平安回來就好。而且看你們胃口這麼好，好像真的完全都沒什麼事耶。」

「當嚕嗯唔然嗯！」

「嘛嘛嗯唔嘛！」

「你們兩個，至少等嘴裡的東西吞下後再說話啊……」

儘管耳裡聽見母親的交代，奇德和亞蒂卻毫不在乎地繼續把料理塞進嘴巴。畢竟，在移動中吃的多半是保存食品，沒什麼味道可言，因此他們的注意力早就被眼前這些比什麼都重要的佳餚給奪走了。伊爾瑪看起來也不甚在意，反而專心地分配起料理。

「我們聽說情況很危急，但看起來好像還好吶。艾爾在那裡都做了什麼事呢？」

「是。我和貝西摩互相揍了對方一頓。」

「咳！咳咳、咳呼咳呼。」

聽到這對母子如此過於直接的對話，馬提斯不禁被食物哽住喉嚨。

「哎呀，那魔獸不是很巨大嗎？沒事吧？你有好好修理牠一頓嗎？」

「我向學長借了幻晶騎士，所以沒怎樣。雖然有時情況有點危急，不過我有好好扁了它一頓，還贏了喔。」

「哎呀呀，幻晶騎士可以借得到啊？真是太好了，艾爾。不過還是不可以太亂來喔。那應該不是無論什麼時候都能借得到的吧？」

「是啊。幸虧那時候有個『好學長』，真的幫了我一個大忙。」

馬提斯拚命不去看這對母子，其他在場的人也只是稀鬆平常地無視這段對話。在某種意義上，這個家庭可以說訓練有素。

圍著餐桌的眾人之中，唯有艾爾的祖父勞里在用餐時沒有特別開口，只是沉穩地注視這一切。用完餐後，他叫住艾爾。

「艾爾，明天我想要你和我去個地方，好嗎？」

「好啊，爺爺。要去哪裡呢？」

「嗯，是去……」

弗雷梅維拉王國的王都，坎庫寧。

它位於歐比涅山地的山腳下，原本就是作為前線基地而建立的要塞都市。兩旁街道都是堅固的石造建築，彷彿在訴說它當年的風華，以王城為中心，周圍被好幾道城牆包圍。現在只有最外圍的城牆尚能發揮防護牆的功能，內側的城牆都只剩下劃分區域的作用，即使如此，其本身的存在仍敘述著這座城市和國家的歷史。

聳立在城市中央的即為弗雷梅維拉王城——『雪勒貝爾城』。

王城外觀還殘留著前身曾為堡壘的風貌，既顯莊嚴又留存了古樸，就算是現在，要塞的厚實外貌還是讓人肅然起敬。完美融合了『騎士之國』弗雷梅維拉王國的氣度，讓造訪坎庫寧的每個人都感受得到這座城市的驕傲。

在雪勒貝爾城的中心位置，有座用來謁見國王的大廳。

那是個廣大的空間。挑高的天頂，寬敞得足以讓幻晶騎士從容入內。四周垂掛著華麗的簾幕，巨大的柱子在一定間距下昂然佇立。中央鋪了大紅絨毯，絨毯盡頭則是國王駕到時坐的寶座。寶座之後陳設了一席巨大得驚人的座位，一架幻晶騎士像是在俯瞰四周般地坐在上面。

那是國王專用幻晶騎士——通稱國王騎士『雷帝斯・歐・維拉』。身形比現存於弗雷梅維拉的任何機體都來得優美，與國旗圖樣相同的披風從肩膀披垂下來，那身姿完美地展現了站在騎士最頂端的王者風範。大廳左右配置了近衛騎士團所操縱的加達托亞，中央有雷帝斯・歐・維拉坐鎮，這幅景象真的只有威風凜凜一詞可以形容。

大廳有時會被士兵及幻晶騎士擠得水洩不通，但現今只有幾名人類在場。

在雷帝斯・歐・維拉前面的寶座上就坐的一名壯年男子，他正是弗雷梅維拉王國第十代國王安布羅斯・塔哈沃・弗雷梅維拉。隨侍在他身旁的是管理塞拉帝侯爵領土的喬基姆・塞拉帝，然後可以看到寶座正面站著揚圖寧守護騎士團長菲利浦・赫爾哈根。原本單膝跪地，垂首行禮才是謁見時該有的禮節，但此時他獲得恩准，抬起頭向安布羅斯進行報告。

「以上即是我等與陸皇龜的戰鬥報告。」

從菲利浦口中聽完事件的詳細報告之後，安布羅斯王應了一聲，氣度非凡地點頭回應。他的手中拿著一份整理過的報告內容，安布羅斯在聆聽報告的同時，也將那份文件瀏覽過一遍。

「貝西摩的殘骸回收得如何？」

「回陛下，像貝西摩那樣巨大的魔獸，只靠回收人員還是人力不足，臣還派遣了騎士團裡的人手去協助。想來這幾天之內應該能大致回收完畢。」

「想利用那傢伙的殘骸多少彌補一下這次戰役的損失啊。不過，從以師團級魔獸為對手這點來看，此次損傷確實可說相當輕微。」

「陛下，揚圖寧的戰力確實減少些許，不如暫時將我塞拉帝領地內的騎士撥一些過去？」

安布羅斯聽著喬基姆的補充報告，視線停駐在報告書的其中一點，那上面記載了關於紅色幻晶騎士及操縱它的艾爾涅斯帝的情報。國王的臉上浮現了一道難以言喻的困惑表情。

「埃切貝里亞……難道是勞里的孫子？真是令人意想不到的活躍表現啊。是吧，菲利浦？實在令人有點難以置信，真的是這孩子在眾人面前扳倒魔獸的嗎？」

「臣惶恐，但那的確是臣等親見的事實。臣也明白這樣的內容當然會讓陛下起疑心……」

關於這一點，就連菲利浦也無法堅定地回答國王，聲音更逐漸變小，細微到好比蚊蠅之聲。事實上，喬基姆聽著兩人的問答，雖然看上去不動聲色，暗地裡卻起了極大的疑心。

「朕亦不認為汝等會編出這般毫無意義的謊言。雖不認為，但只有這件事令人掛心啊……

特別是這段過程，報告中表示他當場改變了魔導演算機的術式。若此事當真，那他就不是等閒之輩了。」

「雖然有一半是傳聞，但就臣親眼見到的實際動作來看……不禁揣想說不定真有此事。」

「我也耳聞了同樣的報告……知道真相的就只有赫爾哈根大人以及守護騎士團的各位。」

安布羅斯靜靜地閉上雙眼。可以與貝西摩戰鬥的能力雖然十分驚人，卻也只不過是匹夫之勇。但如果還能改寫魔導演算機的話，情況可就完全不同，因為那是史無前例的特殊能力。

經過一眨眼功夫的思索後，他不經意地喃喃道：

「……這孩子可危險了。」

菲利浦聽到這句話，心神大亂。在那場戰鬥中，艾爾的加入實際上等於拯救了幾十名騎士團員的性命。顧忌於種種考量，他們無法給予艾爾任何獎勵，但更令他們傻眼的是，艾爾本人相當乾脆地同意這樣的做法，這讓菲利浦覺得欠艾爾一個人情。對方雖然是個年紀與他相差甚多的少年，但他們曾並肩戰鬥過，何況菲利浦並不是那種會忘掉救命恩情的薄情寡義之輩。

「陛下，請容臣稟告。這名少年雖然年僅十二，但博學多聞，神采英拔，而且行禮如儀，周遭的人對他的風評甚是良好。更重要的是，在與貝西摩一戰之中，他總是到第一線挺身而戰……」

安布羅斯擺了擺手，制止菲利浦把話說下去。

「別擔心，朕並沒有打算要對他做什麼。只是現在或許還相安無事，但聽你說此人才十二歲啊。年紀尚輕，卻已經擁有令人害怕的能力……畢竟他只是個十二歲的孩童，說不定有一天會耽溺於自己的力量。朕擔憂的是這一點。」

安布羅斯的擔心確實合情合理。不論多麼傑出，就算現在的人品清白廉潔，但人會隨著時間流逝而改變。特別是他正值十二歲，接下來在精神上會進入多愁善感的時期，如果這時開始恃才而驕，那麼他的才華反倒會害了他。

事實上，艾爾涅斯帝的體內存在著一個經歷長達近四十年之久的靈魂，所以一般的看法並不能套用在他身上，但這種事超乎一般人的想像。因此，他們才會擔心那樣的才華有可能只是小時了了，甚或是會不小心走上歧途。

「既然如此，應當如何是好呢？」

「如果他能不違初衷，或許會成為一名好騎士……必須好好引導他。既然有勞里那傢伙在的話，或許這只是杞人憂天。嗯，好吧……先安排個時間，朕必須和他見個面。」

安布羅斯吩咐完，喬基姆和菲利浦都行了個禮，應諾稱是。

接續《騎士&魔法2》

輕小說

LIGHT NOVELS

騎士＆魔法 1

（原著名：ナイツ＆マジック1）

作者：天酒之瓢

插畫：黒銀

譯者：郭蕙寧

日本主婦之友社正式授權繁體中文版

【發行人】范萬楠

【出　版】東立出版社有限公司

台北市承德路二段81號10樓　TEL：(02)2558-7277

【香港公司】東立出版集團有限公司

香港北角渣華道321號　柯達大廈第二期1901室　TEL：23862312

【劃撥帳號】1085042-7

【戶　名】東立出版社有限公司

【劃撥專線】(02)2558-7277　總機0

【美術總監】林雲連

【文字編輯】廖晟翔

【美術編輯】彭裕芳

【印　刷】勁達印刷廠

【裝　訂】五將裝訂股份有限公司

【版　次】2014年05月19日第一刷發行